BEST SELLER

Isabel Allende (1942), de nacionalidad chilena, nació en Lima. Ha trabajado infatigablemente como periodista y escritora desde los diecisiete años. *La casa de los espíritus* (1982) la situó en la cúspide de los narradores latinoamericanos e inauguró una brillante trayectoria literaria que, con los años, no ha dejado de acrecentar su prestigio. Entre sus obras, cabe mencionar *Eva Luna*, *Cuentos de Eva Luna*, *El plan infinito*, *De amor y de sombra*, *Paula*, *Hija de la fortuna*, *Retrato en sepia* y la trilogía *La Ciudad de las Bestias*, *El Reino del Dragón de Oro* y *El Bosque de los Pigmeos*.

Biblioteca

ISABEL ALLENDE

El Reino del Dragón de Oro

DEBOLS!LLO

El reino del dragón de oro

Primera edición en Debolsillo: 2005
Novena reimpresión: enero, 2011
Décima reimpresión: noviembre, 2011
Undécima reimpresión: enero, 2012
Décima segunda reimpresión: octubre, 2012
Décima tercera reimpresión: febrero, 2014
Décima cuarta reimpresión: enero, 2015
Décima quinta reimpresión: agosto, 2017
Décima sexta reimpresión: junio, 2019

www.megustaleer.mx

ISBN: 978-970-780-394-7

Impreso en México – *Printed in Mexico*

El papel utilizado para la impresión de este libro ha sido fabricado a partir de madera procedente de bosques y plantaciones gestionadas con los más altos estándares ambientales, garantizando una explotación de los recursos sostenible con el medio ambiente y beneficiosa para las personas.

Penguin
Random House
Grupo Editorial

A mi amiga Tabra Tunoa, viajera incansable,
quien me llevó al Himalaya
y me habló del Dragón de Oro

1

EL VALLE DE LOS YETIS

Tensing, el monje budista, y su discípulo, el príncipe Dil Bahadur, habían escalado durante días las altas cumbres al norte del Himalaya, la región de los hielos eternos, donde sólo unos pocos lamas han puesto los pies a lo largo de la historia. Ninguno de los dos contaba las horas, porque el tiempo no les interesaba. El calendario es un invento humano; el tiempo a nivel espiritual no existe, le había enseñado el maestro a su alumno.

Para ellos lo importante era la travesía, que el joven realizaba por primera vez. El monje recordaba haberla hecho en una vida anterior, pero esos recuerdos eran algo confusos. Se guiaban por las indicaciones de un pergamino y se orientaban por las estrellas, en un terreno donde incluso en verano imperaban condiciones muy duras. La temperatura de varios grados bajo cero era soportable sólo durante un par de meses al año, cuando no azotaban fatídicas tormentas.

Aun bajo cielos despejados, el frío era intenso. Vestían túnicas de lana y ásperos mantos de piel de yak. En los pies llevaban botas de cuero del mismo animal, con el pelo hacia adentro y el exterior impermeabilizado con grasa. Ponían cuidado en cada paso, porque un resbalón en el hielo significaba que podían rodar centenares de metros a los profundos precipicios que, como hachazos de Dios, cortaban los montes.

Contra el cielo de un azul intenso, destacaban las luminosas cimas nevadas de los montes, por donde los viajeros avanzaban sin prisa, porque a esa altura no tenían suficiente oxígeno. Descansaban con frecuencia, para que los pulmones se acostumbraran. Les dolía el pecho, los oídos y la cabeza; sufrían náuseas y fatiga, pero ninguno de los dos mencionaba esas debilidades del cuerpo; se limitaban a controlar la respiración, para sacarle el máximo de provecho a cada bocanada de aire.

Iban en busca de aquellas raras plantas que sólo se encuentran en el gélido Valle de los Yetis, y que eran fundamentales para preparar lociones y bálsamos medicinales. Si sobrevivían a los peligros del viaje, podían considerarse iniciados, ya que su carácter se templaría como el acero. La voluntad y el valor eran puestos a prueba muchas veces durante esa travesía. El discípulo necesitaría ambas virtudes, voluntad y valor, para realizar la tarea que le esperaba en la vida. Por eso su nombre era Dil Bahadur, que quiere decir «corazón valiente» en la lengua del Reino Prohibido. El viaje al Valle de los Yetis era una de las últimas etapas del duro entrenamiento que el príncipe había recibido por doce años.

El joven no conocía la verdadera razón del viaje, que era más importante que las plantas curativas o su iniciación como lama superior. Su maestro no podía revelársela, tal como no podía hablarle de muchas otras cosas. Su papel era guiar al príncipe en cada etapa de su largo aprendizaje, debía fortalecer su cuerpo y su carácter, cultivar su mente y poner a prueba una y otra vez la calidad de su espíritu. Dil Bahadur descubriría la razón del viaje al Valle de los

Yetis más tarde, cuando se encontrara ante la prodigiosa estatua del Dragón de Oro.

Tensing y Dil Bahadur cargaban en las espaldas bultos con sus mantas, el cereal y la manteca de yak indispensables para subsistir. Enrolladas a la cintura llevaban cuerdas de pelo de yak, que les servían para escalar, y en la mano un bastón largo y firme, como una pértiga, que empleaban para apoyarse, para defenderse, en caso de ser atacados, y para montar una improvisada tienda en la noche. También lo usaban para probar la profundidad y la firmeza del terreno antes de pisar en aquellos sitios donde, de acuerdo a su experiencia, la nieve fresca solía cubrir huecos profundos. Con frecuencia enfrentaban grietas que, si no podían saltar, los obligaban a hacer largos desvíos. A veces, para evitar horas de camino, colocaban la pértiga de un lado al otro del precipicio y, una vez seguros de que se sostenía con firmeza en ambos extremos, se atrevían a pisarla y brincar al otro lado, nunca más de un paso, porque las posibilidades de rodar al vacío eran muchas. Lo hacían sin pensar, con la mente en blanco, confiando en la habilidad de sus cuerpos, el instinto y la buena suerte, porque, si se detenían a calcular los movimientos, no podían hacerlo. Cuando la grieta era más ancha que el largo del palo aseguraban una cuerda a una roca alta, luego uno de los dos se ataba el otro extremo de la cuerda a la cintura, se daba impulso y saltaba, oscilando como un péndulo, hasta alcanzar la otra orilla. El joven discípulo, quien poseía gran resistencia y coraje ante el peligro, siempre vacilaba en el momento de usar cualquiera de estos métodos.

Habían llegado a uno de esos despeñaderos y el lama

estaba buscando el sitio más adecuado para cruzar. El joven cerró brevemente los ojos, elevando una plegaria.

—¿Temes morir, Dil Bahadur? —inquirió sonriendo Tensing.

—No, honorable maestro. El momento de mi muerte está escrito en mi destino antes de mi nacimiento. Moriré cuando haya concluido mi trabajo en esta reencarnación y mi espíritu esté listo para volar; pero temo partirme todos los huesos y quedar vivo allá abajo —replicó el joven señalando el impresionante precipicio que se abría ante sus pies.

—Posiblemente eso sería un inconveniente... —concedió el lama de buen humor—. Si abres la mente y el corazón, esto te parecerá más fácil —agregó.

—¿Qué haría usted si me caigo al barranco?

—Llegado el caso, tal vez tendría que pensarlo. Por el momento mis pensamientos están distraídos en otras cosas.

—¿Puedo saber en qué, maestro?

—En la belleza del panorama —replicó, señalando la interminable cadena de montañas, la blancura inmaculada de la nieve, el cielo resplandeciente.

—Es como el paisaje de la luna —observó el joven.

—Tal vez... ¿En qué parte de la luna has estado, Dil Bahadur? —preguntó el lama, disimulando otra sonrisa.

—No he llegado tan lejos todavía, maestro, pero así me la imagino.

—En la luna el cielo es negro y no hay montañas como éstas. Tampoco hay nieve, todo es roca y polvo color ceniza.

—Tal vez algún día yo pueda hacer un viaje astral a la luna, como mi honorable maestro —concedió el discípulo.

—Tal vez...

Después que el lama aseguró la pértiga, ambos se quitaron las túnicas y mantos, que les impedían moverse con plena soltura, y ataron sus pertenencias en cuatro bultos. El lama tenía el aspecto de un atleta. Sus espaldas y brazos eran puro músculo, su cuello tenía el ancho del muslo de un hombre normal y sus piernas parecían troncos de árbol. Ese formidable cuerpo de guerrero contrastaba de modo notable con su rostro sereno, sus ojos dulces y su boca delicada, casi femenina, siempre sonriente. Tensing tomó los bultos uno por uno, adquirió impulso girando el brazo como un aspa de molino, y los lanzó al otro lado del barranco.

—El miedo no es real, Dil Bahadur, sólo está en tu mente, como todo lo demás. Nuestros pensamientos forman lo que suponemos que es la realidad —dijo.

—En este momento mi mente está creando un hoyo bastante profundo, maestro —murmuró el príncipe.

—Y mi mente está creando un puente muy seguro —replicó el lama.

Hizo una señal de despedida al joven, quien aguardaba sobre la nieve, luego dio un paso sobre el vacío, colocando el pie derecho al centro del bastón de madera, y en una fracción de segundo se impulsó hacia delante, alcanzando con el pie izquierdo la orilla del otro lado. Dil Bahadur lo imitó con menos gracia y velocidad, pero sin un solo gesto que traicionara su nerviosismo. El maestro notó que su piel brillaba, húmeda de transpiración. Se vistieron de prisa y echaron a andar.

—¿Falta mucho? —quiso saber Dil Bahadur.

—Tal vez.

—¿Sería una imprudencia pedirle que no me conteste siempre «tal vez», maestro?

—Tal vez lo sería —sonrió Tensing y luego de una pausa agregó que, según las instrucciones del pergamino, debían continuar hacia el norte. Todavía faltaba lo más arduo del camino.

—¿Ha visto a los yetis, maestro?

—Son como dragones, les sale fuego por las orejas y tienen cuatro pares de brazos.

—¡Qué extraordinario! —exclamó el joven.

—¿Cuántas veces te he dicho que no creas todo lo que oyes? Busca tu propia verdad —se rió el lama.

—Maestro, no estamos estudiando las enseñanzas de Buda, sino simplemente conversando... —suspiró el discípulo, fastidiado.

—No he visto a los yetis en esta vida, pero los recuerdo de una vida anterior. Tienen nuestro mismo origen y hace varios miles de años tenían una civilización casi tan desarrollada como la humana, pero ahora son muy primitivos y de inteligencia limitada.

—¿Qué les pasó?

—Son muy agresivos. Se mataron entre ellos y destruyeron todo lo que tenían, incluso la tierra. Los sobrevivientes huyeron a las cumbres del Himalaya y allí su raza comenzó a degenerar. Ahora son como animales —explicó el lama.

—¿Son muchos?

—Todo es relativo. Nos parecerán muchos si nos atacan y pocos si son amistosos. En todo caso, sus vidas son cortas, pero se reproducen con facilidad, así es que supongo que habrá varios en el valle. Habitan en un lugar inaccesible, donde nadie puede encontrarlos, pero a veces alguno sale en busca de alimento y se pierde. Posiblemente ésa es la causa de las huellas que se le atribuyen al abominable hombre de las nieves, como lo llaman —aventuró el lama.

—Las pisadas son enormes. Deben ser gigantes. ¿Serán todavía muy agresivos?

—Haces muchas preguntas para las que no tengo respuesta, Dil Bahadur —replicó el maestro.

Tensing condujo a su discípulo por las cimas de los montes, saltando precipicios, escalando laderas verticales, deslizándose por delgados senderos cortados en las rocas. Existían antiguos puentes colgantes, pero estaban en muy mal estado y había que usarlos con prudencia. Cuando soplaba viento o caía granizo, buscaban refugio y esperaban. Una vez al día comían *tsampa*, una mezcla de harina de cebada tostada, hierbas secas, grasa de yak y sal. Agua había en abundancia debajo de las costras de hielo. A veces el joven Dil Bahadur tenía la impresión de que caminaban en círculos, porque el paisaje le parecía siempre igual, pero no manifestaba sus dudas: sería una descortesía hacia su maestro.

Al caer la tarde buscaban donde refugiarse para pasar la noche. A veces bastaba una grieta, donde podían acomodarse protegidos del viento; otras noches encontraban una cueva, pero de vez en cuando no les quedaba más remedio que dormir a la intemperie, resguardados apenas por las pieles de yak. Una vez establecido su austero campamento, se sentaban cara al sol poniente, con las piernas cruzadas, y salmodiaban el mantra esencial de Buda, repitiendo una y otra vez *Om mani padme hum*, Salve a Ti, Preciosa Joya en el Corazón del Loto. El eco repetía su cántico, multiplicándolo hasta el infinito entre las altas cimas del Himalaya.

Durante la marcha juntaban palitos y hierba seca, que cargaban en sus bolsas, para hacer fuego por la noche y preparar su comida. Después de la cena meditaban durante una hora. En ese tiempo el frío solía ponerlos rígidos como estatuas de hielo, pero ellos apenas lo sentían. Estaban acostumbrados a la inmovilidad, que les aportaba calma y paz. En su práctica budista, el maestro y el estudiante se sentaban en absoluta relajación, pero alertas. Se desprendían de las distracciones y los valores del mundo, aunque no olvidaban el sufrimiento, que existe en todas partes.

Luego de escalar montañas por varios días, subiendo a heladas alturas, llegaron a Chenthan Dzong, el monasterio fortificado de los antiguos lamas que inventaron la forma de lucha cuerpo a cuerpo llamada tao-shu. Un terremoto en el siglo XIX destruyó el monasterio, que debió ser abandonado. Era una construcción de piedra, ladrillo y madera, con más de cien habitaciones, que parecía pegada al borde de un impresionante acantilado. El monasterio albergó por centenares de años a esos monjes, cuyas vidas estaban dedicadas a la búsqueda espiritual y el perfeccionamiento de las artes marciales.

En sus orígenes los monjes tao-shu eran médicos con extraordinarios conocimientos de anatomía. En su práctica descubrieron los puntos vulnerables del cuerpo, que al ser presionados insensibilizan o paralizan, y los combinaron con las técnicas de lucha conocidas en Asia. Su objetivo era perfeccionarse espiritualmente a través del dominio de su propia fuerza y de sus emociones. Aunque eran invencibles en la lucha cuerpo a cuerpo, no utilizaban el tao-shu para fines violentos, sino como ejercicio físico y mental; tampoco lo enseñaban a cualquiera, sólo a ciertos hombres y mujeres escogidos. Tensing había aprendido tao-shu de ellos y se lo había enseñado a su discípulo Dil Bahadur.

El terremoto, la nieve, el hielo y el transcurso del tiempo habían erosionado gran parte del edificio, pero aún quedaban dos alas en pie, aunque en ruinas. Se llegaba al lugar escalando un acantilado tan difícil y remoto, que nadie lo intentaba desde hacía casi medio siglo.

—Pronto llegarán al monasterio desde el aire —observó Tensing.

—¿Usted cree, maestro, que desde los aviones pueden descubrir el Valle de los Yetis? —inquirió el príncipe.

—Posiblemente.

—¡Imagínese cuánto esfuerzo nos ahorraríamos! Podríamos volar hasta allí en muy poco rato.

—Espero que no sea así. Si atraparan a los yetis, los convertirían en animales de feria o en esclavos —dijo el lama.

Entraron a Chenthan Dzong para descansar y pasar la noche abrigados. En las ruinas del monasterio aún quedaban raídos tapices con imágenes religiosas, cacharros y armas que los monjes guerreros sobrevivientes del terremoto no pudieron llevarse. Había varias representaciones de Buda en diversas posiciones, incluso una enorme estatua del Iluminado tendido de lado en el suelo. La pintura dorada había saltado, pero el resto estaba intacto. Hielo y nieve en polvo cubrían casi todo, dando al lugar un aspecto particularmente hermoso, como si fuera un palacio de cristal. Detrás del edificio una avalancha había creado la única superficie plana de los alrededores, una especie de patio del tamaño de una cancha de baloncesto.

—¿Podría aterrizar un avión aquí, maestro? —preguntó Dil Bahadur, quien no podía disimular su fascinación por los pocos aparatos modernos que conocía.

—No sé de esas cosas, Dil Bahadur, nunca he visto aterrizar un avión, pero me parece que esto es muy pequeño y además las montañas forman un verdadero embudo cruzado de corrientes de aire.

En la cocina hallaron ollas y otros cacharros de hierro, velas, carbón, palos para hacer fuego y algunos cereales preservados por el frío. Había vasijas de aceite y un recipiente con miel, alimento que el príncipe no conocía. Tensing le dio a probar y el joven sintió por primera vez un sabor dulce en el paladar. La sorpresa y el placer casi lo tiran de espaldas. Prepararon fuego para cocinar y encendieron velas delante de las estatuas, como signo de respeto. Esa noche comerían mejor y dormirían bajo techo: la ocasión merecía una breve ceremonia especial de agradecimiento.

Estaban meditando en silencio, cuando escucharon un largo rugido que retumbó entre las ruinas del monasterio. Abrieron los ojos en el momento en que entraba a la sala un gran tigre del Himalaya, una bestia de media tonelada de peso y pelaje blanco, el animal más feroz del mundo.

El príncipe recibió telepáticamente la orden de su maestro y procuró cumplirla, aunque su primera reacción instintiva fue recurrir al tao-shu y saltar en su propia defensa. Si lograba poner una mano detrás de las orejas del tigre, podría paralizarlo; sin embargo permaneció inmóvil, tratando de respirar con calma, para que la fiera no sintiera olor a miedo. El tigre se acercó a los monjes lentamente. A pesar del inminente peligro en que se encontraban, el joven no pudo dejar de admirar la extraordinaria belleza del animal. Su piel era color marfil claro con rayas marrones y sus ojos azules como algunos de los glaciares del Himalaya. Era un macho adulto, enorme y poderoso; un ejemplar perfecto.

Tensing y Dil Bahadur, sentados en la posición del loto, con las piernas cruzadas y las manos sobre las rodillas, vieron avanzar al tigre. Ambos sabían que, si estaba hambriento, existían muy pocas posibilidades de detenerlo. La esperanza era que la bestia hubiera comido, aunque resultaba poco probable que en aquellas soledades la caza fuera abundante. Tensing poseía extraordinarios poderes psíquicos, porque era un *tulku*, la reencarnación de un gran lama de la antigüedad. Concentró ese poder como un rayo para penetrar en la mente de la fiera.

Sintieron el aliento del gran felino en el rostro, una bocanada de aire caliente y fétido que escapaba de sus fauces. Otro rugido temible estremeció el lugar. El tigre se acercó a pocos centímetros de los hombres y éstos sintieron el pinchazo de sus duros bigotes. Durante varios segundos, que parecieron eternos, los rondó, husmeándolos y tanteándolos con su enorme pata, pero sin agredirlos. El maestro y el discípulo permanecieron absolutamente inmóviles, abiertos al afecto y la compasión. El tigre no registró temor ni agresión en ellos, sino empatía, y una vez satisfecha su curiosidad, se retiró con la misma solemne dignidad con que había llegado.

—Ya ves, Dil Bahadur, como a veces la calma sirve de algo... —fue el único comentario del lama. El príncipe no pudo contestar porque se le había petrificado la voz en el pecho.

No obstante aquella inesperada visita, decidieron quedarse a pasar la noche en Chenthan Dzong, pero tomaron la precaución de dormir junto a una fogata, manteniendo a mano un par de lanzas que encontraron entre las armas abandonadas por los monjes tao-shu. El tigre no regresó, pero a la mañana siguiente, cuando emprendieron nuevamente la marcha, vieron sus huellas sobre la nieve refulgente y oyeron a lo lejos el eco de sus rugidos en las cimas.

Pocos días más tarde, Tensing lanzó una exclamación de alegría y señaló un estrecho cañón entre dos laderas verticales de la montaña. Eran dos paredes negras de roca, pulidas por millones de años de erosión y hielo. Entraron al cañón con grandes precauciones, porque pisaban rocas sueltas y había hoyos profundos. Antes de poner el pie debían comprobar la firmeza del terreno con sus pértigas.

Tensing lanzó una piedra en uno de los pozos y tan hondo era, que no la oyeron caer al fondo. Arriba el cielo apenas se veía como una cinta azul entre los brillantes muros de roca. Un coro de gemidos terroríficos les salió al encuentro.

—Por suerte no creemos en fantasmas ni en demonios, ¿verdad? —comentó el lama.

—¿Es acaso mi imaginación la que me hace oír esos alaridos? —preguntó el joven con la piel erizada de espanto.

—Tal vez es el viento, que pasa por aquí, tal como el aire pasa por una trompeta.

Habían recorrido un buen trecho cuando los asaltó una fetidez a huevo podrido.

—Azufre —explicó el maestro.

—No puedo respirar —dijo Dil Bahadur con las manos en la nariz.

—Tal vez conviene imaginar que es fragancia de flores —sugirió Tensing.

—De todas las fragancias, la más dulce es la de la virtud —recitó el joven sonriendo.

—Imagina, entonces, que ésta es la dulce fragancia de la virtud —replicó el lama, riendo también.

El pasaje tenía más o menos un kilómetro de largo, pero demoraron dos horas en atravesarlo. En algunas partes era tan angosto que debían avanzar de lado entre las rocas, mareados por el aire enrarecido, pero no vacilaron, porque el pergamino indicaba claramente que existía una salida. Vieron nichos cavados en las paredes, donde había calaveras y pilas de huesos muy grandes, algunos de apariencia humana.

—Debe ser el cementerio de los yetis —comentó Dil Bahadur.

Un soplo de aire húmedo y caliente, como nunca habían experimentado, anunció el final del cañón.

Tensing fue el primero en asomarse, seguido de cerca por su discípulo. Cuando Dil Bahadur vio el paisaje que tenía delante, le pareció que era otro planeta. Si no le pesara tanto la fatiga del cuerpo y no tuviera tan revuelto el estómago por el olor del azufre, pensaría que había hecho un viaje astral.

—Ahí lo tienes: el Valle de los Yetis —anunció el lama.

Ante ellos se extendía una meseta volcánica. Parches de áspera vegetación verdegrís, tupidos arbustos y grandes hongos de varias formas y colores crecían por todas partes. Había arroyos y charcos de agua burbujeante, extrañas formaciones rocosas y del suelo surgían altas columnas de humo blanco. Una bruma delicada flotaba en el aire, borrando los contornos en la lejanía y dando al valle un aspecto de ensueño. Los visitantes se sintieron fuera de la realidad, como si hubieran entrado a otra dimensión. Después de soportar durante tantos días el frío intenso de la travesía por las montañas, ese vapor tibio era un verdadero regalo para los sentidos, a pesar del olor nauseabundo que aún persistía, aunque menos intenso que en el cañón.

—Antiguamente ciertos lamas, cuidadosamente seleccionados por su resistencia física y fortaleza espiritual, hacían este viaje una vez cada veinte años para recoger plantas medicinales, que no crecen en ninguna otra parte —explicó Tensing.

Dijo que en 1950 Tíbet fue invadido por los chinos, quienes destruyeron más de seis mil monasterios y clausuraron los restantes. La mayoría de los lamas partieron a vivir en exilio en otros países, como India y Nepal, llevando las enseñanzas de Buda por todas partes. En vez de terminar con el budismo, como pretendían los invasores chinos, lograron exactamente lo contrario: repartirlo por el mundo entero. Sin embargo, muchos de los conocimientos de medicina, así como las prácticas psíquicas de los lamas, estaban desapareciendo.

—Las plantas se secaban, se molían y se mezclaban con otros ingredientes. Un gramo de esos polvos puede ser más precioso que todo el oro del mundo, Dil Bahadur —dijo el maestro.

—No podremos llevar muchas plantas. Lástima que no trajimos un yak —comentó el joven.

—Tal vez ningún yak cruzaría voluntariamente los precipicios haciendo equilibrio sobre una pértiga, Dil Bahadur. Llevaremos lo que podamos.

Entraron al misterioso valle y a poco andar vieron formas que parecían esqueletos. El lama informó a su discípulo que se trataba de huesos petrificados de animales anteriores al diluvio universal. Se colocó a gatas y comenzó a buscar en el suelo hasta encontrar una piedra oscura con manchas rojas.

—Esto es excremento de dragón, Dil Bahadur. Tiene propiedades mágicas.

—No debo creer todo lo que oigo, ¿verdad, maestro? —replicó el joven.

—No, pero tal vez en este caso puedas creerme —dijo el lama pasándole la muestra.

El príncipe vaciló. La idea de tocar aquello no le seducía.

—Está petrificado —se rió Tensing—. Puede curar huesos quebrados en pocos minutos. Una pizca de esto, molido y disuelto en alcohol de arroz puede transportarte a cualquiera de las estrellas que hay en el firmamento.

El trocito que Tensing había descubierto tenía un pequeño orificio, por donde el lama pasó una cuerda y se lo colgó al cuello a Dil Bahadur.

—Esto es como una coraza, tiene el poder de desviar ciertos metales. Flechas, cuchillos y otras armas cortantes no podrán dañarte.

—Pero tal vez baste un diente infectado, un tropezón en el hielo o una pedrada en la cabeza para matarme... —se rió el joven.

—Todos vamos a morir, es lo único seguro, Dil Bahadur.

El lama y el príncipe se instalaron cerca de una caliente fumarola, dispuestos a pasar una noche cómoda por primera vez en varios días, ya que la gruesa columna de vapor los mantenía abrigados. Habían hecho té con el agua de una cercana fuente termal. El agua salía hirviendo y al aplacarse las burbujas adquiría un pálido color lavanda. La fuente alimentaba un humeante arroyo, en cuyas orillas crecían carnosas flores moradas.

El monje rara vez dormía. Se sentaba en la posición del loto con los ojos entrecerrados, y así descansaba y reponía su energía. Tenía la facultad de permanecer absolutamente inmóvil, controlando con la mente su respiración, la presión sanguínea, las pulsaciones del corazón y la temperatura, de modo que su cuerpo entraba en un estado de hibernación. Con la misma facilidad con que entraba en reposo absoluto, ante una emergencia podía saltar a la velocidad de un disparo, con todos sus poderosos músculos listos para la defensa. Dil Bahadur había procurado imitarlo durante años, sin conseguirlo. Rendido de fatiga, se durmió en cuanto puso la cabeza en el suelo.

El príncipe despertó en medio de un coro de aterradores gruñidos. Apenas abrió los ojos y vio a quienes lo rodeaban, se irguió como un resorte, aterrizando de pie, con las rodillas dobladas y los brazos extendidos en posición de ataque. La voz tranquila del maestro lo paralizó en el instante en que se aprontaba a golpear.

—Calma. Son los yetis. Envíales afecto y compasión, como al tigre —murmuró el lama.

Estaban en medio de una horda de seres repelentes, de un metro y medio de altura, cubiertos enteramente de pelambre blanco, enmarañado e inmundo, con largos brazos y piernas cortas y arqueadas, terminadas en enormes pies de mono. Dil Bahadur supuso que el origen de la leyenda eran las huellas de esos pies grandes. Pero, entonces, ¿de qué eran los largos huesos y las gigantescas calaveras que habían visto en el túnel?

El escaso tamaño de aquellos seres en nada disminuía su aspecto de ferocidad. Los rostros chatos y peludos eran casi humanos, pero de expresión bestial; los ojos eran pequeños y rojizos; las orejas puntudas de perro y los dientes afilados y largos. Entre gruñido y gruñido asomaban las lenguas, que se enroscaban en la punta, como las de un reptil, de un intenso color azul morado. Tenían el pecho cubierto por unas corazas de cuero, manchadas de sangre seca, atadas en los hombros y la cintura. Blandían amenazadores garrotes y rocas filudas, pero, a pesar de sus armas y de que los superaban ampliamente en número, se mantenían a una prudente distancia. Empezaba a amanecer y la luz del alba daba a la escena, envuelta en una bruma espesa, un tono de pesadilla.

Tensing se puso de pie con lentitud, para no provocar una reacción en sus atacantes. Comparados con aquel gigante, los yetis parecían aún más bajos y contrahechos. El aura del maestro no había cambiado, seguía siendo blanca y dorada, lo cual indicaba su perfecta serenidad, mientras que la de la mayoría de aquellos seres no tenía brillo, era vacilante, de tonos terrosos, lo que indicaba enfermedad y miedo.

El príncipe adivinó por qué no los habían atacado de inmediato: parecían esperar a alguien. A los pocos minutos vio avanzar a una figura mucho más alta que las demás, a pesar de que estaba encorvada por la edad. Era de la misma especie de los yetis, pero medio cuerpo más alta. Si hubiera podido enderezarse, tendría el tamaño de Tensing, pero a la mucha edad se sumaba una joroba que le deformaba la espalda y la obligaba a caminar con el torso paralelo al suelo. A diferencia de los otros yetis, que sólo iban vestidos con sus largos pelos inmundos y las corazas, ella se adornaba con collares de dientes y huesos, tenía una raída capa de piel de tigre y un retorcido bastón de palo en la mano.

Aquella criatura no podía llamarse mujer, aunque era de sexo femenino; tampoco era humana, aunque no era exactamente un animal. Su pelaje era ralo y se había caído en varias partes, revelando una piel escamosa y rosada, como la cola de una rata. Estaba revestida de una costra impenetrable de grasa, sangre seca, barro y mugre, que emitía un olor insufrible. Las uñas eran garras negras, y los pocos dientes de su boca estaban sueltos y bailaban con cada uno de sus soplidos. Por la nariz le goteaba un moquillo verde. Sus ojos legañosos brillaban en medio de los mechones de pelos erizados que cubrían su rostro. A su paso los yetis se apartaron con respeto; era evidente que ella mandaba, debía ser la reina o la hechicera de la tribu.

Sorprendido, Dil Bahadur vio que su maestro se ponía de rodillas frente a la siniestra criatura, juntaba las manos ante la cara y recitaba el saludo habitual del Reino Prohibido: «Tenga usted felicidad».

—*Tampo kachi* —dijo.

—Grr-ympr —rugió ella, salpicándolo de saliva.

De rodillas, Tensing quedaba a la altura de la encorvada anciana y así podían mirarse a los ojos. Dil Bahadur imitó al lama, a pesar de que en esa postura no podía defenderse de los yetis, que continuaban blandiendo sus garrotes. De reojo calculó que había unos diez o doce a su alrededor y quién sabe cuántos más en las cercanías.

La jefa de la tribu lanzó una serie de ruidos guturales y agudos, que combinados parecían un lenguaje. Dil Bahadur tuvo la impresión de haberlo escuchado antes, pero no sabía adónde. No comprendía ni una palabra, a pesar de que los sonidos le eran familiares. De inmediato todos los yetis se pusieron también de rodillas y procedieron a golpearse la frente en el suelo, pero sin soltar sus armas, oscilando entre aquel saludo ceremonioso y el impulso de masacrarlos con sus garrotes.

La vieja yeti mantenía a los demás aplacados, mientras repetía el gruñido que sonaba como Grr-ympr. Los visitantes supusieron que debía ser su nombre. Tensing escuchaba muy atento, mientras Dil Bahadur hacía un esfuerzo por captar a nivel telepático lo que pensaban aquellas criaturas, pero sus mentes eran una maraña de visiones incomprensibles. Prestó atención a lo que intentaba comunicar la bruja, quien sin duda era más evolucionada que los otros. Varias imágenes se formaron en su cerebro. Vio unos animalitos peludos, como conejos blancos, agitarse en convulsiones y luego quedar rígidos. Vio cadáveres y osamentas; vio varios yetis que empujaban a otro a las fumarolas hirvientes; vio sangre, muerte, brutalidad y terror.

—Cuidado, maestro, son muy salvajes —balbuceó el joven.

—Posiblemente están más asustados que nosotros, Dil Bahadur —replicó el lama.

Grr-ympr hizo un gesto a los demás yetis, que finalmente bajaron los garrotes, mientras ella avanzaba llamando con gestos al príncipe y su maestro. Ellos la siguieron, flanqueados por los yetis, entre las altas columnas de vapor y las aguas termales hacia unos agujeros naturales que se abrían en el suelo volcánico. Por el camino vieron otros yetis, todos sentados o tirados por tierra, que no hicieron ademán de acercarse.

La lava ardiente de alguna erupción volcánica muy antigua se había enfriado en la superficie en contacto con el hielo y la nieve, pero durante mucho tiempo había seguido avanzando en estado líquido por debajo. Así se formaron cavernas y túneles subterráneos, en los cuales los yetis hicieron sus viviendas. En algunas partes la costra de lava se había roto y por los agujeros entraba luz. Esas cuevas eran en su mayoría tan bajas y estrechas, que Tensing no entraba, pero se mantenían a una temperatura agradable, porque el recuerdo del calor de la lava permanecía en las paredes y las aguas calientes de las fumarolas pasaban por el subsuelo. Así se defendían los yetis del clima, de otro modo les sería imposible pasar el invierno.

No había objetos de ninguna clase en las cuevas, sólo pieles fétidas, con pedazos de carne seca todavía adheridos. Con horror, Dil Bahadur comprendió que algunas de las pieles eran de los mismos yetis, seguramente arrancadas de los cadáveres. El resto era de *chegnos*, animales desconocidos en el resto del mundo, que los yetis mantenían en corrales hechos con peñascos y nieve. Los *chegnos* eran más pequeños que los yaks y tenían cuernos retorcidos, como de carnero. Los yetis aprovechaban su carne, grasa, piel y también el excremento seco, que usaban como combustible. Sin esos nobles animales, que comían muy poco y resistían las temperaturas más bajas, los yetis no podrían sobrevivir.

—Nos quedaremos aquí unos días, Dil Bahadur. Trata de aprender el lenguaje de los yetis —dijo el lama.

—¿Para qué, maestro? Nunca más tendremos ocasión de usarlo.

—Posiblemente yo no, pero tú tal vez sí —replicó Tensing.

Poco a poco se familiarizaron con los sonidos que emitían esas criaturas. Con las palabras aprendidas y leyendo la mente de Grr-ympr, Tensing y Dil Bahadur se enteraron de la tragedia que sufrían aquellos seres: nacían cada vez menos niños y muy pocos sobrevivían. La suerte de los adultos no era mucho mejor. Cada generación era más baja y débil que la anterior, sus vidas se habían acortado drásticamente y sólo unos pocos individuos tenían fuerza para realizar las tareas necesarias, como criar a los *chegnos*, recolectar plantas y cazar para comer. Se trataba de un castigo de los dioses o de los demonios que viven en las montañas, les aseguró Grr-ympr. Dijo que los yetis trataron de aplacarlos con sacrificios, pero la muerte de varias víctimas, que fueron despedazadas o lanzadas al agua hirviendo de las fumarolas, no había terminado con el maleficio divino.

Grr-ympr había vivido mucho. Su autoridad provenía de su memoria y experiencia, que nadie más poseía. La tribu le atribuía poderes sobrenaturales y durante dos generaciones había esperado que ella se entendiera con los dioses, pero su magia no había servido para anular el hechizo y salvar a su pueblo de una próxima extinción. Grr-ympr manifestó que había invocado una y otra vez a los dioses y ahora, por fin, éstos se presentaban: apenas vio a Tensing y a Dil Bahadur, supo que eran ellos. Por eso los yetis no los habían atacado.

Todo esto comunicó a los visitantes la mente de la atribulada anciana.

—Cuando estos seres sepan que no somos dioses, sino simples seres humanos, no creo que estén muy contentos —observó el príncipe.

—Tal vez... Pero comparados con ellos, somos semidioses, a pesar de nuestras infinitas debilidades —dijo sonriendo el lama.

Grr-ympr recordaba la época en que los yetis eran altos, pesados y estaban protegidos por un pelaje tan espeso, que podían vivir a la intemperie en la región más alta y fría del planeta. Los huesos que los visitantes habían visto en el cañón eran de sus antepasados, los yetis gigantes. Allí los preservaban con respeto, aunque ya nadie más que ella los recordaba. Grr-ympr era una niña cuando su tribu descubrió el valle de las aguas calientes, donde la temperatura era soportable y la existencia más fácil, porque crecía vegetación y había algunos animales para cazar, como ratones y cabras, además de los *chegnos*.

También la bruja recordaba haber visto una vez antes en su vida a dioses como Tensing y Dil Bahadur, que llegaron al valle a buscar plantas. A cambio de las plantas que se llevaron, les entregaron conocimientos valiosos, que mejoraron las condiciones de vida de los yetis. Ellos les enseñaron a domesticar a los *chegnos* y a cocinar la carne, aunque ya nadie tenía energía para frotar piedras y hacer fuego.

Devoraban crudo lo que pudieran cazar y si el hambre era muy grande, como último recurso mataban *chegnos* o se comían los cadáveres de otros yetis. Los lamas también les enseñaron a distinguirse mediante un nombre propio. Grr-ympr quería decir «mujer sabia» en la lengua de los yetis.

Hacía mucho que ningún dios aparecía en el valle, les informó telepáticamente Grr-ympr. Tensing calculó que desde hacía por lo menos medio siglo, cuando China invadió Tíbet, ninguna expedición había llegado en busca de plantas medicinales. Los yetis no vivían mucho tiempo y ninguno, salvo la vieja hechicera, había visto seres humanos, pero en la memoria colectiva existía la leyenda de los sabios lamas.

Tensing se sentó en una cueva más grande que las otras, la única donde pudo entrar a gatas, que sin duda servía de lugar de reunión, algo así como una sala de consejo. Dil Bahadur y Grr-ympr se sentaron a su lado, y poco a poco fueron llegando los yetis, algunos tan débiles, que apenas se arrastraban por el suelo. Aquellos que los habían recibido blandiendo piedras y garrotes eran los guerreros de ese patético grupo, y se quedaron afuera montando guardia, sin soltar sus armas.

Los yetis desfilaron uno a uno, unos veinte en total, sin contar a la docena de guerreros. Eran casi todos hembras y, a juzgar por el pelo y los dientes, parecían jóvenes, pero estaban muy enfermas. Tensing examinó a cada una con gran respeto, para no asustarlas. Las últimas cinco llevaban consigo a sus bebés, los únicos que quedaban vivos. No tenían el aspecto repugnante de los adultos, parecían desarticulados monitos de peluche blanco. Estaban lacios, no sostenían la cabeza ni los miembros, mantenían los ojos cerrados y apenas respiraban.

Conmovido, Dil Bahadur vio que esos seres de aspecto bestial amaban a sus crías como cualquier madre. Las sostenían en sus brazos con ternura, las olisqueaban y lamían, se las ponían al pecho para alimentarlas y gritaban de angustia al comprobar que no reaccionaban.

—Es muy triste, maestro. Se están muriendo —observó el joven.

—La vida está llena de sufrimiento. Nuestra misión es aliviarlo, Dil Bahadur —replicó Tensing.

Había tan mala luz en la cueva y era tan insoportable el olor, que el lama indicó que debían salir al aire libre. Allí se reunió la tribu. Grr-ympr dio unos pasos de danza en torno a los bebés enfermos, haciendo sonar sus collares de huesos y dientes y lanzando gritos espeluznantes. Los yetis la acompañaron con un coro de gemidos.

Sin hacer caso a la barahúnda de lamentos que había a su alrededor, Tensing se inclinó sobre los niños. Dil Bahadur vio cambiar la expresión de su maestro, como solía ocurrir cuando activaba sus poderes de curación. El lama levantó a uno de los bebés más pequeños, que cabía cómodamente en la palma de su mano, y lo examinó con atención. Luego se aproximó a una de las madres haciendo gestos amistosos, para calmarla, y estudió unas gotas de su leche.

—¿Qué les pasa a los niños? —preguntó el príncipe.

—Posiblemente están muriendo de hambre —dijo Tensing.

—¿Hambre? ¿Sus madres no los alimentan?

Tensing le explicó que la leche de las yetis era un líquido amarillo y transparente. Enseguida llamó a los guerreros, que no quisieron acercarse hasta que Grr-ympr les gruñó una orden, y también a ellos los examinó el lama, fijándose especialmente en las lenguas moradas. La única que no tenía ese color en la lengua resultó ser la vieja Grr-ympr. Su boca era un hueco maloliente y oscuro que no apetecía observar muy de cerca, pero Tensing no era un hombre que retrocediera ante los obstáculos.

—Todos los yetis están desnutridos, menos Grr-ympr, que sólo presenta síntomas de mucha edad. Le calculo como cien años —concluyó el lama.

—¿Qué ha cambiado en el valle para que les falte comida? —preguntó el discípulo.

—Tal vez no falta alimento, sino que están enfermos y no asimilan lo que comen. Los bebés dependen de la leche materna, que no sirve para nutrirlos, es como agua, por eso mueren a las pocas semanas o meses. Los adultos tienen más recursos, porque comen carne y plantas, pero algo los ha debilitado.

—Por eso se han ido reduciendo de tamaño y mueren jóvenes —agregó Dil Bahadur.

—Tal vez.

Dil Bahadur puso los ojos en blanco: a veces la vaguedad de su maestro lo sacaba de quicio.

—Éste es un problema de las últimas dos generaciones, porque Grr-ympr recuerda cuando los yetis eran altos como ella. A este paso posiblemente en pocos años habrán desaparecido —dijo el joven.

—Tal vez —replicó por centésima vez el lama, quien estaba pensando en otra cosa, y agregó que Grr-ympr también recordaba cuando se trasladaron a este valle. Eso significaba que había algo dañino allí, algo que estaba destruyendo a los yetis.

—¡Eso debe ser...! ¿Puede salvarlos, maestro?

—Tal vez...

El monje cerró los ojos y oró durante unos minutos, pidiendo inspiración para resolver el problema y humildad para comprender que el resultado no estaba en sus manos. Haría lo mejor que pudiera, pero él no controlaba la vida o la muerte.

Terminada su corta meditación, Tensing se lavó las manos, enseguida se dirigió a uno de los corrales, escogió a una *chegno* hembra y la ordeñó. Llenó su escudilla de leche tibia y espumosa y la llevó donde estaban los niños. Empapó un trapo en la leche y lo puso en la boca de uno de ellos. Al principio éste no reaccionó, pero a los pocos segundos el olor de la leche lo reanimó, sus labios se abrieron y comenzó a succionar débilmente del trapo. Con gestos, el lama indicó a las madres que lo imitaran.

El proceso de enseñar a los yetis a ordeñar los *chegnos* y alimentar a los bebés gota a gota fue largo y tedioso. Los yetis tenían una capacidad mínima de razonamiento, pero lograban aprender por repetición. El maestro y el discípulo pasaron el día completo en eso, pero vieron los resultados esa misma noche, cuando tres de los niños empezaron a llorar por primera vez. Al día siguiente los cinco lloraban pidiendo leche y pronto abrieron los ojos y pudieron moverse.

Dil Bahadur se sentía tan ufano como si la solución hubiera sido idea suya, pero Tensing no descansaba. Debía encontrar una explicación. Estudió cada cosa que los yetis se echaban a la boca, sin dar con la causa de la enfermedad, hasta que él mismo y su discípulo empezaron a sufrir dolores de vientre y vomitar bilis. Ellos sólo comían *tsampa*, su alimento habitual de harina de cebada, manteca y agua caliente. No probaron la carne de *chegno* que les ofrecieron los yetis, porque eran vegetarianos.

—¿Qué es lo único diferente que hemos comido, Dil

Bahadur? —preguntó el maestro, mientras preparaba un té digestivo para ambos.

—Nada, maestro —replicó el joven, pálido como un muerto.

—Algo debe ser —insistió Tensing.

—Sólo nos hemos alimentado de *tsampa*, nada más... —murmuró el joven.

Tensing le pasó la escudilla con el té y Dil Bahadur, doblado de dolor, se la llevó a la boca. No alcanzó a tragar el líquido. Lo escupió sobre la nieve.

—¡El agua, maestro! ¡Es el agua caliente!

Normalmente hervían agua o nieve para preparar su *tsampa* y el té, pero en el valle habían utilizado el agua hirviendo de una de las fuentes termales que brotaban del suelo.

—Eso es lo que está envenenando a los yetis, maestro —insistió el príncipe.

Los habían visto utilizar el agua color lavanda de la fuente termal para hacer una sopa de hongos, hierbas y flores moradas, la base de su alimentación. Grr-ympr había perdido el apetito con los años y sólo comía carne cruda cada dos o tres días y se echaba puñados de nieve a la boca para calmar la sed. Esa misma agua termal, que debía contener minerales tóxicos, habían empleado ellos para el té. En las horas siguientes la evitaron por completo y el malestar que los atormentaba cesó. Para asegurarse de que habían dado con la causa del problema, al otro día Dil Bahadur hizo té con el agua sospechosa y lo bebió. Pronto estaba vomitando, pero feliz de haber probado su teoría.

El lama y su discípulo informaron con gran paciencia a Grr-ympr de que el agua caliente color lavanda estaba absolutamente prohibida, así como las flores moradas que crecían en las orillas del arroyo. El agua termal servía para bañarse, no para beberla ni para preparar comida, le dijo. No se dieron el trabajo de explicarle que contenía minerales dañinos, porque la anciana yeti no habría comprendido; bastaba con que los yetis acataran sus instrucciones. Grr-ympr facilitó su tarea. Reunió a sus súbditos y les notificó la nueva ley: quien bebe de esa agua, será lanzado a las fumarolas, ¿entendido? Todos entendieron.

La tribu ayudó a Tensing y Dil Bahadur a recolectar las plantas medicinales que necesitaban. Durante la semana que permanecieron en el Valle de los Yetis, los visitantes comprobaron que los niños se recuperaban día a día, y que los adultos se fortalecían a medida que desaparecía el color morado de las lenguas.

Grr-ympr en persona los acompañó cuando llegó el momento de partir. Los vio encaminarse hacia el cañón por donde habían llegado y después de algunas vacilaciones, porque temía revelar el secreto de los yetis incluso a esos dioses, les indicó que la siguieran en la dirección contraria. El lama y el príncipe anduvieron detrás de ella durante más de una hora, por un sendero angosto que pasaba entre las columnas de vapor y las lagunas de agua hirviendo, hasta que dejaron atrás la primitiva aldea de los yetis.

La hechicera los llevó hasta el final de la meseta, les señaló una apertura en la montaña y les comunicó que por allí salían los yetis de vez en cuando en busca de comida. Tensing logró comprender lo que ella les decía: era un túnel natural para acortar camino. El misterioso valle quedaba mucho más cerca de la civilización de lo que nadie suponía. El pergamino en poder de Tensing indicaba la única ruta conocida por los lamas, que era mucho más larga y llena de obstáculos, pero también existía ese paso secreto. Por su ubicación, Tensing comprendió que el túnel bajaba directamente por el interior de la montaña y salía antes de

Chenthan Dzong, el monasterio en ruinas. Eso les ahorraba dos tercios del camino.

Grr-ympr se despidió de ellos con la única muestra de afecto que conocía: les lamió la cara y las manos hasta dejarlos empapados de saliva y mocos.

Apenas la horrenda hechicera dio media vuelta, Dil Bahadur y Tensing se revolcaron en la nieve para limpiarse. El maestro se reía, pero el discípulo apenas podía controlar el asco.

—El único consuelo es que nunca más volveremos a ver a esta buena señora —comentó el joven.

—Nunca es mucho tiempo, Dil Bahadur. Tal vez la vida nos depare una sorpresa —replicó el lama, penetrando decididamente en el angosto túnel.

2

TRES HUEVOS FABULOSOS

Entretanto, al otro lado del mundo, Alexander Cold llegaba a Nueva York acompañado por su abuela, Kate. El muchacho americano había adquirido un color de madera bajo el sol del Amazonas. Tenía un corte de pelo hecho por los indios, con una peladura circular afeitada en medio de la cabeza, donde lucía una cicatriz reciente. Llevaba su mochila inmunda a la espalda y en las manos una botella con un líquido lechoso. Kate Cold, tan tostada como él, iba vestida con sus habituales pantalones cortos de color caqui y zapatones embarrados. Su pelo gris, cortado por ella misma sin mirarse al espejo, le daba un aspecto de indio mohicano recién despertado. Estaba cansada, pero sus ojos brillaban tras los lentes rotos, sujetos con cinta adhesiva. El equipaje comprendía un tubo de casi tres metros de largo y otros bultos de tamaño y forma poco usual.

—¿Tienen algo que declarar? —preguntó el oficial de inmigración, lanzando una mirada de desaprobación al extraño peinado de Alex y la facha de la abuela.

Eran las cinco de la madrugada y el hombre estaba tan cansado como los pasajeros del avión que acababa de llegar de Brasil.

—Nada. Somos reporteros del *International Geogra-*

phic. Todo lo que traemos es material de trabajo —replicó Kate Cold.

—¿Fruta, vegetales, alimentos?

—Sólo el agua de la salud para curar a mi madre... —dijo Alex, mostrando la botella que había llevado en la mano durante todo el viaje.

—No le haga caso, oficial, este muchacho tiene mucha imaginación —interrumpió Kate.

—¿Qué es eso? —preguntó el funcionario señalando el tubo.

—Una cerbatana.

—¿Qué?

—Es una especie de caña hueca que usan los indios del Amazonas para disparar dardos envenenados con... —empezó a explicar Alexander, pero su abuela lo hizo callar de una patada.

El hombre estaba distraído y no siguió preguntando, de modo que no supo del carcaj con los dardos ni de la calabaza con el mortal curare, que venía en otro de los bultos.

—¿Algo más?

Alexander Cold buscó en los bolsillos de su parka y extrajo tres bolas de vidrio.

—¿Qué es eso?

—Creo que son diamantes —dijo el muchacho y al punto recibió otra patada de su abuela.

—¡Diamantes! ¡Muy divertido! ¿Qué has estado fumando, muchacho? —exclamó el oficial con una carcajada, estampando los pasaportes e indicándoles que siguieran.

Al abrir la puerta del apartamento en Nueva York, una bocanada de aire fétido golpeó a Kate y Alexander en la cara. La escritora se dio una palmada en la frente. No era la primera vez que se iba de viaje y dejaba la basura en la cocina. Entraron a tropezones, cubriéndose la nariz. Mientras Kate organizaba el equipaje, su nieto abrió las ventanas y se hizo cargo de la basura, a la cual ya le había crecido flora y fauna. Cuando por fin lograron meter el tubo con la cerbatana en el minúsculo apartamento, Kate cayó despatarrada en el sofá con un suspiro. Sentía que empezaban a pesarle los años.

Alexander extrajo las bolas de su parka y las colocó sobre la mesa. Ella les dirigió una mirada indiferente. Parecían esos pisapapeles de vidrio que compran los turistas.

—Son diamantes, Kate —le informó el muchacho.

—¡Claro! Y yo soy Marilyn Monroe... —contestó la vieja escritora.

—¿Quién?

—¡Bah! —gruñó ella, espantada ante el abismo generacional que la separaba de su nieto.

—Debe ser alguien de tu época —sugirió Alexander.

—¡Ésta es mi época! Ésta es más época mía que tuya. Al menos yo no vivo en la luna, como tú —refunfuñó la abuela.

—De verdad son diamantes, Kate —insistió él.

—Está bien, Alexander, son diamantes.

—¿Podrías llamarme Jaguar? Es mi animal totémico. Los diamantes no nos pertenecen, Kate, son de los indios, de la gente de la neblina. Le prometí a Nadia que los emplearíamos para protegerlos.

—¡Ya, ya, ya! —masculló ella sin prestarle atención.

—Con esto podemos financiar la fundación que pensabas hacer con el profesor Leblanc.

—Creo que con el golpe que te dieron en el cráneo se te soltaron los tornillos del cerebro, hijo —replicó ella, colocando distraídamente los huevos de cristal en el bolsillo de su chaqueta.

En las semanas siguientes la escritora tendría ocasión de revisar ese juicio sobre su nieto.

Kate tuvo los huevos de cristal en su poder durante dos semanas, sin acordarse de ellos para nada, hasta que al mover su chaqueta de una silla cayó uno de ellos, aplastándole los dedos de un pie. Para entonces su nieto Alexander estaba de vuelta en casa de sus padres en California. La escritora anduvo varios días con el pie adolorido y las piedras en el bolsillo, jugueteando con ellas distraídamente en la calle. Una mañana pasó a tomar un café al local de la esquina y al irse dejó uno de los diamantes olvidado sobre la mesa. El dueño, un italiano que la conocía desde hacía veinte años, la alcanzó en la esquina.

—¡Kate! ¡Se te quedó tu bola de vidrio! —le gritó, lanzándosela por encima de las cabezas de otros transeúntes.

Ella la cogió al vuelo y siguió andando con la idea de que ya era hora de hacer algo respecto a esos huevos. Sin un plan definido, se dirigió a la calle de los joyeros, donde se encontraba el negocio de un antiguo enamorado suyo, Isaac Rosenblat. Cuarenta años antes habían estado a punto de casarse, pero apareció Joseph Cold y sedujo a Kate tocándole un concierto de flauta. Kate estaba segura de que la flauta era mágica. Al poco tiempo Joseph Cold se convirtió en uno de los músicos más célebres del mundo. «¡Era la misma flauta que el tonto de mi nieto dejó tirada en el Amazonas!», pensó Kate, furiosa. Le había dado un buen tirón de orejas a Alexander por perder el magnífico instrumento musical de su abuelo.

Isaac Rosenblat era un pilar de la comunidad hebrea, rico, respetado y padre de seis hijos. Era una de esas personas ecuánimes, que cumplen con su deber sin aspavientos y que tienen el alma en paz; pero cuando vio entrar a Kate Cold a su tienda sintió que se hundía en una ciénaga de recuerdos. En un instante volvió a ser el joven tímido que había amado a esa mujer con la desesperación del primer amor. En ese tiempo ella era una joven de piel de porcelana e indómita cabellera roja; ahora lucía más arrugas que un pergamino y unos pelos grises cortados a tijeretazos y tiesos como las cerdas de un escobillón.

—¡Kate! No has cambiado, muchacha, te reconocería en una multitud... —murmuró, emocionado.

—No mientas, viejo sinvergüenza —replicó ella, sonriendo halagada, a pesar suyo, y soltando su mochila, que se estrelló en el piso como un saco de papas.

—Has venido a decirme que te equivocaste y a pedirme perdón por haberme dejado plantado y con el corazón roto, ¿verdad? —se burló el joyero.

—Es cierto, me equivoqué, Isaac. No sirvo para casada. Mi matrimonio con Joseph duró muy poco, pero al menos tuvimos un hijo, John. Ahora tengo tres nietos.

—Supe que Joseph murió, en verdad lo lamento. Siempre le tuve celos y no le perdoné que me quitara la novia, pero igual compraba todos sus discos. Tengo la colección completa de sus conciertos. Era un genio... —dijo el joyero ofreciendo asiento a Kate en un sofá de cuero oscuro y acomodándose a su lado—. Así es que ahora estás viuda —agregó estudiándola con cariño.

—No te hagas ilusiones, no he venido a que me consueles. Tampoco he venido a comprar joyas. No van bien con mi estilo —replicó Kate.

—Ya lo veo —anotó Isaac Rosenblat, mirando de reojo

los pantalones arrugados, las botas de combate y la bolsa de excursionista que había en el suelo.

—Quiero mostrarte unos pedazos de vidrio —dijo ella, sacando los huevos de su chaqueta.

Por la ventana entraba la luz de la mañana, que dio de lleno sobre los objetos que la mujer sostenía en las palmas de las manos. Un resplandor imposible cegó por un instante a Isaac Rosenblat, provocándole un sobresalto en el corazón. Provenía de una familia de joyeros. Por las manos de su abuelo habían pasado piedras preciosas de las tumbas de los faraones egipcios; de las manos de su padre habían salido diademas para emperatrices; sus manos habían desmontado los rubíes y las esmeraldas de los zares de Rusia, asesinados durante la revolución bolchevique. Nadie sabía más de joyas que él, y muy pocas piedras lograban emocionarlo, pero tenía ante sus ojos algo tan prodigioso, que se sintió mareado. Sin decir palabra, tomó los huevos, los llevó a su escritorio y los examinó con lupa bajo una lámpara. Cuando comprobó que su primera impresión era cierta, dio un suspiro profundo, sacó un pañuelo blanco de batista y se secó la frente.

—¿Dónde robaste esto, muchacha? —preguntó con voz temblorosa.

—Vienen de un lugar remoto llamado la Ciudad de las Bestias.

—¿Me estás tomando el pelo? —preguntó el joyero.

—Te prometo que no. ¿Valen algo, Isaac?

—Algo valen, sí. Digamos que con ellos puedes comprar un país chico —murmuró el joyero.

—¿Estás seguro?

—Son los diamantes más grandes y más perfectos que he visto. ¿Dónde estaban? Es imposible que un tesoro como éste haya pasado inadvertido. Conozco todas las piedras importantes que existen, pero nunca oí hablar de éstas, Kate.

—Pide que nos traigan café y un trago de vodka, Isaac. Ahora ponte cómodo, porque voy a contarte una historia interesante —replicó Kate Cold.

Así se enteró el buen hombre de una adolescente brasilera, quien subió a una misteriosa montaña en el Alto Orinoco, guiada por un sueño y por un brujo desnudo, donde encontró las piedras en un nido de águilas. Kate le contó cómo la niña le había dado aquella fortuna a Alexander, su nieto, encargándole la misión de usarla para ayudar a una cierta tribu de indios, la gente de la neblina, que aún vivía en la Edad de la Piedra. Isaac Rosenblat escuchó cortésmente, sin creer ni una palabra de aquel descabellado cuento. Ni un tonto de remate podía tragarse semejantes fantasías, concluyó. Seguramente su antigua novia estaba involucrada en algún negocio muy turbio o había descubierto una mina fabulosa. Sabía que Kate nunca se lo confesaría. Allá ella, estaba en su derecho, suspiró otra vez.

—Veo que no me crees, Isaac —masculló la estrafalaria escritora echándose otro trago de vodka al gaznate para aplacar un acceso de tos.

—Supongo que estás de acuerdo conmigo en que ésta es una historia poco común, Kate...

—Y eso que todavía no te he contado de las Bestias, unos gigantes peludos y hediondos que...

—Está bien, Kate, creo que no necesito más detalles —la interrumpió el joyero, extenuado.

—Debo convertir estos peñascos en capital para una fundación. Le prometí a mi nieto que se usarían para proteger a la gente de la neblina, así se llaman los indios invisibles, y...

—¿Invisibles?

—No son exactamente invisibles, Isaac, pero lo parecen. Es como un truco de magia. Dice Nadia Santos que...

—¿Quién es Nadia Santos?

—La chica que encontró los diamantes, ya te lo dije. ¿Me ayudarás, Isaac?

—Te ayudaré, siempre que sea legal, Kate.

Y así fue como el honrado Isaac Rosenblat se convirtió en guardián de las tres piedras maravillosas; cómo se hizo cargo de convertirlas en dinero contante y sonante; cómo invirtió el capital sabiamente; y cómo asesoró a Kate Cold para crear la Fundación Diamante. Le aconsejó nombrar presidente al antropólogo Ludovic Leblanc, pero mantener en sus propias manos el control del dinero. De ese modo también reanudó la amistad con ella, dormida durante cuarenta años.

—¿Sabes que yo también soy viudo, Kate? —le confesó esa misma noche, cuando salieron a cenar juntos.

—Supongo que no pensarás declararte, Isaac. Hace mucho que no he lavado los calcetines de un marido y no pienso hacerlo ahora —dijo riendo la escritora.

Brindaron por los diamantes.

Unos meses más tarde Kate se encontraba ante su computadora, sin más ropa sobre su enjuto cuerpo que una camiseta llena de agujeros que le llegaba a medio muslo y dejaba a la vista sus rodillas nudosas, sus piernas cruzadas de venas y cicatrices y sus firmes pies de caminante. Sobre su cabeza giraban, con un zumbido de moscardones, las aspas de un ventilador, que no lograban aliviar el calor sofocante de Nueva York en verano. Desde hacía algún tiempo —dieciséis o diecisiete años— la escritora contemplaba la posibilidad de instalar aire acondicionado en su apartamento, pero todavía no había encontrado el momento para hacerlo. El sudor le empapaba el cabello y le chorreaba por la espalda, mientras sus dedos azotaban con furia el teclado. Sabía que bastaba rozar las teclas, pero ella era un animal de costumbres y por eso las machacaba, como antes hacía en su anticuada máquina de escribir.

A un lado de la computadora tenía un jarro de té helado con vodka, una mezcla explosiva de cuya invención se sentía muy orgullosa. Al otro lado descansaba su pipa de marinero apagada. Se había resignado a fumar menos, porque la tos no la dejaba en paz, pero mantenía la pipa cargada por compañía: el olor del tabaco negro reconfortaba su alma. «A los sesenta y cinco años no son muchos los vicios que una bruja como yo puede permitirse», pensaba. No estaba dispuesta a renunciar a ninguno de sus vicios, pero si no dejaba de fumar iban a estallarle los pulmones.

Kate llevaba seis meses dedicada a poner en pie la Fundación Diamante, que había creado con el famoso antropólogo Ludovic Leblanc, a quien, dicho sea de paso, consideraba su enemigo. Detestaba ese tipo de trabajo, pero, si no lo hacía, su nieto Alexander jamás se lo perdonaría. «Soy una persona de acción, una reportera de viajes y aventuras, no una burócrata», suspiraba entre sorbo y sorbo de té con vodka.

Además de lidiar con el asunto de la fundación, había tenido que volar dos veces a Caracas para declarar en el juicio contra Mauro Carías y la doctora Omayra Torres, los responsables de la muerte de centenares de indígenas infectados de viruela. Mauro Carías no asistió al juicio, estaba convertido en vegetal en una clínica privada. Habría sido mejor que el garrotazo que recibió de los indios lo hubiera despachado al otro mundo.

Las cosas se complicaban para Kate Cold, porque la revista *International Geographic* le había encargado escribir un reportaje sobre el Reino del Dragón de Oro. No le convenía seguir postergando el viaje, porque podían dárselo a otro reportero, pero antes de partir debía curarse la tos. Ese pequeño país estaba incrustado entre los picos del Himalaya, donde el clima era muy traicionero; la temperatura podía variar treinta grados en pocas horas. La idea de consultar a un médico no se le pasaba por la mente, por supuesto. No lo había hecho jamás en su vida y no era cosa de comenzar ahora; tenía la peor opinión de los profesionales que ganan por hora. Ella cobraba por palabra. Le parecía obvio que a ningún médico le conviene que el paciente sane, por eso prefería remedios caseros. Tenía su fe puesta en una corteza de árbol traída del Amazonas, que dejaría sus pulmones como nuevos. Un centenario chamán de nombre Walimai le había asegurado que la corteza servía para curar las enfermedades de la nariz y la boca. Kate la pulverizaba en la licuadora y la diluía en su té con vodka, para disimular el sabor amargo, y lo bebía a lo largo del día con gran determinación. La medicina aún no había dado resultados, le explicaba en ese mismo momento al profesor Ludovic Leblanc a través del correo electrónico.

Nada hacía tan felices a Cold y Leblanc como odiarse mutuamente, y no perdían ocasión de demostrarlo. No les faltaban pretextos, porque estaban inevitablemente unidos por la Fundación Diamante, cuyo presidente era él, mientras ella manejaba el dinero. El trabajo común para la fundación los obligaba a comunicarse casi a diario y lo hacían por correo electrónico para no tener que escuchar sus voces en el teléfono. Procuraban verse lo menos posible.

La Fundación Diamante había sido creada para proteger a las tribus del Amazonas en general y a la gente de la neblina en particular, como había exigido Alexander. El profesor Ludovic Leblanc estaba escribiendo un pesado libraco académico sobre la tribu y su propio papel en esa aventura, aunque en verdad los indios habían sido salvados milagrosamente del genocidio por Alexander Cold y su amiga brasilera Nadia Santos, y no por Leblanc. Al recordar esas semanas en la selva, Kate no podía evitar una sonrisa. Cuando partieron de viaje al Amazonas, su nieto era un chiquillo mimado y cuando volvieron, poco más tarde, estaba convertido en un hombre. Alexander —o Jaguar, como se le había puesto en la cabeza que debía llamarlo— se había portado como un valiente, era justo reconocerlo. Estaba orgullosa de él. La fundación existía gracias a Alex y Nadia; sin ellos el proyecto habría quedado en puras palabras: ellos lo habían financiado.

Al comienzo el profesor pretendía que la organización se llamara Fundación Ludovic Leblanc, porque estaba seguro de que su nombre atraería a la prensa y a posibles benefactores; pero Kate no le permitió terminar la frase.

—Tendrá que pasar sobre mi cadáver antes de poner el capital aportado por mi propio nieto a nombre suyo, Leblanc —lo interrumpió.

El antropólogo debió resignarse, porque ella disponía de los tres fabulosos diamantes del Amazonas. Como el joyero Rosenblat, tampoco Ludovic Leblanc creía ni una palabra de la historia de aquellas extraordinarias piedras. ¿Diamantes en un nido de águilas? ¡Cómo no! Sospechaba que el guía César Santos, padre de Nadia, tenía acceso a una mina secreta en plena jungla, de donde la chica había obtenido las piedras. Acariciaba la fantasía de regresar al Amazonas y convencer al guía de compartir las riquezas con él. Era un sueño disparatado, porque se estaba poniendo viejo, le dolían las articulaciones y ya no tenía energía para viajar a lugares sin aire acondicionado. Además estaba muy ocupado escribiendo su obra maestra.

Le parecía imposible concentrarse en su importante misión con su reducido sueldo de profesor. Su oficina era un hoyo insalubre, en un edificio decrépito, en un cuarto piso sin ascensor, una vergüenza. Si al menos Kate Cold fuera algo más generosa con el presupuesto... «¡Qué mujer tan desagradable!», pensaba el antropólogo. Era imposible tratar con ella. El presidente de la Fundación Diamante debía trabajar con estilo. Necesitaba una secretaria y una oficina decente; pero la avara de Kate no le soltaba ni un centavo más del estrictamente necesario para las tribus. Justamente en ese momento ambos discutían por correo electrónico a propósito de un automóvil, que a él le parecía indispensable. Movilizarse en metro era una pérdida de su precioso tiempo, que estaría mejor empleado al servicio de los indios y los bosques, explicaba. En la pantalla de ella iban formándose las frases de Leblanc: «No pido algo especial, Cold, no se trata de una limusina con chofer, sino apenas un pequeño convertible...».

Sonó el teléfono y la escritora lo ignoró, porque no deseaba perder el hilo de los contundentes argumentos con que planeaba acribillar a Leblanc, pero la campanilla siguió repicando hasta desquiciarla. Furiosa, cogió el auricular de un manotazo, refunfuñando contra el atrevido que la interrumpía en su trabajo intelectual.

—Hola, abuela —saludó alegremente la voz de su nieto mayor desde California.

—¡Alexander! —exclamó encantada al oírlo, pero enseguida se controló, no fuera su nieto a sospechar que lo echaba de menos—. ¿No te he dicho mil veces que no me llames abuela?

—También quedamos en que tú me llamarías Jaguar —replicó el muchacho, imperturbable.

—De jaguar no tienes ni un bigote, eres un pobre gato despelucado.

—Tú, en cambio, eres la madre de mi padre, así es que legalmente puedo llamarte abuela.

—¿Recibiste mi regalo? —lo cortó ella.

—¡Es maravilloso, Kate!

En realidad lo era. Alexander acababa de cumplir dieciséis años y el correo le llevó una enorme caja proveniente de Nueva York con el presente de su abuela. Kate Cold se había desprendido de una de sus más preciadas posesiones: la piel de una pitón de varios metros de largo, la misma que se había tragado su máquina fotográfica en Malaisia, varios años atrás. Ahora el trofeo colgaba, como único adorno, en la pieza de Alexander. Meses antes el chico había destrozado el mobiliario en un arrebato de angustia por la enfermedad de su madre. Sólo quedaron un colchón medio destripado para dormir y una linterna para leer en la noche.

—¿Cómo están tus hermanas?

—Andrea no entra a mi pieza, porque le tiene horror a la piel de la culebra, pero Nicole me sirve como esclava para que la deje tocarla. Me ha ofrecido todo lo que tiene a cambio de la pitón, pero jamás se la daré a nadie.

—Así lo espero. ¿Y cómo sigue tu madre?

—Mucho mejor, con decirte que ha vuelto a sus pinceles y sus pinturas. ¿Sabes? Walimai, el chamán, me dijo que tengo el poder de curar y que debo usarlo bien. He pensado que no voy a ser músico, como había pensado, sino médico. ¿Qué te parece? —preguntó Alex.

—Supongo que creerás que tú has curado a tu madre... —se rió la abuela.

—Yo no la curé, sino el agua de la salud y las plantas medicinales que traje del Amazonas...

—Y la quimioterapia y la radiación también —lo interrumpió ella.

—Nunca sabremos qué la curó, Kate. Otros pacientes que recibieron el mismo tratamiento en el mismo hospital ya se han muerto, en cambio mi mamá está en plena remisión. Esta enfermedad es muy traicionera y puede volver en cualquier momento, pero creo que las plantas que me dio el chamán Walimai y el agua maravillosa podrán mantenerla sana.

—Bastante trabajo te costó conseguirlas —comentó Kate.

—Casi dejé la vida...

—Eso no sería nada, dejaste la flauta de tu abuelo —lo cortó ella.

—Tu consideración por mi bienestar es conmovedora, Kate —se burló Alexander.

—¡En fin! El asunto ya no tiene remedio. Supongo que debo preguntar por tu familia...

—También es tuya y me parece que no tienes otra. Por si te interesa, poco a poco estamos volviendo a la normalidad en la familia. A mi mamá le está saliendo pelo crespo y canoso. Se veía más bonita pelada —la informó su nieto.

—Me alegro de que Lisa esté sanando. Me cae bien, es buena pintora —admitió Kate Cold.

—Y buena madre...

Hubo una pausa de varios segundos en la línea hasta que Alexander reunió el valor para plantear el motivo de su llamada. Explicó que tenía dinero ahorrado, porque había trabajado durante el semestre haciendo clases de música y sirviendo en una pizzería. Su propósito había sido reponer lo que destrozó en su habitación, pero después cambió de idea.

—No tengo tiempo para oír tus planes financieros. Anda al grano, ¿qué es lo que quieres? —lo conminó la abuela.

—Desde mañana estaré de vacaciones…

—¿Y?

—Pensé que, si yo pago mi pasaje, tal vez pudieras llevarme contigo en tu próximo viaje. ¿No me dijiste que irías al Himalaya?

Otro silencio glacial acogió la pregunta. Kate Cold estaba haciendo un esfuerzo tremendo por controlar la satisfacción que la embargaba: todo estaba saliendo de acuerdo a sus planes. Si lo hubiera invitado, su nieto habría puesto una serie de inconvenientes, tal como hizo cuando se trató de viajar al Amazonas, pero de esa manera la iniciativa partía de él. Tan segura estaba de que Alexander iría con ella, que le tenía preparada una sorpresa.

—¿Estás ahí, Kate? —preguntó Alexander tímidamente.

—Claro. ¿Dónde quieres que esté?

—¿Puedes pensarlo, al menos?

—¡Vaya! Yo creía que la juventud estaba dedicada a fumar pasto y conseguir pareja a través de Internet… —comentó ella entre dientes.

—Eso es un poco más tarde, Kate, tengo dieciséis años y no me alcanza el presupuesto ni siquiera para una cita virtual —se rió Alexander y agregó—: Creo haberte probado que soy buen compañero de viaje. No te molestaré en nada y puedo ayudarte. Ya no tienes edad para andar sola…

—Pero ¡qué dices, mocoso!

—Me refiero… bueno, puedo cargar tu equipaje, por ejemplo. También puedo tomar fotos.

—¿Crees que el *International Geographic* publicaría tus fotos? Vendrán Timothy Bruce y Joel González, los mismos fotógrafos que fueron con nosotros al Amazonas.

—¿Se curó González?

—Sanaron las costillas rotas, pero todavía anda asustado. Timothy Bruce lo cuida como una madre.

—Yo también te cuidaré a ti como una madre, Kate. En el Himalaya te puede pisotear una manada de yaks. Además hay poco oxígeno, te puede dar un ataque al corazón —suplicó el nieto.

—No pienso darle a Leblanc el gusto de morirme antes que él —masculló ella entre dientes, y agregó—: Pero veo que algo sabes sobre esa región.

—No te imaginas cuánto he leído al respecto. ¿Puedo ir contigo? ¡Por favor!

—Está bien, pero no voy a esperarte ni un solo minuto. Nos encontramos en el aeropuerto John F. Kennedy el próximo jueves, para embarcarnos a las nueve de la noche rumbo a Londres y de allí a Nueva Delhi. ¿Has comprendido?

—¡Allí estaré, te lo prometo!

—Trae ropa abrigada. Cuanto más alto subamos, más frío hará. Seguro que tendrás ocasión de hacer montañismo, así es que puedes traer también tu equipo de escalar.

—¡Gracias, gracias, abuela! —exclamó el muchacho, emocionado.

—¡Si vuelves a llamarme abuela, no te llevo a ninguna parte! —replicó Kate, colgando el teléfono y echándose a reír con su risa de hiena.

3

EL COLECCIONISTA

A treinta cuadras del minúsculo apartamento de Kate Cold, en el piso superior de un rascacielos en pleno corazón de Manhattan, el segundo hombre más rico del mundo, quien había hecho su fortuna robando las ideas de sus subalternos y socios en la industria de la computación, hablaba por teléfono con alguien en Hong Kong. Las dos personas nunca se habían visto ni se verían jamás.

El multimillonario se hacía llamar el Coleccionista y la persona en Hong Kong era, simplemente, el Especialista. El primero no conocía la identidad del segundo. Entre otras medidas de seguridad, ambos tenían un dispositivo en el teléfono para deformar la voz y otro que impedía rastrear el número. Esa conversación no quedaría registrada en parte alguna y nadie, ni siquiera el FBI con los más sofisticados sistemas de espionaje del mundo, podría averiguar en qué consistía la transacción secreta de aquellas dos personas.

El Especialista conseguía cualquier cosa por un precio. Podía asesinar al presidente de Colombia, poner una bomba en un avión de Lufthansa, obtener la corona real de Inglaterra, raptar al Papa, o sustituir el cuadro de la *Mona Lisa* en el Museo del Louvre. No necesitaba promocionar sus servicios, porque jamás le faltaba trabajo; por el contrario, a menudo sus clientes debían esperar meses en una lista antes de que les llegara su turno. La forma de operar del Especialista era siempre la misma: el cliente depositaba en una cuenta cierta cifra de seis dígitos —no reembolsable— y aguardaba con paciencia mientras sus datos eran rigurosamente verificados por la organización criminal.

Al poco tiempo el cliente recibía la visita de un agente, por lo general alguien de aspecto anodino, tal vez una joven estudiante en busca de información para una tesis, o un sacerdote representando a una institución de beneficencia. El agente lo entrevistaba para averiguar en qué consistía la misión y luego desaparecía. En la primera cita no se mencionaba el precio, porque se entendía que si el cliente necesitaba preguntar cuánto costaba el servicio seguramente no podía pagarlo. Más tarde se cerraba el trato con una llamada telefónica del Especialista en persona. Esa llamada podía provenir de cualquier lugar del mundo.

El Coleccionista tenía cuarenta y dos años. Era un hombre de mediana estatura y aspecto común, con gruesos lentes, los hombros caídos y una calvicie precoz, lo cual le daba el aspecto de ser mucho mayor. Vestía con desaliño, su escaso cabello aparecía siempre grasiento y tenía el mal hábito de escarbarse la nariz con el dedo cuando estaba concentrado en sus pensamientos, lo cual ocurría casi todo el tiempo. Había sido un niño solitario y acomplejado, de mala salud, sin amigos y tan brillante, que se aburría en la escuela. Sus compañeros lo detestaban, porque sacaba las mejores notas sin esfuerzo, y sus maestros tampoco lo tragaban, porque era pedante y siempre sabía más que ellos. Había comenzado su carrera a los quince años, fabricando computadoras en el garaje de la casa de su padre. A los veintitrés era millonario y, gracias a su inteligencia y a su absoluta falta de escrúpulos, a los treinta tenía más dinero en sus cuentas personales que el presupuesto completo de las Naciones Unidas.

De niño había coleccionado, como casi todo el mundo, estampillas y monedas; en su juventud coleccionó automóviles de carreras, castillos medievales, canchas de golf, bancos y reinas de belleza; ahora, en el comienzo de la madurez, había iniciado una colección de «objetos raros». Los mantenía ocultos en bóvedas blindadas, repartidas en cinco continentes, para que, en caso de cataclismo, su preciosa colección no pereciera completa. Ese método tenía el inconveniente de que él no podía pasear entre sus tesoros, gozando de todos simultáneamente; debía desplazarse en su jet de un punto a otro para verlos, pero en realidad no necesitaba hacerlo a menudo. Le bastaba saber que existían, estaban a salvo y eran suyos. No lo motivaba un sentimiento de amor artístico por aquel botín, sino simple y clara codicia.

Entre otras cosas de inestimable valor, el Coleccionista poseía el más antiguo manuscrito de la humanidad, la verdadera máscara funeraria de Tutankamón (la del museo es una copia), el cerebro de Einstein cortado en pedacitos y flotando en un caldo de formol, los textos originales de Averroes escritos de su puño y letra, una piel humana completamente cubierta de tatuajes desde el cuello hasta los pies, piedras de la luna, una bomba nuclear, la espada de Carlomagno, el diario secreto de Napoleón Bonaparte, varios huesos de santa Cecilia y la fórmula de la Coca-Cola.

Ahora el multimillonario pretendía adquirir uno de los más raros tesoros del mundo, cuya existencia muy pocos conocían y al cual una sola persona viviente tenía acceso. Se trataba de un dragón de oro incrustado de piedras preciosas que desde hacía mil ochocientos años sólo habían visto los monarcas coronados de un pequeño reino independiente en las montañas y valles del Himalaya. El dragón estaba envuelto en misterio y protegido por un maleficio y por antiguas y complejas medidas de seguridad. Ningún libro ni guía turística lo mencionaban, pero mucha gente había oído hablar de él y había una descripción en el Museo Británico. También existía un dibujo en un antiguo pergamino, descubierto por un general en un monasterio, cuando China invadió Tíbet. Esa brutal ocupación militar forzó a más de un millón de tibetanos a huir hacia Nepal e India, entre ellos el Dalai Lama, la más alta figura espiritual del budismo.

Antes de 1950, el príncipe heredero del Reino del Dragón de Oro recibía instrucción especial, desde los seis hasta los veinte años, en ese monasterio de Tíbet. Allí se habían guardado durante siglos los pergaminos, donde estaban descritas las propiedades de aquel objeto y su forma de uso, que el príncipe debía estudiar. Según la leyenda, no se trataba sólo de una estatua, sino de un prodigioso artefacto de adivinación, que sólo podía usar el rey coronado para resolver los problemas de su reino. El dragón podía predecir desde las variaciones en el clima, que determinaban la calidad de las cosechas, hasta las intenciones bélicas de los países vecinos. Gracias a esa misteriosa información, y a la sabiduría de sus gobernantes, ese diminuto reino había logrado mantener una tranquila prosperidad y su feroz independencia.

Para el Coleccionista, el hecho de que la estatua fuera de oro resultaba irrelevante, puesto que disponía de todo el oro que deseaba. Sólo le interesaban las propiedades mágicas del dragón. Había pagado una fortuna al general chino por el pergamino robado y luego lo había hecho traducir, porque sabía que de nada le servía la estatua sin el manual de instrucciones. Los ojillos de rata del multimillonario brillaban tras sus gruesos lentes al pensar cómo podría controlar la economía mundial cuando tuviera ese objeto en sus manos. Conocería las variaciones del mercado de valores antes que éstas se produjeran, así podría adelantarse a sus competidores y multiplicar sus miles de millones. Le molestaba muchísimo ser el segundo hombre más rico del mundo.

El Coleccionista se enteró de que durante la invasión china, cuando el monasterio fue destruido y algunos de sus monjes asesinados, el príncipe heredero del Reino del Dragón de Oro logró escapar por los pasos de las montañas, disfrazado de campesino, hasta llegar a Nepal, y de allí viajó, siempre de incógnito, a su país.

Los lamas tibetanos no habían alcanzado a terminar la preparación del joven, pero su padre, el rey, continuó personalmente con su educación. No pudo darle, sin embargo, la óptima preparación en prácticas mentales y espirituales que él mismo había recibido. Cuando los chinos atacaron el monasterio, los monjes no le habían abierto todavía el ojo en la frente al príncipe, que lo capacitaría para ver el aura de las personas y así determinar su carácter y sus intenciones. Tampoco había sido bien entrenado en el arte de la telepatía, que permitía leer el pensamiento. Nada de eso podía darle su padre, pero, a la muerte de éste, el príncipe pudo ocupar el trono con dignidad. Poseía un profundo conocimiento de las enseñanzas de Buda y con el tiempo probó tener la mezcla adecuada de autoridad para gobernar, sentido práctico para hacer justicia y espiritualidad para no dejarse corromper por el poder.

El padre de Dil Bahadur acababa de cumplir veinte años cuando ascendió al trono, y muchos pensaron que no sería capaz de gobernar como otros monarcas de esa nación; sin embargo, desde el principio el nuevo rey dio muestras de madurez y sabiduría. El Coleccionista se enteró de que el monarca llevaba más de cuarenta años en el trono y su gobierno se había caracterizado por lograr la paz y el bienestar.

El soberano del Reino del Dragón de Oro no aceptaba influencias del extranjero, sobre todo de Occidente, que consideraba una cultura materialista y decadente, muy peligrosa para los valores que siempre habían imperado en su país. La religión oficial del Estado era el budismo, y él estaba decidido a mantener las cosas de ese modo. Cada año se realizaba una encuesta para medir el índice de felicidad nacional; ésta no consistía en la falta de problemas, ya que la mayor parte de éstos son inevitables, sino en la actitud compasiva y espiritual de sus habitantes. El gobierno desalentaba el turismo y sólo admitía un número muy reducido de visitantes calificados al año. Por esta razón las empresas de turismo se referían a aquel país como el Reino Prohibido.

La televisión, instalada recientemente, transmitía durante pocas horas diarias y sólo aquellos programas que el rey consideraba inofensivos, como las transmisiones deportivas, los documentales científicos y dibujos animados. El traje nacional era obligatorio; la ropa occidental estaba prohibida en lugares públicos. Derogar esa prohibición había sido una de las peticiones más urgentes de los estudiantes de la universidad, que se morían por los vaqueros americanos y las zapatillas deportivas, pero el rey era inflexible en ese punto, como en muchos otros. Contaba con el apoyo incondicional del resto de la población, que estaba orgullosa de sus tradiciones y no tenía interés en las costumbres extranjeras.

El Coleccionista sabía muy poco del Reino del Dragón de Oro, cuyas riquezas históricas o geográficas le importaban un bledo. No pensaba visitarlo jamás. Tampoco era su problema apoderarse de la estatua mágica, para eso pagaría una fortuna al Especialista. Si aquel objeto podía predecir el futuro, como le habían asegurado, él podría cumplir su último sueño: convertirse en el hombre más rico del mundo, el número uno.

La voz desfigurada de su interlocutor en Hong Kong le confirmó que la operación estaba en marcha y podía esperar resultados dentro de tres o cuatro semanas. Aunque el cliente no preguntó, el Especialista le informó del costo de sus servicios, tan absurdamente alto, que el Coleccionista se puso de pie de un salto.

—¿Y si usted falla? —quiso saber el segundo individuo más rico del mundo, una vez que se calmó, observando atentamente su dedo índice, donde estaba pegada la sustancia amarilla recién extraída de su nariz.

—Yo no fallo —fue la respuesta lacónica del Especialista.

Ni el Especialista ni su cliente imaginaban que en ese mismo momento Dil Bahadur, hijo menor del monarca del Reino del Dragón de Oro y el escogido para sucederlo en el trono, estaba con su maestro en su «casa» de la montaña. Ésta era una gruta cuyo acceso estaba disimulado por un biombo natural de rocas y arbustos, que se encontraba en una especie de terraza o balcón en la ladera de la montaña. Fue escogida por el monje porque era prácticamente inaccesible por tres de sus lados y porque nadie que no conociera el lugar podría descubrirla.

Tensing había vivido como ermitaño en esa cueva por

varios años, en silencio y soledad, hasta que la reina y el rey del Reino Prohibido le entregaron a su hijo para que lo preparara. El niño estaría con él hasta los veinte años. En ese tiempo debía convertirlo en un gobernante perfecto mediante un entrenamiento tan riguroso, que muy pocos seres humanos lo resistirían. Pero todo el entrenamiento del mundo no lograría los resultados adecuados si Dil Bahadur no tuviera una inteligencia superior y un corazón intachable. Tensing estaba contento, porque su discípulo había dado muestras sobradas de poseer ambos atributos.

El príncipe había permanecido con el monje durante doce años, durmiendo sobre piedras tapado con una piel de yak, alimentado con una dieta estrictamente vegetariana, dedicado por completo a la práctica religiosa, el estudio y el ejercicio físico. Era feliz. No cambiaría su vida por ninguna otra y veía con pesar aproximarse la fecha en que debería incorporarse al mundo. Sin embargo, recordaba muy bien su sentimiento de terror y soledad, cuando a los seis años se encontró en una ermita en las montañas junto a un desconocido de tamaño gigantesco, quien lo dejó llorar durante tres días sin intervenir, hasta que no le quedaron más lágrimas para derramar. No volvió a llorar más. A partir de ese día el gigante reemplazó a su madre, su padre y el resto de su familia, se convirtió en su mejor amigo, su maestro, su instructor de tao-shu, su guía espiritual. De él aprendió casi todo lo que sabía.

Tensing lo condujo paso a paso en el camino del budismo, le enseñó historia y filosofía, le dio a conocer la naturaleza, los animales y el poder curativo de las plantas, le desarrolló la intuición y la imaginación, le adiestró para la guerra y al mismo tiempo le hizo ver el valor de la paz. Le inició en los secretos de los lamas y lo ayudó a encontrar el equilibrio mental y físico que necesitaría para gobernar.

Uno de los ejercicios que el príncipe debía hacer consistía en disparar su arco de pie, con huevos colocados bajo los talones, o bien en cuclillas con huevos en la parte de atrás de las rodillas.

—No sólo se requiere buena puntería con la flecha, Dil Bahadur, también necesitas fuerza, estabilidad y control de todos los músculos —le repetía con paciencia el lama.

—Tal vez sería más productivo comernos los huevos, honorable maestro —suspiraba el príncipe cuando aplastaba los huevos.

La práctica espiritual era aún más intensa. A los diez años el muchacho entraba en trance y se elevaba a un plano superior de conciencia; a los once podía comunicarse telepáticamente y mover objetos sin tocarlos; a los trece hacía viajes astrales. Cuando cumplió catorce años el maestro le abrió un orificio en la frente para que pudiera ver el aura. La operación consistió en perforar el hueso, lo cual le dejó una cicatriz circular del tamaño de una arveja.

—Toda materia orgánica irradia energía o aura, un halo de luz invisible para el ojo humano, salvo en el caso de ciertas personas con poderes psíquicos. Se pueden averiguar muchas cosas por el color y la forma del aura —le explicó Tensing.

Durante tres veranos consecutivos, el lama viajó con el niño a ciudades de India, Nepal y Bután, para que se entrenara leyendo el aura de la gente y los animales que veía; pero nunca lo llevó a los hermosos valles y las terrazas cortadas en las montañas de su propio país, el Reino Prohibido, adonde sólo regresaría al término de su educación.

Dil Bahadur aprendió a usar el ojo en su frente con tal precisión, que a los dieciocho años, edad que ahora tenía, podía distinguir las propiedades medicinales de una planta, la ferocidad de un animal o el estado emocional de una persona, por el aspecto del aura.

Faltaban sólo dos años para que el joven cumpliera los veinte y la labor de su maestro terminara. En ese momento Dil Bahadur regresaría por primera vez al seno de su familia y luego iría a estudiar a Europa, porque había muchos conocimientos indispensables en el mundo moderno, que Tensing no podía darle y que necesitaría para gobernar su nación.

Tensing estaba dedicado por entero a preparar al príncipe para que un día fuera un buen rey y para que pudiera descifrar los mensajes del Dragón de Oro, sin sospechar que en Nueva York había un hombre codicioso que planeaba robarlo. Los estudios eran tan intensos y complicados, que a veces el alumno perdía la paciencia, pero Tensing, inflexible, lo obligaba a trabajar hasta que la fatiga los vencía a ambos.

—No quiero ser rey, maestro —dijo Dil Bahadur aquel día.

—Tal vez mi alumno prefiere renunciar al trono con tal de no estudiar sus lecciones —sonrió Tensing.

—Deseo una vida de meditación, maestro. ¿Cómo podré alcanzar la iluminación entre las tentaciones del mundo?

—No todos pueden ser ermitaños como yo. Tu karma es ser rey. Deberás alcanzar la iluminación por un camino mucho más difícil que la meditación. Tendrás que hacerlo sirviendo a tu pueblo.

—No deseo separarme de usted, maestro —dijo el príncipe con la voz quebrada.

El lama fingió no ver los ojos húmedos del joven.

—El deseo y el temor son ilusiones, Dil Bahadur, no son realidades. Debes practicar el desprendimiento.

—¿Debo desprenderme también del afecto?

—El afecto es como la luz del mediodía y no necesita la presencia del otro para manifestarse. La separación entre los seres también es ilusoria, puesto que todo está unido en el universo. Nuestros espíritus siempre estarán juntos, Dil Bahadur —explicó el lama, comprobando, con cierta sorpresa, que él mismo no era impermeable a la emoción, porque se había contagiado de la tristeza de su discípulo.

También él veía con pesar aproximarse el momento en que debería conducir al príncipe de vuelta a su familia, al mundo y al trono del Reino del Dragón de Oro, al cual estaba destinado.

4

EL ÁGUILA Y EL JAGUAR

El avión en que viajaba Alexander Cold aterrizó en Nueva York a las cinco cuarenta y cinco de la tarde. A esa hora aún no había disminuido el calor de aquel día de junio. El muchacho recordaba con buen humor su primer viaje solo a esa ciudad, cuando una chica de aspecto inofensivo le robó todas sus posesiones apenas salió del aeropuerto. ¿Cómo se llamaba? Casi lo había olvidado... ¡Morgana! Era un nombre de hechicera medieval. Le parecía que habían transcurrido años desde entonces, aunque en verdad sólo habían pasado seis meses. Se sentía como otra persona: había crecido, tenía más seguridad en sí mismo y no había vuelto a sufrir ataques de rabia o desesperación.

La crisis familiar había pasado: su madre parecía a salvo del cáncer, aunque siempre existía el temor de que le volviera. Su padre había vuelto a sonreír y sus hermanas, Andrea y Nicole, empezaban a madurar. Él ya casi no peleaba con ellas; apenas lo indispensable para que no se le montaran en la cabeza. Entre sus amistades había aumentado su prestigio de manera notable; incluso la bella Cecilia Burns, quien siempre lo había tratado como a un piojo, ahora le pedía que la ayudara con las tareas de matemáticas. Más que ayudarla, debía hacérselas completas y después dejar que ella le copiara el examen, pero la sonrisa radiante de la chica era una recompensa más que suficiente para él. Cecilia Burns meneaba su refulgente melena y a él se le ponían las orejas coloradas. Desde que Alexander regresó del Amazonas con media cabeza pelada, una orgullosa cicatriz y un sartal de historias increíbles, se había vuelto muy popular en la escuela; sin embargo, sentía que ya no calzaba en su ambiente. Sus amigos no le divertían como antes. La aventura había despertado su curiosidad; el pueblito donde se había criado era apenas un punto casi invisible en el mapa del norte de California, donde se ahogaba; quería escapar de esos confines y explorar la inmensidad del mundo.

Su profesor de geografía le sugirió que contara sus aventuras a la clase. Alex se presentó a la escuela con su cerbatana, pero sin los dardos envenenados con curare, porque no quería provocar un accidente, y sus fotos nadando con un delfín en el Río Negro, sujetando un caimán con las manos desnudas y devorando carne ensartada en una flecha. Cuando explicó que era un trozo de anaconda, la serpiente acuática más grande que se conoce, el estupor de sus compañeros aumentó hasta la incredulidad. Y eso que no les contó lo más interesante: su viaje al territorio de la gente de la neblina, donde encontró prodigiosas criaturas prehistóricas. Tampoco les dijo de Walimai, el anciano brujo que lo ayudó a conseguir el agua de la salud para su madre, porque iban a pensar que se había vuelto loco. Todo lo había anotado cuidadosamente en su diario, porque pensaba escribir un libro. Tenía hasta el título: su libro se llamaría *La Ciudad de las Bestias*.

Nunca mencionaba a Nadia Santos, o Águila, como él la llamaba. Su familia sabía que había dejado una amiga en el Amazonas, pero sólo Lisa, su madre, adivinaba la profundidad de esa relación. Águila era más importante para él que todos sus amigos juntos, incluyendo a Cecilia Burns. No pensaba exponer el recuerdo de Nadia a la curiosidad de un montón de chiquillos ignorantes, que no creerían que la muchacha podía hablar con los animales y había descubierto tres fabulosos diamantes, los más grandes y valiosos del mundo. Menos podía mencionar que había aprendido el arte de la invisibilidad. Él mismo comprobó cómo los indios desaparecían a voluntad, mimetizados como camaleones con el color y la textura del bosque; era imposible verlos a dos metros de distancia y a plena luz del mediodía. Muchas veces intentó hacerlo, pero jamás le resultó; en cambio Nadia lo hacía con tanta facilidad como si volverse invisible fuera la cosa más natural del mundo.

Jaguar escribía a Águila casi todos los días, a veces sólo uno o dos párrafos, otras veces más. Acumulaba las páginas y las enviaba en un sobre grande cada viernes. Las cartas demoraban más de un mes en llegar a Santa María de la Lluvia, en la frontera entre Brasil y Venezuela, pero ambos amigos se habían resignado a esas demoras. Ella vivía en un villorrio aislado y primitivo, donde el único teléfono pertenecía a la gendarmería y del correo electrónico nadie había oído hablar.

Nadia contestaba con notas breves, escritas trabajosamente, como si la escritura fuera una tarea muy difícil para ella; pero bastaban unas pocas frases sobre el papel para que Alexander la sintiera a su lado como una presencia real. Cada una de esas cartas traía a California un soplo de la selva, con su rumor de agua y su concierto de pájaros y monos. A veces a Jaguar le parecía que podía percibir claramente el olor y la humedad del bosque, que si estiraba la mano podría tocar a su amiga. En la primera carta ella le advirtió que debía «leer con el corazón», tal como antes le había enseñado a «escuchar con el corazón». Según ella, ésa era la manera de comunicarse con los animales o de entender un idioma desconocido. Mediante un poco de práctica Alexander Cold logró hacerlo; entonces descubrió que no necesitaba papel y tinta para sentirse en contacto con ella. Si estaba solo y en silencio, le bastaba pensar en Águila para oírla, pero de todos modos le gustaba escribirle. Era como llevar un diario.

Cuando se abrió la portezuela del avión en Nueva York y los pasajeros pudieron por fin estirar las piernas, después de seis horas de inmovilidad, Alexander salió con su mochila en la mano, acalorado y tullido, pero muy contento ante la idea de ver a su abuela. Había perdido el color tostado y le había crecido el pelo, tapando la cicatriz de su cráneo. Recordó que en su visita anterior Kate no lo recibió en el aeropuerto y él estaba angustiado porque era la primera vez que viajaba solo. Soltó la risa al pensar en su propio susto en aquella oportunidad. Esta vez su abuela había sido muy clara: debían encontrarse en el aeropuerto.

Apenas desembocó del largo pasillo en la sala, vio a Kate Cold. No había cambiado: los mismos pelos disparados, los mismos lentes rotos sujetos con cinta adhesiva, el mismo chaleco de mil bolsillos, todos llenos de cosas, los mismos pantalones bolsudos hasta las rodillas, que revelaban sus piernas delgadas y musculosas, con la piel partida como corteza de árbol. Lo único inesperado resultó ser su expresión, que habitualmente era de furia concentrada y esta vez parecía alegre. Alexander la había visto sonreír muy pocas veces, aunque solía reírse a carcajadas, siempre en los momentos menos oportunos. Su risa era un ladrido estrepitoso. Ahora sonreía con algo parecido a la ternura, aunque era del todo improbable que fuera capaz de tal sentimiento.

—¡Hola, Kate! —la saludó, algo asustado ante la posibilidad de que a su abuela se le estuviera ablandando el seso.

—Llegas media hora tarde —le espetó ella, tosiendo.

—Culpa mía —replicó él, tranquilizado por el tono: era su abuela de siempre, la sonrisa había sido una ilusión óptica.

Alexander la tomó por un brazo con la mayor brusquedad posible y le plantó un beso sonoro en la mejilla. Ella le dio un empujón, se limpió el beso de un manotazo y enseguida lo invitó a tomar una bebida, porque disponían de dos horas antes de embarcarse a Londres y de allí a Nueva Delhi. El muchacho la siguió rumbo al salón especial de viajeros frecuentes. La escritora, que viajaba mucho, se daba al menos el lujo de usar ese servicio. Kate mostró su tarjeta y entraron. Entonces Alexander vio a tres metros de distancia la sorpresa que su abuela le había preparado: Nadia Santos estaba esperándolo.

El chico dio un grito, soltó la mochila y abrió los brazos en un gesto impulsivo, pero de inmediato se contuvo, avergonzado. Nadia también había enrojecido y vaciló por unos instantes, sin saber qué hacer ante esa persona que de pronto le parecía un desconocido. No lo recordaba tan alto y además le había cambiado la cara, tenía las facciones más angulosas. Por fin la alegría pudo más que el desconcierto y corrió a estrecharse contra el pecho de su amigo. Alexander comprobó que Nadia no había crecido en esos meses, seguía siendo la misma niña etérea, toda color de miel, con un cintillo con plumas de loro sujetando su pelo crespo.

Kate Cold fingía leer con exagerada atención una revista, esperando su vodka en el bar, mientras los dos amigos, felices de haberse reunido después de una separación demasiado larga y de emprender juntos otra aventura, murmuraban sus nombres totémicos: Jaguar, Águila...

La idea de invitar a Nadia al viaje llevaba meses rondando a Kate. Se mantenía en contacto con César Santos, el padre de la chica, porque él supervisaba los programas de la Fundación Diamante para preservar el bosque nativo y las culturas indígenas del Amazonas. César Santos conocía la región como nadie, era el hombre perfecto para esa tarea. Por él supo Kate que la tribu de la gente de la neblina, cuyo jefe era la pintoresca anciana Iyomi, daba pruebas de adaptarse a los cambios con gran rapidez. Iyomi había mandado a cuatro jóvenes —dos varones y dos niñas— a estudiar a la ciudad de Manaos. Deseaba que esos jóvenes aprendieran las costumbres de los *nahab*, como llamaban a quienes no eran indios, para que sirvieran de intermediarios entre las dos culturas.

Mientras el resto de la tribu permanecía en la jungla viviendo de la caza y la pesca, los cuatro emisarios aterrizaron de golpe y porrazo en el siglo XXI. En cuanto se acostumbraron a usar ropa y lograron adquirir un vocabulario mínimo en portugués, se lanzaron valientemente a la conquista de «la magia de los *nahab*», empezando por dos inventos formidables: los fósforos y el autobús. En menos de seis meses habían descubierto la existencia de las computadoras y al paso que iban, según César Santos, un día no muy lejano podrían pelear mano a mano con los temibles abogados de las corporaciones que explotaban el Amazonas. Tal como decía Iyomi: «Hay muchas clases de guerreros».

Kate Cold llevaba un buen tiempo rogándole a César

Santos que mandara a su hija a visitarla. Argumentaba que, tal como Iyomi había enviado a los jóvenes a estudiar a Manaos, él debía enviar a Nadia a Nueva York. La chica estaba en edad de salir de Santa María de la Lluvia y ver algo de mundo. Estaba muy bien eso de vivir en la naturaleza y conocer las costumbres de los animales y los indios, pero también debía recibir una educación formal; un par de meses de vacaciones en plena civilización le harían mucho bien, sostenía la escritora. Secretamente, esperaba que esa separación temporal serviría para tranquilizar a César Santos y tal vez en un futuro cercano el hombre se decidiría a mandar a su hija a estudiar a Estados Unidos.

Por primera vez en su vida la mujer estaba dispuesta a hacerse cargo de alguien; no lo había hecho ni siquiera con su propio hijo John, quien después del divorcio se había quedado a vivir con su padre. Su trabajo de periodista, sus viajes, sus hábitos de vieja maniática y su caótico apartamento no eran ideales para recibir visitas, pero Nadia era un caso especial. Le parecía que a los trece años esa niña era mucho más sabia que ella misma a los sesenta y cinco. Estaba segura de que Nadia tenía un alma antigua.

Por supuesto Kate no le había dicho ni una palabra de sus planes a su nieto Alexander, no fuera a pensar el chico que ella se estaba poniendo sentimental. No había un ápice de sentimentalismo en este caso, razonaba enfática la escritora; sus motivos eran puramente prácticos: necesitaba alguien que organizara sus papeles y archivos y además sobraba una cama en su apartamento. Si Nadia vivía con ella, pensaba hacerla trabajar como esclava, nada de mimos. Claro que eso sería después, cuando se quedara en su casa, y no ahora que finalmente el testarudo de César Santos había accedido a mandársela por unas cuantas semanas.

Kate no imaginó que Nadia llegaría sin más ropa que la puesta. Por todo equipaje traía un chaleco, dos bananas y una caja de cartón a la cual le había perforado unos agujeros en la tapa. Adentro iba Borobá, el monito negro que siempre la acompañaba, tan asustado como ella. El viaje había sido largo. César Santos llevó a su hija hasta el avión, donde una azafata se haría cargo de ella hasta Nueva York. Le había pegado parches adhesivos en los brazos con los teléfonos y la dirección de la escritora, por si se perdía. Desprenderle los parches después, no fue fácil.

Nadia sólo había volado en la decrépita avioneta de su padre y no le gustaba hacerlo, porque temía la altura. El corazón le dio un salto cuando vio el tamaño del avión comercial en Manaos y comprendió que estaría adentro por muchas horas. Subió aterrada y a Borobá no le fue mucho mejor. El pobre mono, acostumbrado al aire y la libertad, sobrevivió a duras penas el encierro y el ruido de los motores. Cuando su ama levantó la tapa de la caja en el aeropuerto de Nueva York, salió disparado como una flecha, chillando y dando saltos sobre los hombros de la gente, sembrando el pánico entre los viajeros. Nadia y Kate Cold tardaron media hora en darle caza y tranquilizarlo.

Durante los primeros días, la experiencia de vivir en un apartamento en Nueva York fue difícil para Borobá y su ama, pero pronto aprendieron a ubicarse en las calles e hicieron amigos en el barrio. A donde fueran llamaban la atención. Un mono que se portaba como un ser humano y una niña con plumas en el peinado eran un espectáculo en esa ciudad. La gente les ofrecía dulces y los turistas les tomaban fotos.

—Nueva York es un conjunto de aldeas, Nadia. Cada

barrio tiene sus propias características. Una vez que conoces al iraní del almacén, al vietnamita de la lavandería, al salvadoreño que reparte el correo, a mi amigo, el italiano de la cafetería, y unas pocas personas más, te sentirás como en Santa María de la Lluvia —le explicó Kate, y muy pronto la chica comprobó que tenía razón.

La escritora atendió a Nadia como a una princesa, mientras repetía para sus adentros que ya habría tiempo más adelante para apretarle las clavijas. La paseó por todas partes, la llevó a tomar té al hotel Plaza, a andar en coche con caballos en Central Park, a la cumbre de los rascacielos, a la Estatua de la Libertad. Tuvo que enseñarle a tomar un ascensor, a subir en una escalera mecánica y usar las puertas giratorias. También fueron al teatro y al cine, experiencias que Nadia nunca había tenido; pero lo que más le impresionó fue el hielo de una cancha de patinaje. Acostumbrada al trópico, no se cansaba de admirar el frío y la blancura del hielo.

—Pronto te aburrirás de ver hielo y nieve, porque pienso llevarte conmigo al Himalaya —le dijo Kate Cold.

—¿Dónde queda eso?

—Al otro lado del mundo. Necesitarás buenos zapatos, ropa gruesa, un chaquetón impermeable.

La escritora consideró que llevar a Nadia al Reino del Dragón de Oro era una idea estupenda, así la muchacha vería más mundo. Le compró ropa abrigada y zapatos adecuados, también una parka de bebé para Borobá y una bolsa de viaje especial para mascotas. Era un maletín negro con una malla que permitía que entrara el aire y ver hacia afuera. Estaba acolchado con una suave piel de cordero y contaba con un dispositivo para el agua y la comida. También adquirió pañales. No fue fácil ponérselos al mono, a pesar de las largas explicaciones de Nadia en el idioma que compartía con el animal. Por primera vez en su plácida existencia Borobá mordió a un ser humano. Kate Cold anduvo con un vendaje en el brazo por una semana, pero el mono aprendió a hacer sus necesidades en el pañal, lo cual resultaba indispensable en un viaje largo como el que planeaban.

Kate no le había dicho a Nadia que Alexander se reuniría con ellos en el aeropuerto. Quiso que fuera una sorpresa para los dos.

Al poco rato llegaron al salón de la aerolínea Timothy Bruce y Joel González. Los fotógrafos no habían visto a la escritora ni a los chicos desde el viaje al Amazonas. Los abrazaron efusivamente, mientras Borobá saltaba de la cabeza de uno a la del otro, encantado de reencontrarse con sus antiguos amigos.

Joel González se levantó la camiseta para mostrar con orgullo las huellas del furioso abrazo de la anaconda de varios metros de largo, que estuvo a punto de acabar con su vida en la selva. Le había partido varias costillas y dejado para siempre el pecho hundido. Por su parte, Timothy Bruce se veía casi buenmozo, a pesar de su larga cara de caballo, y al ser interrogado por la implacable Kate confesó que se había arreglado la dentadura. En vez de los grandes dientes amarillos y torcidos que antes le impedían cerrar la boca, ahora lucía una sonrisa resplandeciente.

A las ocho de la noche se embarcaron los cinco rumbo a India. El vuelo era eterno, pero a Alexander y Nadia se les hizo corto: tenían mucho que contarse. Comprobaron aliviados que Borobá iba tranquilo, acurrucado sobre la piel de cordero como un bebé. Mientras el resto de los pasajeros intentaba dormir en los estrechos asientos, ellos se entretuvieron conversando y viendo películas.

A Timothy Bruce apenas le cabían sus largas extremidades en el reducido espacio de su asiento y cada tanto se levantaba para hacer ejercicios de yoga en el pasillo; así evitaba los calambres. Joel González iba más cómodo, porque era bajo y delgado. Kate Cold tenía su propio sistema para los viajes largos: tomaba dos pastillas para dormir con varios tragos de vodka. El efecto era el de un garrotazo en el cráneo.

—Si hay un terrorista con una bomba en el avión, no me despierten —los instruyó antes de taparse hasta la frente con una manta y enrollarse como un camarón en su asiento.

Tres filas detrás de Nadia y Alexander viajaba un hombre con el cabello largo y peinado con docenas de trenzas delgadas, que a su vez iban atadas atrás con una tira de cuero. Al cuello llevaba un collar de cuentas y sobre el pecho una bolsita de gamuza que colgaba de una tira negra. Vestía vaqueros desteñidos, gastadas botas con tacones y un sombrero tejano, que usaba caído sobre la frente y que, tal como comprobaron más tarde, no se quitó ni para dormir. A los muchachos les pareció que ya no tenía edad para vestirse de esa manera.

—Debe ser un músico pop —anotó Alexander.

Nadia no sabía qué era eso y Alexander decidió que resultaba muy difícil explicárselo. Se prometió que a la primera oportunidad impartiría a su amiga los conocimientos elementales de música popular que cualquier adolescente que se respete debe tener.

Calcularon que el extraño hippie debía tener más de cuarenta años, a juzgar por las arrugas en torno a los ojos y la boca, que marcaban su rostro muy tostado. Lo que se veía de su cabello atado en la cola era de un color gris acero. En todo caso, cualquiera que fuese su edad, el hombre parecía en muy buena forma física. Lo habían visto primero en el aeropuerto de Nueva York, cargando una bolsa de lona y un saco de dormir atado con un cinturón que se colgaba al hombro. Luego lo vislumbraron dormitando con el sombrero puesto en un asiento del aeropuerto de Londres, mientras esperaba su vuelo, y ahora lo encontraban en el mismo avión rumbo a India. Lo saludaron de lejos.

Apenas el piloto quitó la señal de permanecer con el cinturón de seguridad, el hombre dio unos pasos por el pasillo, estirando los músculos. Se acercó a Nadia y Alexander y les sonrió. Por primera vez notaron que sus ojos eran de un azul muy claro, inexpresivos, como los de una persona hipnotizada. Su sonrisa movilizaba las arrugas de la cara, pero no pasaba de los labios. Los ojos parecían muertos. El desconocido preguntó a Nadia qué llevaba en la bolsa sobre sus rodillas y ella le mostró a Borobá. La sonrisa del hombre se convirtió en carcajada al ver al mono con pañales.

—Me dicen Tex Armadillo, por las botas, ¿saben? Son de cuero de armadillo —se presentó.

—Nadia Santos, del Brasil —dijo la niña.

—Alexander Cold, de California.

—Noté que ustedes llevan una guía turística del Reino Prohibido. Los vi estudiándola en el aeropuerto.

—Para allá vamos —le informó Alexander.

—Muy pocos turistas visitan ese país. Entiendo que sólo admiten un centenar de extranjeros al año —dijo Tex Armadillo.

—Vamos con un grupo del *International Geographic*.

—¿Cierto? Parecen demasiado jóvenes para trabajar en esa revista —comentó irónico.

—Cierto —replicó Alexander, decidido a no dar demasiadas explicaciones.

—Mis planes son los mismos, pero no sé si en India conseguiré una visa. En el Reino del Dragón de Oro no tienen simpatía por los hippies como yo. Creen que vamos nada más que por las drogas.

—¿Hay muchas drogas? —preguntó Alexander.

—La marijuana y el opio crecen salvajes por todas partes, es cosa de llegar y cosecharlos. Muy conveniente.

—Debe ser un problema muy grave —comentó Alexander, extrañado de que su abuela no se lo hubiera mencionado.

—No es ningún problema. Allí sólo se usan para fines medicinales. No saben el tesoro que tienen. ¿Se imaginan el negocio que sería exportarlos? —dijo Tex Armadillo.

—Me imagino —contestó Alexander. No le gustaba el giro de la conversación y tampoco le gustaba ese hombre de ojos muertos.

5

LAS COBRAS

Aterrizaron en Nueva Delhi por la mañana. Kate Cold y los fotógrafos, habituados a viajar, se sentían bastante bien, pero Nadia y Alexander, que no habían dormido ni una pestañada, parecían los sobrevivientes de un terremoto. Ninguno de los dos estaba preparado para el espectáculo de esa ciudad. El calor los golpeó como una bofetada. Apenas salieron a la calle los rodeó una multitud de hombres, que se les fue encima ofreciéndose para acarrear el equipaje, servirles de guía y venderles desde pedacitos de banana cubiertos de moscas hasta estatuas de dioses del panteón hindú. Medio centenar de niños procuraba acercarse con las manitos estiradas, pidiendo unas monedas. Un leproso con media cara comida por la enfermedad y sin dedos se apretaba contra Alexander, mendigando, hasta que un guardia del aeropuerto lo amenazó con su bastón.

Una masa humana de piel oscura, delicadas facciones y enormes ojos negros los envolvió por completo. Alexander, acostumbrado a la distancia mínima aceptable —medio metro— que separa a las personas en su país, se sintió atacado por el gentío. Apenas podía respirar. De pronto se dio cuenta de que Nadia había desaparecido, tragada por la muchedumbre, y lo invadió el pánico. Comenzó a llamarla frenéticamente, tratando de desprenderse de las manos que le tironeaban la ropa, hasta que después de varios angustiosos minutos logró vislumbrar a cierta distancia las plumas de colores que ella llevaba atadas en su cola de caballo. Se abrió camino a codazos, la cogió de la mano y la arrastró tras los pasos decididos de su abuela y los fotógrafos, quienes habían estado varias veces en India y conocían la rutina.

Demoraron media hora en reunir el equipaje, contar los bultos, defenderlos de la gente y coger dos taxis, que los llevaron al hotel, manejando por la izquierda, a la inglesa, por calles abarrotadas. Toda clase de vehículos circulaban en el mayor desorden, sin respeto por los escasos semáforos o las órdenes de los policías: coches, destartalados autobuses pintados con figuras religiosas, motocicletas con cuatro personas encima, carretas tiradas por búfalos, rikshaws de tracción humana, bicicletas, carromatos cargados de escolares y hasta un apacible elefante decorado para una ceremonia.

Debieron detenerse por cuarenta minutos en un tapón del tráfico porque había una vaca muerta, rodeada de perros hambrientos y pajarracos negros picoteando su carne descompuesta. Kate explicó que las vacas se consideraban sagradas y nadie las echaba, por eso circulaban por el medio de las calles. Existía, sin embargo, una policía especial que las correteaba hacia las afueras de la ciudad y recogía los cadáveres.

La sudorosa y paciente muchedumbre contribuía al caos. Un santón con el pelo enmarañado y largo hasta los talones, completamente desnudo y seguido por media docena de mujeres que le tiraban pétalos de flores, cruzó la calle a paso de tortuga, sin que nadie le echara una sola mirada. Evidentemente era un espectáculo normal.

Nadia Santos, criada en una aldea de veinte casas, en el silencio y la soledad del bosque, oscilaba entre el espanto y la fascinación. Comparado con esto Nueva York parecía un villorrio. No imaginaba que hubiera tanta gente en el mundo. Entretanto Alexander se defendía de las manos que se introducían al taxi ofreciendo mercadería o pidiendo limosna, sin poder cerrar las ventanillas, porque se habrían muerto asfixiados.

Por fin llegaron al hotel. Al cruzar las puertas, vigiladas por guardias armados, se encontraron en medio de un jardín paradisíaco, donde reinaba la más absoluta paz. El ruido de la calle había desaparecido como por encanto, sólo se oía el trinar de las aves y el canto de las numerosas fuentes de agua. Por los prados paseaban pavos reales, arrastrando sus colas enjoyadas. Varios mozos vestidos de brocado y terciopelo rebordado de oro, con altos turbantes decorados con plumas de faisán, como ilustraciones de un cuento de hadas, cogieron su equipaje y los acompañaron adentro.

El hotel era un palacio tallado en mármol blanco de manera tan extraordinaria, que parecía un encaje. Los pisos estaban cubiertos por gigantescas alfombras de seda; los muebles eran de finas maderas con incrustaciones de plata, nácar y marfil; sobre las mesas había jarrones de porcelana rebosantes de flores perfumadas. Por todas partes crecían frondosas plantas tropicales en maceteros de cobre repujado y había jaulas de complicada arquitectura, donde cantaban pájaros de plumaje multicolor. El palacio había sido la residencia de un maharajá, quien perdió poder y fortuna después de la independencia de India, y ahora lo alquilaba a una compañía hotelera americana. El maharajá y su familia todavía ocupaban un ala del edificio, separada de los huéspedes del hotel. Por las tardes solían bajar a tomar el té con los turistas.

La habitación que compartían Alexander y los fotógrafos era recargada y lujosa. En el baño había una piscina de azulejos y en la pared un fresco representando una cacería de tigres: los cazadores, armados de escopetas, iban montados en elefantes y rodeados por un séquito de sirvientes a pie, provistos de lanzas y flechas. Estaban en el piso más alto, y por el balcón podían apreciar los fabulosos jardines separados de la calle por un alto muro.

—Esas personas que ves acampando allí abajo son familias que nacen, viven y mueren en la calle. Sus únicas posesiones son la ropa que llevan sobre el cuerpo y unos tarros para cocinar. Son los intocables, los más pobres de los pobres —explicó Timothy Bruce, señalando unos toldos de trapos en la acera, al otro lado del muro.

El contraste entre la opulencia del hotel y la absoluta miseria de aquella gente produjo en Alexander una reacción de furia y horror. Más tarde, cuando quiso compartir sus sentimientos con Nadia, ella no entendió a qué se refería. Ella poseía lo mínimo y el esplendor de aquel palacio le resultaba agobiante.

—Creo que estaría más cómoda afuera, con los intocables, que aquí adentro con todas estas cosas, Jaguar. Estoy mareada. No hay un pedacito de pared sin adornos, no hay dónde descansar la vista. Demasiado lujo. Me ahogo. ¿Y por qué nos hacen reverencias estos príncipes? —preguntó, señalando a los hombres vestidos de brocado y con turbantes emplumados.

—No son príncipes, Águila, son empleados del hotel —se rió su amigo.

—Diles que se vayan, no los necesitamos.

—Es su trabajo. Si les digo que se vayan, los ofendería. Ya te acostumbrarás.

Alexander volvió al balcón para observar a los intocables en la calle, que sobrevivían en la mayor de las miserias, apenas cubiertos por trapos. Angustiado ante el espectáculo, separó unos dólares de los pocos que tenía, los cambió en rupias y salió a repartirlos entre ellos. Nadia se quedó en el balcón, siguiéndolo con la vista. Desde su puesto podía ver los jardines, los muros del hotel y al otro lado la masa de gente pobre. Vio a su amigo cruzar las rejas custodiadas por los guardias, aventurarse solo entre la muchedumbre y empezar a repartir sus monedas entre los niños más cercanos. En pocos instantes se encontró rodeado por docenas de personas desesperadas. Había prendido como pólvora la noticia de que un extranjero estaba regalando dinero y de todas partes convergía más y más gente, como una incontenible avalancha humana.

Al comprender que en cuestión de minutos Alexander sería aplastado, Nadia corrió escaleras abajo llamando a voz en cuello. A sus gritos acudieron pasajeros y empleados del hotel, que contribuyeron a la alarma y la confusión general. Todos opinaban, mientras los segundos pasaban con rapidez. No había tiempo que perder, pero nadie parecía capaz de tomar una decisión. De pronto surgió Tex Armadillo y en un abrir y cerrar de ojos se hizo cargo de la situación.

—¡Rápido! ¡Vengan conmigo! —ordenó a los guardias armados que vigilaban las puertas del jardín.

Los condujo sin vacilar al centro de la revuelta que se había formado en la calle, donde procedió a repartir puñetazos, mientras los guardias intentaban abrirse paso a golpes de culata. Armadillo le arrebató el arma a uno de ellos y disparó dos tiros al aire. De inmediato el movimiento de la gente más cercana se detuvo en seco, pero los de atrás seguían empujando para acercarse.

Tex Armadillo aprovechó el momento de desconcierto para alcanzar a Alexander, quien ya estaba en el suelo y con la ropa hecha jirones. Lo cogió por las axilas y con la ayuda de los guardias logró arrastrarlo a lugar seguro dentro del hotel, después de recuperar los lentes del muchacho, que por un milagro estaban intactos en el suelo. Enseguida cerraron las rejas del palacio, mientras afuera aumentaba el griterío.

—Eres más tonto de lo que pareces, Alexander. No puedes cambiar nada con unos pocos dólares. India es India, hay que aceptarla tal cual es —fue el comentario de Kate Cold cuando lo vio llegar bastante aporreado.

—¡Con ese criterio todavía estaríamos en la época de las cavernas! —replicó él, secándose la sangre de la nariz.

—Estamos, niño, estamos —dijo ella, disimulando el orgullo que la actitud de su nieto le provocaba.

En la terraza del hotel, sentada bajo un gran quitasol blanco con flecos dorados, una mujer había observado la escena. Aparentaba unos cuarenta años muy bien llevados, delgada, alta, atlética, vestida con pantalones y camisa de algodón color caqui, sandalias y un bolso de cuero muy usado, que había tirado al suelo, entre sus pies. Su melena negra y lisa, con un grueso mechón blanco en la frente, enmarcaba su rostro de facciones clásicas: ojos castaños, cejas arqueadas y gruesas, nariz recta y boca expresiva. A pesar de la sencillez de su atuendo, tenía un aire aristocrático y elegante.

—Eres un joven valiente —dijo la desconocida a Alexander una hora más tarde, cuando el grupo del *International Geographic* estaba reunido en la terraza.

El muchacho sintió que se le encendían las orejas.

—Pero debes tener cuidado, no estás en tu país —agregó ella, en perfecto inglés, aunque con un leve acento centroeuropeo, cuya exacta procedencia era difícil de precisar.

En ese instante llegaron dos mozos trayendo grandes bandejas de plata con té *chai* al estilo de India, preparado con leche, especias y mucha azúcar. Kate Cold invitó a la viajera a compartirlo con ellos. También había invitado a Tex Armadillo, agradecida por su pronta acción, que salvó la vida de su nieto, pero el hombre se mantuvo aparte, después de manifestar que prefería una cerveza y su periódico. A Alexander le extrañó que ese hippie, quien por todo equipaje llevaba una andrajosa bolsa de lona y un saco de dormir, se hospedara en el palacio del maharajá, pero supuso que el costo debía ser muy bajo. India resultaba barato para quien tuviera dólares.

Pronto Kate Cold y su invitada estaban cambiando impresiones, y así descubrieron que todos iban al Reino del Dragón de Oro. La desconocida se presentó como Judit Kinski, arquitecta de jardines, y les contó que viajaba con una invitación oficial del rey, a quien había tenido el honor de conocer recientemente. Dijo que, al saber que el monarca estaba interesado en cultivar tulipanes en su país, le había escrito ofreciéndole sus servicios. Pensaba que, bajo ciertas condiciones, los bulbos de esas flores podrían adaptarse al clima y al terreno del Reino Prohibido. De inmediato éste le había pedido que se entrevistaran y ella había escogido hacerlo en Amsterdam, dada la fama mundial de los tulipanes holandeses.

—Su Majestad sabe tanto de tulipanes como el más experto. En realidad no me necesita para nada, habría podido llevar a cabo el proyecto él solo; pero aparentemente le gustaron algunos diseños de jardines que le mostré y tuvo la amabilidad de contratarme —explicó—. Hablamos mucho de sus planes de crear nuevos parques y jardines para su pueblo, preservando las especies autóctonas e incorporando otras. Es consciente de que esto debe hacerse con mucho cuidado para no romper el equilibrio ecológico. En el Reino Prohibido existen plantas, pájaros y algunos pequeños mamíferos que han desaparecido en el resto del mundo. Ese país es un santuario de la naturaleza.

El grupo del *International Geographic* pensó que el monarca debió haber quedado tan encantado con Judit Kinski como lo estaban ellos. La mujer producía una impresión memorable: irradiaba una combinación de fuerza de carácter y feminidad. Al observarla de cerca la armonía de su rostro y la elegancia natural de sus gestos resultaban tan extraordinarias, que era difícil quitarle los ojos de encima.

—El rey es un paladín de la ecología. Lástima que no haya más gobernantes como él. Está suscrito al *International Geographic*. Por eso nos facilitó las visas y aceptó que hiciéramos un reportaje —explicó a su vez Kate.

—Es un país muy interesante —dijo Judit Kinski.

—¿Usted lo ha visitado antes? —preguntó Timothy Bruce.

—No, pero he leído mucho sobre él. Para este viaje he tratado de prepararme, no sólo en lo referente a mi trabajo, sino también sobre la gente, las costumbres, las ceremonias... No quiero ofenderlos con mis rudos modales occidentales —sonrió ella.

—Supongo que ha oído hablar del fabuloso Dragón de Oro... —sugirió Timothy Bruce.

—Aseguran que nadie lo ha visto, excepto los reyes. Puede ser sólo una leyenda —replicó ella.

El tema no volvió a mencionarse, pero Alexander notó el brillo de entusiasmo en los ojos de su abuela y adivinó que ella haría lo posible por acercarse a aquel tesoro. El desafío de ser la primera en probar su existencia era irresistible para la escritora.

Kate Cold y Judit Kinski se pusieron de acuerdo para intercambiar datos y ayudarse, como correspondía a dos forasteras en una región desconocida. En el otro extremo de la terraza, Tex Armadillo bebía su cerveza con el periódico sobre las rodillas. Unos lentes oscuros con vidrios de espejo cubrían sus ojos, pero Nadia Santos sentía su mirada examinando al grupo.

Sólo disponían de tres días para hacer turismo. Tenían la ventaja de que mucha gente hablaba inglés, porque India fue colonia del Imperio británico durante varios siglos. Sin embargo, en tan poco tiempo no alcanzarían ni a rascar la superficie de Nueva Delhi, como dijo Kate, y mucho menos entender esa compleja sociedad. Los contrastes eran para volver loco a cualquiera: increíble miseria por un lado, belleza y opulencia por otro. Había millones de analfabetos, pero las universidades producían los mejores técnicos y científicos. Las aldeas no contaban con agua potable, mientras el país fabricaba bombas nucleares. India tenía la mayor industria de cine del mundo, y también el mayor número de santones cubiertos de ceniza que jamás se cortaban el cabello o las uñas. Sólo los millares de dioses del hinduismo o el sistema de castas requerían años de estudio.

Alexander, acostumbrado a que en América cada uno hace con su vida más o menos lo que quiere, se horrorizó con la idea de que las personas estuvieran determinadas por la casta en que nacían. Nadia, en cambio, escuchaba las explicaciones de Kate sin emitir juicios.

—Si hubieras nacido aquí, Águila, no podrías elegir a

tu marido. Te habrían casado a los diez años con un viejo de cincuenta. Tu padre arreglaría tu matrimonio y tú no podrías ni siquiera opinar —le dijo Alexander.

—Seguro que mi papá escogería mejor que yo... —sonrió ella.

—¿Estás demente? ¡Yo jamás permitiría una cosa así! —exclamó el muchacho.

—Si hubiéramos nacido en el Amazonas en la tribu de la gente de la neblina, tendríamos que cazar nuestra comida con dardos envenenados. Si hubiéramos nacido aquí, no nos parecería raro que los padres arreglaran el matrimonio —argumentó Nadia.

—¿Cómo puedes defender este sistema de vida? ¡Mira la pobreza! ¿Te gustaría vivir así?

—No, Jaguar, pero tampoco me gustaría tener más de lo que necesito —replicó ella.

Kate Cold los llevó a visitar palacios y templos; también los paseó por los mercados, donde Alexander compró pulseras para su madre y sus hermanas, mientras a Nadia le pintaban las manos con henna, como a las novias. El dibujo era un verdadero encaje y permanecería en la piel dos o tres semanas. Borobá iba, como siempre, en el hombro o la cadera de su ama, pero allí no llamaba la atención, como ocurría en Nueva York, porque los monos eran más comunes que los perros.

En una plaza había dos encantadores de serpientes, sentados en el suelo con las piernas cruzadas, tocando sus flautas. Las cobras asomaban de sus canastos y permanecían erguidas, ondulando, hipnotizadas por el sonido de las flautas. Al ver aquello Borobá empezó a chillar, soltó a su ama y se trepó de prisa a una palmera. Nadia se aproximó a los encantadores y empezó a murmurar algo en el idioma de la selva. De pronto los reptiles se volvieron hacia ella, silbando, mientras sus afiladas lenguas cortaban el aire. Cuatro pupilas alargadas se fijaron como puñales en la muchacha.

Antes que nadie pudiera preverlo, las cobras se deslizaron fuera de sus canastos y se arrastraron zigzagueando hacia Nadia. Una gritería estalló en la plaza y se produjo una estampida de pánico entre la gente que presenciaba el incidente. En pocos instantes no quedó nadie cerca, sólo Alexander y su abuela, paralizados de sorpresa y terror. Los encantadores procuraban inútilmente dominar a las serpientes con el sonido de las flautas, pero no osaban acercarse. Nadia permaneció impasible, una expresión más bien divertida en su rostro dorado. No se movió ni un milímetro, mientras las cobras se le enrollaban en las piernas, subían por su cuerpo delgado, alcanzaban su cuello y su cara, siempre silbando.

Bañada de sudor helado, Kate creyó que se iba a desmayar por primera vez en su vida. Cayó sentada al suelo y allí se quedó, blanca y con los ojos desorbitados, sin poder articular ni un sonido. Pasado el primer momento de estupor, Alexander comprendió que no debía moverse. Conocía de sobra los extraños poderes de su amiga; en el Amazonas la vio coger con la mano a una *surucucú*, una de las serpientes más venenosas del mundo, y lanzarla lejos. Supuso que si nadie daba un mal paso que pudiera alterar a las cobras, Águila estaba a salvo.

La escena duró varios minutos, hasta que la muchacha dio una orden en su lengua del bosque y los reptiles descendieron de su cuerpo y regresaron a sus canastos. Los encantadores colocaron las tapas rápidamente, cogieron los canastos y salieron corriendo, convencidos de que esa extranjera con plumas en el peinado era un demonio.

Nadia llamó a Borobá y, una vez que lo tuvo de nuevo montado en el hombro, continuó paseando por la plaza con la mayor calma. Alexander la siguió sonriendo, sin un solo comentario, muy divertido al ver que su abuela había perdido por completo su tradicional compostura ante el peligro.

6

LA SECTA DEL ESCORPIÓN

El último día en Nueva Delhi, Kate Cold debió pasar horas en una agencia de viajes tratando de conseguir pasajes en el único vuelo semanal al Reino del Dragón de Oro. No es que hubiera muchos pasajeros, sino que el avión era diminuto. Mientras hacía sus gestiones, autorizó a Nadia y Alexander a ir solos al Fuerte Rojo, que quedaba cerca del hotel. Se trataba de una gran fortaleza muy antigua, paseo obligado de los turistas.

—No se separen por ningún motivo y vuelvan al hotel antes que se ponga el sol —les ordenó la escritora.

El fuerte había sido utilizado por las tropas inglesas en la época en que India fue colonizada. El inmenso país se consideraba la joya más apreciada de la corona británica, hasta que finalmente obtuvo su liberación en 1949. Desde entonces el fuerte estaba desocupado. Los turistas visitaban sólo una parte de la enorme construcción. Muy poca gente conocía sus entrañas, un verdadero laberinto de corredores, salas secretas y subterráneos que se extendía bajo la ciudad como los tentáculos de un pulpo.

Nadia y Alexander siguieron a un guía que daba explicaciones en inglés a un grupo de turistas. El calor sofocante del mediodía no entraba a la fortaleza; adentro se sentía fresco y los muros se veían manchados por la pátina verde de la humedad acumulada durante siglos. El aire estaba impregnado de un olor desagradable y el guía dijo que era la orina de los miles y miles de ratas que vivían en los sótanos y salían de noche. Los turistas, horrorizados, se tapaban la nariz y la boca y varios salieron escapando.

De pronto Nadia señaló a lo lejos a Tex Armadillo, quien estaba apoyado contra una columna mirando en todas direcciones, como si esperara a alguien. Su primer impulso fue ir a saludarlo, pero a Alexander le llamó la atención su actitud y sujetó a su amiga por el brazo.

—Espera, Águila, vamos a ver en qué anda ese hombre. No confío para nada en él —dijo.

—Acuérdate que te salvó la vida cuando casi te aplasta la multitud...

—Sí, pero hay algo que no me gusta en él.

—¿Por qué?

—Parece disfrazado. No creo que sea realmente un hippie interesado en conseguir drogas, como nos dijo en el avión. ¿Te has fijado en sus músculos? Se mueve como uno de esos karatecas que salen en las películas. Un hippie drogadicto no tendría ese aspecto —dijo Alexander.

Aguardaron disimulados en la masa de turistas, sin quitarle los ojos de encima. De pronto vieron que a pocos pasos de Tex Armadillo surgía un hombre alto, vestido con túnica y turbante negro azulado, casi del mismo tono que su piel. En torno a la cintura llevaba una ancha faja también negra y un cuchillo curvo con cacha de hueso. En su rostro, muy oscuro, de barba larga y cejas tupidas, brillaban los ojos como tizones.

Los amigos notaron el gesto de reconocimiento con que el recién llegado y el americano se saludaron; luego vieron cómo el primero desaparecía tras un recodo de la pared, seguido por el segundo, y sin ponerse de acuerdo decidieron averiguar de qué se trataba. Nadia susurró en la oreja de Borobá la orden de mantenerse mudo y quieto. El monito se colgó a la espalda de su ama como una mochila.

Deslizándose pegados a los muros y ocultándose tras las columnas, avanzaron a pocos metros de distancia de Tex Armadillo. A veces se les perdía de vista, porque la arquitectura del fuerte era complicada y resultaba evidente que el hombre deseaba pasar inadvertido, pero siempre el instinto infalible de Nadia volvía a encontrarlo. Se habían alejado mucho de los otros turistas, ya no se oían voces ni se veía a nadie. Atravesaron salas, bajaron escaleras angostas con los peldaños roídos por el desgaste del uso y del tiempo y recorrieron eternos pasadizos, con la sensación de que andaban en círculos. Al olor penetrante se sumó un murmullo creciente, como un coro de grillos.

—No debemos bajar más, Águila. Ese ruido son chillidos de ratas. Son muy peligrosas —dijo Alexander.

—Si esos hombres pueden internarse en los sótanos, ¿por qué no podemos hacerlo nosotros? —replicó ella.

Los dos amigos avanzaron por el subterráneo en silencio, porque se dieron cuenta de que el eco repetía y amplificaba sus voces. Alexander temía que después no pudieran encontrar el camino de regreso, pero no quiso manifestar sus dudas en voz alta para no asustar a su amiga. Tampoco dijo nada sobre la posibilidad de que hubiera nidos de serpientes, porque, después de haberla visto con las cobras, su aprehensión parecía fuera de lugar.

Al principio la luz entraba por pequeños orificios en los techos y muros; después debieron caminar largos trechos en la oscuridad, palpando las paredes para guiarse. De vez en cuando había un débil bombillo encendido y podían ver a las ratas escabulléndose a lo largo de las paredes. Los cables eléctricos colgaban peligrosamente del techo. Notaron que el suelo estaba húmedo y en algunas partes chorreaban hilos de agua fétida. Enseguida tuvieron los pies empapados y Alexander trató de no pensar en lo que les sucedería si se armaba un cortocircuito. Ser electrocutados le preocupaba menos que las ratas, cada vez más agresivas, que los rodeaban.

—No les hagas caso, Jaguar. No se atreven a acercarse, pero si huelen que tenemos miedo atacarán —susurró Nadia.

Una vez más Tex Armadillo desapareció. Los dos chicos estaban en una pequeña bóveda, donde antes se almacenaban municiones y víveres. Tres aperturas daban a lo que parecían largos corredores oscuros. Alexander preguntó por señas a Nadia cuál debían escoger; ella vaciló por primera vez, confundida. No estaba segura. Cogió a Borobá, lo puso en el suelo y le dio un leve empujón, invitándolo a decidir por ella. El mono volvió a treparse a toda carrera en sus hombros: tenía horror de mojarse y de las ratas. Ella repitió la orden, pero el animal no quiso desprenderse y se limitó a señalar con una manito temblorosa la apertura de la derecha, la más angosta de las tres.

Los dos amigos siguieron la indicación de Borobá, agachados y a tientas, porque allí no había bombillos eléctricos y la oscuridad era casi completa. Alexander, quien era mucho más alto que Nadia, se golpeó la cabeza y soltó una exclamación. Una nube de murciélagos los envolvió por unos minutos, provocando un ataque de pánico en Borobá, que se sumergió bajo la camiseta de su ama.

Entonces el muchacho se concentró, y llamó al jaguar negro. A los pocos segundos podía adivinar su entorno, como si tuviera antenas. Había practicado esto por meses, desde que supo en el Amazonas que ése era su animal totémico, el rey de la selva sudamericana. Alexander tenía una leve miopía y aun con sus lentes veía mal en la oscuridad, pero había aprendido a confiar en el instinto del jaguar, que a veces lograba invocar. Siguió a Nadia sin vacilar, «viendo con el corazón», como hacía cada vez más a menudo.

Súbitamente Alex se detuvo, sujetando a su amiga por el brazo: en ese punto el pasadizo daba una brusca curva. Más adelante había un leve resplandor y hasta ellos llegó claramente un murmullo de voces. Con grandes precauciones, asomaron la cabeza y vieron que tres metros más adelante el corredor se abría en otra bóveda, como aquella donde habían estado poco antes.

Tex Armadillo, el hombre del ropaje negro y otros dos individuos vestidos del mismo modo se encontraban de cuclillas en el suelo en torno a una lámpara de aceite, que emitía una luz débil pero suficiente como para que los muchachos pudieran verlos bien. Era imposible acercarse más, porque no tenían dónde ocultarse; sabían que de ser sorprendidos lo pasarían muy mal. Por la mente de Jaguar pasó fugazmente la certeza de que nadie sabía dónde se encontraban. Podían perecer en esos sótanos sin que nadie encontrara sus restos en varios días, tal vez semanas. Se sentía responsable por Nadia, después de todo había sido idea suya seguir a Tex y ahora se hallaban en ese atolladero.

Los hombres hablaban en inglés y la voz de Tex Armadillo era clara, pero los otros tenían un acento prácticamente incomprensible. Era evidente, sin embargo, que se trataba de una negociación. Vieron a Tex Armadillo entregarle un fajo de billetes a quien tenía aspecto de ser el jefe del grupo. Luego los oyeron discutir largamente sobre lo que parecía ser un plan de acción que incluía armas de fuego, montañas, y tal vez un templo o un palacio, no estaban seguros.

El jefe desdobló un mapa sobre el piso de tierra, lo estiró con la palma de la mano y con la punta de su cuchillo indicó a Tex Armadillo una ruta. La luz de la lámpara de aceite daba de lleno sobre el hombre. Desde la distancia en que se encontraban, no podían ver bien el mapa, pero distinguieron con nitidez una marca grabada a fuego sobre la mano morena y notaron que el mismo dibujo se repetía en la cacha de hueso del cuchillo. Era un escorpión.

Alex calculó que habían visto suficiente y debían retroceder antes que esos hombres dieran por terminado su encuentro. La única salida de la bóveda era el corredor donde ellos se encontraban. Debían alejarse antes que los conspiradores decidieran regresar, de otro modo serían sorprendidos. Nuevamente Nadia consultó a Borobá, quien fue señalando el camino desde el hombro de su ama sin vacilar. Aliviado, Alexander, recordó lo que su padre solía aconsejarle cuando trepaban montañas juntos: «Enfrenta los obstáculos a medida que se presenten, no pierdas energía temiendo lo que pueda haber en el futuro». Sonrió pensando que no debía preocuparse tanto, ya que no siempre era él quien estaba a cargo de la situación. Nadia era una persona llena de recursos, como había demostrado en muchas ocasiones. No debía olvidarlo.

Quince minutos más tarde habían llegado al nivel de la calle y pronto percibieron las voces de los turistas. Apuraron el paso y se mezclaron con la multitud. No volvieron a ver a Tex Armadillo.

—¿Sabes algo de escorpiones, Kate? —preguntó Alexander a su abuela, cuando se reunieron con ella en el hotel.

—Algunos de los que hay en India son muy venenosos. Si te pican, puedes morir. Espero que no sea el caso, porque eso podría atrasarnos el viaje, no tengo tiempo para funerales —replicó ella fingiendo indiferencia.

—No me ha picado ninguno todavía.

—¿Por qué te interesa, entonces?

—Quiero saber si el escorpión significa algo. ¿Es un símbolo religioso, por ejemplo?

—La serpiente lo es, sobre todo la cobra. Según la leyenda, una cobra gigantesca protegió a Buda durante su meditación. Pero no sé nada de los escorpiones.

—¿Puedes averiguarlo?

—Tendría que comunicarme con el pesado de Ludovic Leblanc. ¿Estás seguro de que quieres pedirme semejante sacrificio, hijo? —masculló la escritora.

—Creo que puede ser muy importante, abuela, perdón, digo Kate...

Ella enchufó su pequeño ordenador y mandó un mensaje al profesor. Dada la diferencia de hora era imposible hablarle por teléfono. No sabía cuándo le llegaría la respuesta, pero esperaba que fuese pronto, porque no sabía si después podrían comunicarse desde el Reino Prohibido. Obedeciendo a una corazonada, envió otro mensaje a su amigo Isaac Rosenblat, para preguntarle si sabía algo de un dragón de oro, que supuestamente existía en el país adonde se dirigían. Ante su sorpresa, el joyero respondió de inmediato:

> ¡Muchacha! ¡Qué alegría saber de ti! Por supuesto que sé de esa estatua, todo joyero serio conoce la descripción, porque se trata de uno de los objetos más raros y más preciosos del mundo. Nadie ha visto el famoso dragón y no ha sido fotografiado, pero existen dibujos. Tiene unos sesenta centímetros de largo y se supone que es de oro ma-

cizo, pero eso no es todo: el trabajo de orfebrería es muy antiguo y muy bello. Además está incrustado de piedras preciosas; sólo los dos perfectos rubíes estrella, absolutamente simétricos que, según la leyenda, tiene en los ojos, cuestan una fortuna. ¿Por qué me lo preguntas? ¿Supongo que no estarás planeando robar el dragón, como hiciste con los diamantes del Amazonas?

Kate aseguró al joyero que eso era exactamente lo que pretendía y decidió no repetirle que los diamantes habían sido encontrados por Nadia. Le convenía que Isaac Rosenblat la creyera capaz de haberlos robado. Calculó que así no decaería el interés de su antiguo enamorado por ella. Lanzó una carcajada, pero enseguida la risa se convirtió en tos. Buscó en uno de sus múltiples bolsillos y extrajo su cantimplora con el remedio del Amazonas.

La respuesta del profesor Ludovic Leblanc fue larga y confusa, como todo lo suyo. Comenzaba con una laboriosa explicación de cómo él, entre sus muchos méritos, había sido el primer antropólogo en descubrir el significado del escorpión en la mitología sumeria, egipcia, hindú y, bla bla bla, veintitrés párrafos más sobre sus conocimientos y su propia sabiduría. Pero salpicados por aquí y por allá en los veintitrés párrafos, había varios datos muy interesantes, que Kate Cold debió rescatar de esa maraña. La vieja escritora dio un suspiro de fastidio, pensando cuán difícil resultaba soportar a ese petulante. Tuvo que releer varias veces el mensaje para resumir lo importante.

—Según Leblanc, existe una secta en el norte de India que adora al escorpión. Sus miembros tienen un escorpión marcado con un hierro al rojo, generalmente en el dorso de la mano derecha. Tienen la reputación de ser sanguinarios, ignorantes y supersticiosos —informó a su nieto y a Nadia.

Agregó que la secta era odiada, porque durante la lucha por la liberación de India hacía el trabajo sucio para las tropas británicas, torturando y asesinando a sus propios compatriotas. Todavía los hombres del escorpión solían ser empleados como mercenarios, porque eran feroces guerreros famosos por su destreza en el uso de los puñales.

—Son bandidos y contrabandistas, pero también se ganan la vida matando por un sueldo —explicó la escritora.

El muchacho procedió a contarle lo que habían visto en el Fuerte Rojo. Si Kate tuvo la tentación de regañarlos por haber corrido semejante peligro, se abstuvo. En el viaje al Amazonas había aprendido a confiar en ellos.

—No me cabe duda de que los hombres que ustedes vieron pertenecen a esa secta. Dice Leblanc que sus miembros se visten con túnicas y turbantes de algodón, teñidos con índigo, un producto vegetal. La tintura se pega a la piel y con los años se hace indeleble, como un tatuaje, por eso se conocen como los «guerreros azules». Son nómades, viven a lomos de sus caballos, no poseen más que sus armas y desde niños son entrenados para la guerra —aclaró Kate.

—¿Las mujeres también tienen la piel azul? —preguntó Nadia.

—Es curioso que lo preguntes, niña. No hay mujeres en la secta.

—¿Cómo tienen hijos si no hay mujeres?

—No lo sé. Tal vez no tengan hijos.

—Si se entrenan para la guerra desde chiquitos, deben nacer niños en la secta —insistió Nadia.

—Puede ser que se los roben o los compren. En este país hay mucha miseria, muchos niños abandonados, también hay padres que no pueden alimentar a sus hijos y los venden —dijo Kate Cold.

—Me pregunto qué negocios puede tener Tex Armadillo con la Secta del Escorpión —murmuró Alexander.

—Nada bueno puede ser —dijo Nadia.

—¿Crees que se trata de drogas? Acuérdate de lo que dijo en el avión, que la marijuana y el opio crecen salvajes en el Reino Prohibido.

—Espero que ese hombre no vuelva a cruzarse en nuestro camino, pero, si sucede, no quiero que se metan con él. ¿Me han entendido? —ordenó su abuela con firmeza.

Los amigos asintieron, pero la escritora alcanzó a ver la mirada que intercambiaron y adivinó que ninguna advertencia suya pondría atajo a la curiosidad de Nadia y Alexander.

Una hora más tarde se reunió el grupo del *International Geographic* en el aeropuerto, para tomar el avión a Tunkhala, la capital del Reino del Dragón de Oro. Allí se encontraron con Judit Kinski, quien iba en el mismo vuelo. La arquitecta de jardines llevaba un vestido de lino blanco y un abrigo largo del mismo material, botas y el mismo bolso gastado que le habían visto antes. Su equipaje se componía de dos maletas de una gruesa tela como de tapiz, de buena factura, también muy gastadas. Era evidente que había viajado mucho, pero el uso no daba a su vestuario o a su equipaje un aspecto descuidado. Por contraste, los miembros de la expedición del *International Geographic*, con su ropa desteñida y arrugada, sus bultos y mochilas, parecían refugiados escapando de algún cataclismo.

El avión era un modelo antiguo de hélice con capacidad para ocho pasajeros y dos tripulantes. Los otros viajeros eran un hindú que tenía negocios en el Reino Prohibido, y un joven médico graduado en una universidad de Nueva

Delhi que regresaba a su país. Los viajeros comentaron que ese avioncito no parecía un medio muy seguro de desafiar las montañas del Himalaya, pero el piloto replicó sonriendo que no había nada que temer: en sus diez años de experiencia jamás habían tenido un accidente grave, a pesar de que los vientos entre los precipicios solían ser muy fuertes.

—¿Qué precipicios? —preguntó Joel González, inquieto.

—Espero que puedan verlos, son un espectáculo magnífico. La mejor época para volar es entre octubre y abril, cuando los cielos están despejados. Si está nublado no se ve nada —dijo el piloto.

—Hoy está un poco nublado. ¿Cómo haremos para no estrellarnos contra las montañas? —preguntó Kate Cold.

—Éstas son nubes bajas, pronto verá el cielo despejado, señora. Además conozco el camino de memoria, puedo volar con los ojos cerrados.

—Espero que los lleve bien abiertos, joven —replicó ella secamente.

—Creo que en una media hora dejaremos las nubes atrás —la tranquilizó el piloto, y agregó que habían tenido suerte, porque los vuelos solían atrasarse varios días, dependiendo del clima.

Jaguar y Águila comprobaron satisfechos que Tex Armadillo no iba a bordo.

7

EN EL REINO PROHIBIDO

Ninguno de los viajeros que tomaban ese vuelo por primera vez estaba preparado para lo que le tocó. Era peor que la montaña rusa de un parque de atracciones. Se les tapaban los oídos y sentían un vacío en el estómago, mientras el avión subía verticalmente como una flecha. De repente caían en picada varios cientos de metros y entonces sentían que las tripas se les pegaban al cerebro. Cuando parecía que por fin se habían estabilizado un poco, el piloto se desviaba en un ángulo agudo, para evitar una cumbre del Himalaya, y quedaban prácticamente colgados de cabeza; luego giraba en el mismo ángulo hacia el otro lado.

Por las ventanillas podían ver a ambos costados las laderas de las montañas y abajo, muy abajo, los increíbles precipicios, cuyo fondo apenas se vislumbraba. Un solo movimiento en falso o una breve vacilación del piloto y el avioncito se estrellaría contra las rocas o caería como una piedra. Soplaba un viento caprichoso, que los impulsaba hacia delante a golpes, pero al pasar una montaña podía volverse en contra, sujetándolos en el aire en aparente inmovilidad.

El comerciante de India y el médico del Reino Prohibido iban pegados a sus asientos, bastante intranquilos, aunque dijeron que habían pasado por esa experiencia antes. Por su parte, los miembros de la expedición del *International Geographic* se sujetaban el estómago a dos manos, procurando controlar las náuseas y el miedo. Ninguno hizo el menor comentario, ni siquiera Joel González, quien iba blanco como una sábana, murmurando oraciones y acariciando la cruz de plata que siempre llevaba al cuello. Todos notaron la calma de Judit Kinski, quien se las arreglaba para hojear un libro de tulipanes sin marearse.

El vuelo duró varias horas, que parecieron tan largas como varios días, al final de las cuales aterrizaron en picada en una breve cancha trazada en medio de la vegetación. Desde el aire habían visto el maravilloso paisaje del Reino Prohibido: entre la majestuosa cadena de montañas nevadas había una serie de angostos valles y terrazas en las laderas de los cerros donde crecía una lujuriosa vegetación semitropical. Las aldeas se veían como blancas casitas de muñecas, salpicadas por aquí y por allá en sitios casi inaccesibles. La capital quedaba en un valle largo y angosto, encajonado entre montañas. Parecía imposible maniobrar el avión allí, pero el piloto sabía muy bien lo que hacía. Cuando por fin tocaron tierra, todos aplaudieron celebrando su asombrosa pericia. Fuera acercaron enseguida una escalera y abrieron la portezuela del avión. Con gran dificultad los viajeros se pusieron de pie y avanzaron a trastabillones hacia la salida, con la sensación de que en cualquier momento podían vomitar o desmayarse, menos la imperturbable Judit Kinski, que mantenía su compostura.

La primera en llegar a la puerta fue Kate Cold. Una bocanada de viento le dio en la cara, reviviéndola. Con asombro vio que a los pies de la escalera había una alfombra de un hermoso tejido, que unía el avión a la puerta de un pequeño edificio de madera policromada con techos de pagoda. A ambos lados de la alfombra aguardaban niños con cestas de flores. Plantados a lo largo del trayecto había delgados postes, donde ondulaban largos estandartes de seda. Varios músicos, vestidos en vibrantes colores y con grandes sombreros, tocaban tambores e instrumentos metálicos.

Al pie de la escalera esperaban cuatro dignatarios ataviados con traje de ceremonia: faldas de seda atadas a la cintura con apretadas fajas de color azul oscuro, signo de su rango de ministros, chaquetas largas bordadas con corales y turquesas, altos sombreros de piel terminados en punta con adornos dorados y cintas. En las manos sostenían delicadas bufandas blancas.

—¡Vaya! ¡No esperaba este recibimiento! —exclamó la escritora, alisando con los dedos sus mechas grises y su horrendo chaleco de mil bolsillos.

Descendió seguida por sus compañeros, sonriendo y saludando con la mano, pero nadie les devolvió el saludo. Pasaron delante de los dignatarios y los niños con las flores sin recibir ni una sola mirada, como si no existieran.

Detrás de ellos bajó Judit Kinski, tranquila, sonriente, perfectamente bien presentada. Entonces los músicos iniciaron una algarabía ensordecedora con sus instrumentos, los niños comenzaron a lanzar una lluvia de pétalos y los dignatarios hicieron una profunda reverencia. Judit Kinski saludó con una leve inclinación, luego estiró los brazos, donde fueron depositadas las bufandas blancas de seda, llamadas *katas*.

Los reporteros del *International Geographic* vieron salir de la casita con techo de pagoda una comitiva de varias personas ricamente ataviadas. Al centro iba un hombre más alto que los demás, de unos sesenta años, pero de porte juvenil, vestido con una sencilla falda larga, o sarong, rojo oscuro, que le cubría la parte inferior del cuerpo, y una tela color amarillo azafrán sobre un hombro. Llevaba la cabeza descubierta y afeitada. Iba descalzo y sus únicos adornos eran una pulsera de oración, hecha con cuentas de ámbar, y un medallón colgado al pecho. A pesar de su extrema sencillez, que contrastaba con el lujo de los demás, no tuvieron ni la menor duda de que ese hombre era el rey. Los extranjeros se apartaron para dejarlo pasar y automáticamente se inclinaron profundamente, como hacían los demás; tal era la autoridad que el monarca emanaba.

El rey saludó a Judit Kinski con un gesto de la cabeza, que ella devolvió en silencio; enseguida intercambiaron bufandas con una serie de complicadas reverencias. Ella realizó los pasos de la ceremonia de forma impecable; no bromeaba cuando había dicho a Kate Cold que había estudiado a fondo las costumbres del país. Al finalizar la bienvenida el rey y ella sonrieron abiertamente y se estrecharon la mano a la manera occidental.

—Bienvenida a nuestro humilde país —dijo el soberano en inglés con acento británico.

El monarca y su invitada se retiraron, seguidos por la numerosa comitiva, mientras Kate y su equipo se rascaban la cabeza, desconcertados ante lo que habían presenciado. Judit Kinski debía haber causado una impresión extraordinaria en el rey, quien no la recibía como a una paisajista contratada para plantar tulipanes en su jardín, sino como a una embajadora plenipotenciaria.

Estaban reuniendo su equipaje, que incluía los bultos con las cámaras y trípodes de los fotógrafos, cuando se les acercó un hombre que se presentó como Wandgi, su guía e intérprete. Vestía el traje típico, un sarong atado a la cintura con una faja a rayas, una chaqueta corta sin mangas y suaves botas de piel. A Kate le llamó la atención su sombrero italiano, como los que se usaban en las películas de mafiosos.

Subieron el equipaje a un destartalado jeep, se acomodaron lo mejor posible y partieron rumbo a la capital, que, según Wandgi, quedaba «allí no más», pero que resultó ser un viaje de casi tres horas, porque lo que él llamaba «la carretera» resultó ser un sendero angosto y lleno de curvas. El guía hablaba un inglés anticuado y con un acento difícil de entender, como si lo hubiera estudiado en los libros, sin haber tenido muchas ocasiones de practicarlo.

Por el camino pasaban monjes y monjas de todas las edades, algunos de sólo cinco o seis años, con sus escudillas para mendigar comida. También circulaban campesinos a pie, cargados con bolsas, jóvenes en bicicleta y carretas tiradas por búfalos. Eran de una raza muy hermosa, de mediana estatura, con facciones aristocráticas y porte digno. Siempre sonreían, como si estuvieran genuinamente contentos. Los únicos vehículos de motor que vieron fueron una motocicleta antigua, con un paraguas a modo de improvisado techo, y un pequeño bus pintado de mil colores y lleno hasta el tope de pasajeros, animales y bultos. Para cruzarse, el jeep debió esperar a un lado, porque no cabían los dos vehículos en el estrecho camino. Wandgi les informó que Su Majestad contaba con varios automóviles modernos y seguramente Judit Kinski estaría hacía rato en el hotel.

—El rey se viste de monje... —observó Alexander.

—Su Majestad es nuestro jefe espiritual. Los primeros años de su vida transcurrieron en un monasterio en Tíbet. Es un hombre muy santo —explicó el guía juntando sus manos ante la cara e inclinándose, en signo de respeto.

—Pensé que los monjes eran célibes —dijo Kate Cold.

—Muchos lo son, pero el rey debe casarse para dar hijos a la corona. Su Majestad es viudo. Su bienamada esposa murió hace diez años.

—¿Cuántos hijos tuvieron?

—Fueron bendecidos con cuatro hijos y cinco hijas. Uno de sus hijos será rey. Aquí no es como en Inglaterra, donde el mayor hereda la corona. Entre nosotros el príncipe de corazón más puro se convierte en nuestro rey a la muerte de su padre —dijo Wandgi.

—¿Cómo saben quién es el de corazón más puro? —preguntó Nadia.

—El rey y la reina conocen bien a sus hijos y por lo general lo adivinan, pero su decisión debe ser confirmada por el gran lama, quien estudia los signos astrales y somete al niño escogido a varias pruebas para determinar si es realmente la reencarnación de un monarca anterior.

Les explicó que las pruebas eran irrefutables. Por ejemplo, en una de ellas el príncipe debía reconocer siete objetos que había usado el primer gobernante del Reino del Dragón de Oro, mil ochocientos años antes. Los objetos se colocaban en el suelo, mezclados con otros, y el niño escogía. Si pasaba esa primera prueba, debía montar un caballo salvaje. Si era la reencarnación de un rey, los animales reconocían su autoridad y se calmaban. También el niño debía cruzar a nado las aguas torrentosas y heladas del río sagrado. Los de corazón puro eran ayudados por la corriente, los demás se hundían. El método de probar a los príncipes de este modo jamás había fallado.

A lo largo de su historia, el Reino Prohibido siempre tuvo monarcas justos y visionarios, dijo Wandgi, y agregó que nunca había sido invadido ni colonizado, a pesar de que no contaba con un ejército capaz de enfrentar a sus poderosos vecinos, India y China. En la actual generación el hijo menor, que era sólo un niño cuando su madre murió, había sido designado para suceder a su padre. Los lamas le habían dado el nombre que llevaba en encarnaciones anteriores: Dil Bahadur, «corazón valiente». Desde entonces nadie lo había visto; estaba recibiendo instrucción en un lugar secreto.

Kate Cold aprovechó para preguntar al guía sobre el misterioso Dragón de Oro. Wandgi no parecía dispuesto a hablar del tema, pero el grupo del *International Geographic* logró deducir algunos datos de sus evasivas respuestas. Aparentemente la estatua podía predecir el futuro, pero sólo el rey podía descifrar el lenguaje críptico de las profecías. La razón por la cual éste debía ser de corazón puro era que el poder del Dragón de Oro sólo debía emplearse para proteger a la nación, jamás para fines personales. En el corazón del rey no podía haber codicia.

Por el camino vieron casas de campesinos y muchos templos, que se identificaban de inmediato por las banderas de oración flameando al viento, similares a las que habían visto en el aeropuerto. El guía intercambiaba saludos con la gente que veían; parecía que todos en ese lugar se conocían.

Se cruzaron con filas de muchachos vestidos con las túnicas color rojo oscuro de los monjes, y el guía les explicó que la mayor parte de la educación se impartía en monasterios, donde los alumnos vivían desde los cinco o seis años. Algunos nunca dejaban el monasterio, porque preferían seguir los pasos de sus maestros, los lamas. Las niñas iban a escuelas separadas. Había una universidad, pero en general los profesionales se formaban en India y en algunos casos en Inglaterra, cuando la familia podía pagarlo o el estudiante merecía una beca del gobierno.

En un par de modestos almacenes asomaban antenas de televisión. Wandgi les dijo que allí se juntaban los vecinos a las horas en que había programas, pero como la electricidad se cortaba muy seguido, los horarios de transmisión variaban. Agregó que la mayor parte del país estaba comunicado por teléfono; para hablar bastaba acudir a la oficina de correo, si ésta existía en el lugar, o a la escuela, donde siempre había uno disponible. Nadie tenía teléfono en su casa, por supuesto, ya que no era necesario. Timothy Bruce y Joel González intercambiaron una mirada de duda. ¿Podrían usar sus celulares en el país del Dragón de Oro?

—El alcance de esos teléfonos está muy limitado por las montañas, por eso son casi desconocidos aquí. Me han contado que en su país ya nadie habla cara a cara, sólo por teléfono —dijo el guía.

—Y por correo electrónico —agregó Alexander.

—He oído de eso, pero no lo he visto —comentó Wandgi.

El paisaje era de ensueño, intocado por la tecnología moderna. La tierra se cultivaba con la ayuda de búfalos, que tiraban de los arados con lentitud y paciencia. En las laderas de los cerros, cortadas en terrazas, había centenares de campos de arroz color verde esmeralda. Árboles y flores de especies desconocidas crecían a la berma del camino y al fondo se levantaban las cumbres nevadas del Himalaya.

Alexander hizo la observación de que la agricultura parecía muy atrasada, pero su abuela le hizo ver que no todo se mide en términos de productividad y aclaró que ése era el único país del mundo donde la ecología era mucho más importante que los negocios. Wandgi se sintió complacido ante esas palabras, pero nada agregó, para no humillarlos, puesto que los visitantes venían de un país donde, según él había oído, lo más importante eran los negocios.

Dos horas más tarde se había ocultado el sol tras las montañas y las sombras de la tarde caían sobre los verdes campos de arroz. Por aquí y por allá surgían las lucecitas vacilantes de lámparas de manteca en casas y templos. Se oía débilmente el sonido gutural de las grandes trompetas de los monjes llamando a la oración de la víspera.

Poco después vieron a lo lejos las primeras edificaciones de Tunkhala, la capital, que parecía poco más que una aldea. La calle principal contaba con algunos faroles y pudieron apreciar la limpieza y el orden que imperaba en todas partes, así como las contradicciones: yaks avanzaban por la calle lado a lado con motocicletas italianas, abuelas cargaban a sus nietos en la espalda y policías vestidos de príncipes antiguos dirigían el tránsito. Muchas casas tenían las puertas abiertas de par en par y Wandgi explicó que allí prácticamente no había delincuencia; además, todo el mundo se conocía. Cualquiera que entrara a la casa podía ser amigo o pariente. La policía tenía poco trabajo, sólo cuidar las fronteras, mantener el orden en las festividades y controlar a los estudiantes revoltosos.

El comercio estaba abierto todavía. Wandgi detuvo el jeep ante una tienda, poco más grande que un armario, donde vendían pasta dentífrica, dulces, rollos de film Kodak, tarjetas postales descoloridas por el sol y unas pocas revistas y periódicos de Nepal, India y China. Notaron que vendían envases de lata vacíos, botellas y bolsas de papel usadas. Cada cosa, hasta la más insignificante, tenía valor, porque no había mucho. Nada se perdía, todo se usaba o se reciclaba. Una bolsa plástica o un frasco de vidrio eran tesoros.

—Ésta es mi humilde tienda y al lado está mi pequeña casa, donde será un inmenso honor recibirlos —anunció Wandgi sonrojándose, porque no deseaba que los extranjeros lo creyeran presumido.

Salió a recibirlos una niña de unos quince años.

—Y ésta es mi hija Pema. Su nombre quiere decir «flor de loto» —agregó el guía.

—La flor de loto es símbolo de pureza y hermosura —dijo Alexander, sonrojándose como Wandgi, porque apenas lo dijo le pareció ridículo.

Kate le lanzó una mirada de soslayo, sorprendida. Él le guiñó un ojo y le susurró que lo había leído en la biblioteca antes de emprender el viaje.

—¿Qué más averiguaste? —murmuró ella con disimulo.

—Pregúntame y verás, Kate, sé casi tanto como Judit Kinski —replicó Alexander en el mismo tono.

Pema sonrió con irresistible encanto, juntó las manos ante la cara y se inclinó, en el saludo tradicional. Era delgada y derecha como una caña de bambú; en la luz amarilla de los faroles su piel parecía marfil y sus grandes ojos brillaban con una expresión traviesa. Su cabello negro era como un suave manto, que caía suelto sobre los hombros y la espalda. También ella, como todas las demás personas que vieron, vestía el traje típico. Había poca diferencia entre la ropa de los hombres y la de las mujeres, todos llevaban una falda o sarong y chaqueta o blusa.

Nadia y Pema se miraron con mutuo asombro. Por un lado la niña llegada del corazón de Sudamérica, con plumas en el pelo y un mono negro aferrado a su cuello; por otro, esa muchacha con la gracia de una bailarina, nacida entre las cumbres de las montañas más altas de Asia. Ambas se sintieron conectadas por una instantánea corriente de simpatía.

—Si ustedes lo desean, tal vez mañana Pema podría enseñar a la niña y a la abuelita cómo usar un sarong —sugirió el guía, turbado.

Alexander dio un respingo al oír la palabra «abuelita», pero Kate Cold no reaccionó. La escritora acababa de darse cuenta de que los pantalones cortos que ella y Nadia usaban eran ofensivos en ese país.

—Se lo agradeceremos mucho... —replicó Kate inclinándose a su vez con las manos ante la cara.

Por fin los extenuados viajeros llegaron al hotel, el único de la capital y del país. Los pocos turistas que se aventuraban a ir a las aldeas del interior dormían en las casas de los campesinos, donde siempre eran muy bien recibidos. A nadie se le negaba hospitalidad. Arrastraron su equipaje a los dos cuartos que ocuparían: uno, Kate y Nadia; el otro, los hombres. Comparadas con el lujo increíble del palacio del maharajá en India, las habitaciones del hotel parecían celdas de monjes. Cayeron sobre las camas sin lavarse ni desvestirse, abrumados de cansancio, pero despertaron poco más tarde entumecidos de frío. La temperatura había descendido bruscamente. Echaron mano de sus linternas y descubrieron unas pesadas frazadas de lana, apiladas ordenadamente en un rincón, con las cuales pudieron arroparse y seguir durmiendo hasta el amanecer, cuando los despertó el lúgubre lamento de las pesadas y largas trompetas con que los monjes llamaban a la oración.

Wandgi y Pema los aguardaban con la excelente noticia de que el rey estaba dispuesto a recibirlos al día siguiente. Mientras tomaban un suculento desayuno de té, verduras y bolas de arroz, que debían comer con tres dedos de la mano derecha, como exigían los buenos modales, el guía los puso al corriente del protocolo de la visita al palacio.

De partida, habría que comprar ropa adecuada para Nadia y Kate. Los hombres debían ir con chaqueta. El rey era una persona muy comprensiva y seguramente entendería que se trataba de expedicionarios en ropa de trabajo, pero de todos modos debían mostrar respeto. Les explicó cómo se intercambiaban las *katas*, o chalinas ceremoniales, cómo debían permanecer de rodillas en los sitios que les fueran asignados hasta que se les indicara que podían sentarse y cómo no debían dirigirse al rey antes que éste lo hiciera. Si les ofrecían comida o té debían rechazar tres veces, luego comer en silencio y lentamente, para indicar que apreciaban el alimento. Era una descortesía hablar mientras se comía. Borobá se quedaría con Pema. Wandgi no sabía cuál era el protocolo en lo referente a monos.

Kate Cold logró conectar su PC a una de las dos líneas telefónicas del hotel para enviar noticias a la revista *International Geographic* y comunicarse con el profesor Leblanc. El hombre era un neurótico, pero no se podía negar que también era una fuente inagotable de información. La vieja escritora le preguntó qué sabía del entrenamiento de los reyes y de la leyenda del Dragón de Oro. Pronto recibió una lección al respecto.

Pema condujo a Kate y a Nadia a una casa donde vendían sarongs y cada una adquirió tres, porque llovía varias veces al día y había que darles tiempo para secarse. Aprender a enrollar la tela en torno al cuerpo y asegurarla con la faja no fue fácil para ninguna de las dos. Primero les quedaba tan apretada que no podían dar ni un paso, después quedaba tan floja que al primer movimiento se les caía. Nadia logró dominar la técnica al cabo de varios ensayos, pero Kate parecía una momia envuelta en vendajes. No podía sentarse y caminaba como un preso con grillos en los pies. Al verla, Alexander y los dos fotógrafos estallaron en incontenibles carcajadas, mientras ella tropezaba, mascullando entre dientes y tosiendo.

El palacio real era la construcción más grande de Tunkhala, con más de mil habitaciones distribuidas en tres pisos visibles y otros dos bajo tierra. Estaba colocada estratégicamente sobre una empinada colina, y a ella se accedía por un camino de curvas, bordeado de banderas de oración sobre flexibles postes de bambú. El edificio era del mismo elegante estilo del resto de las casas, incluso las más modestas, pero tenía varios niveles de techos de tejas, coronados por antiguas figuras de criaturas mitológicas de cerámica. Los balcones, puertas y ventanas estaban pintados con dibujos de extraordinarios colores.

Soldados vestidos de amarillo y rojo, con casacas de piel y cascos emplumados, montaban guardia. Estaban armados con espadas, arcos y flechas. Wandgi explicó que su función era puramente decorativa; los verdaderos policías usaban armas modernas. Agregó que el arco era el arma tradicional del Reino Prohibido y también el deporte favorito. En las competencias anuales participaba hasta el rey.

Fueron recibidos por dos funcionarios, ataviados con los elaborados trajes de la corte, y conducidos a través de varias salas, donde los únicos muebles eran mesas bajas, grandes baúles de madera policromada y pilas de cojines redondos para sentarse. Había algunas estatuas religiosas con ofrendas de velas, arroz y pétalos de flores. Las paredes lucían frescos, algunos tan antiguos que los motivos casi habían desaparecido. Vieron algunos monjes, provistos de pinceles, tarros de tinturas y delgadas láminas de oro, repasando los frescos con paciencia infinita. Por todas partes colgaban ricos tapices bordados de seda y satén.

Pasaron por largos corredores, con puertas a ambos lados, que daban a oficinas, donde trabajaban docenas de funcionarios y monjes escribanos. No habían adoptado aún los ordenadores; los datos de la administración pública todavía se anotaban a mano en cuadernos. También había una habitación para los oráculos. Allí acudía el pueblo a pedir consejo a ciertos lamas y monjas que poseían el don de la adivinación y ayudaban en los momentos de duda. Para los budistas del Reino Prohibido el camino de la salvación era siempre individual y se basaba en la compasión hacia todo lo que existe. La teoría de nada servía sin la práctica. Se podía corregir el rumbo y apresurar los resultados con un buen guía, un mentor o un oráculo.

Llegaron a una gran sala sin adornos, al centro de la cual se levantaba un enorme Buda de madera dorada, cuya frente alcanzaba el techo. Oyeron una música como de mandolinas y luego se dieron cuenta de que eran varias monjas cantando. La melodía subía y subía. Luego de súbito caía, cambiando el ritmo. Ante la monumental imagen había una alfombra de oración, velas encendidas, varillas de incienso y cestas con ofrendas. Imitando a los dignatarios, los visitantes se inclinaron ante la estatua tres veces, tocando el suelo con la frente.

El rey los recibió en un salón de arquitectura tan sencilla y delicada como el resto del palacio, pero decorado con tapices de escenas religiosas y máscaras ceremoniales en las paredes. Habían colocado cinco sillas, como deferencia a los extranjeros, que no estaban acostumbrados a instalarse en el suelo.

Detrás del rey colgaba un tapiz con un animal bordado, que sorprendió a Nadia y Alex, porque se parecía notablemente a los hermosos dragones alados que habían visto dentro del *tepui* donde estaba la Ciudad de las Bestias, en pleno Amazonas. Aquéllos eran los últimos de una especie extinguida hacía milenios. El tapiz real probaba que seguramente en alguna época esos dragones también existieron en Asia.

El monarca llevaba la misma túnica del día anterior, más un extraño tocado sobre la cabeza, como un casco de tela. En el pecho lucía el medallón de su autoridad, un antiguo disco de oro incrustado de corales. Se encontraba sentado en la posición del loto, sobre un estrado de medio metro de altura.

Junto al soberano había un hermoso leopardo, echado como un gato, que al ver a los visitantes se irguió con las orejas alertas y clavó su mirada en Alexander, mostrando los dientes. La mano de su amo sobre su lomo lo tranquilizó, pero sus ojos alargados no se desprendieron del muchacho americano.

Acompañaban al rey algunos dignatarios, vestidos espléndidamente, con telas a rayas, chaquetas bordadas y sombreros adornados con grandes hojas de oro, aunque varios llevaban zapatos occidentales y maletines de ejecutivo. Había varios monjes con sus túnicas rojas. Tres muchachas y dos jóvenes, altos y distinguidos, estaban de pie junto al rey; los visitantes supusieron que eran sus hijos.

Tal como Wandgi los había instruido, no aceptaron las sillas, porque no debían colocarse a la misma altura del mandatario; prefirieron las pequeñas alfombras de lana, que estaban colocadas frente a la plataforma real.

Después de intercambiar las *katas* y saludos de rigor, los extranjeros esperaron la señal del rey para acomodarse en el suelo, los hombres con las piernas cruzadas y las mujeres sentadas de lado. Kate Cold, enredada en el sarong, estuvo a punto de rodar por el piso. El rey y su corte disimularon a duras penas una sonrisa.

Antes de comenzar las conversaciones se sirvió té, nueces y unos extraños frutos espolvoreados con sal, que los visitantes comieron después de rechazar tres veces. Había llegado el momento de los regalos. La escritora hizo un gesto a Timothy Bruce y Joel González, quienes se arrastraron sobre las rodillas para presentar al rey una caja con los doce primeros ejemplares del *International Geographic*, publicados en 1888, y una página manuscrita de Charles Darwin, que el director de la revista había conseguido milagrosamente en un anticuario de Londres. El rey agradeció y a su vez les ofreció un libro envuelto en un paño. Wandgi les había dicho que no debían abrir el paquete; eso era una muestra de impaciencia, sólo aceptable en un niño.

En ese momento un funcionario anunció la llegada de Judit Kinski. Los miembros de la expedición del *International Geographic* comprendieron por qué no la habían visto en el hotel esa mañana: la mujer era huésped en el palacio real. Saludó con una inclinación de cabeza y tomó lugar en el suelo, junto a los demás extranjeros. Llevaba un vestido sencillo, su mismo bolso de cuero, del cual aparentemente jamás se separaba, y una ancha pulsera africana de hueso tallado como único adorno.

En ese instante Tschewang, el leopardo real, que permanecía quieto, pero atento, dio un salto y se plantó delante de Alexander, con el hocico recogido en una mueca amenazadora, que dejaba a la vista cada uno de sus afilados colmillos. Todos los presentes se quedaron inmóviles y dos guardias hicieron ademán de intervenir, pero el rey los detuvo con un gesto y llamó a la bestia. El leopardo se volvió hacia su amo, pero no le obedeció.

Sin darse cuenta de lo que hacía, Alexander se había quitado los lentes, se había puesto a gatas y tenía la misma expresión del felino: con las manos engarfiadas gruñía y mostraba los dientes.

Entonces Nadia, sin moverse de su lugar, comenzó a murmurar extraños sonidos, que sonaban como un ronroneo de gato. Al punto el leopardo se dirigió hacia ella, acercándole el hocico a la cara, oliéndola y batiendo la cola. Luego, ante el asombro de todos, se echó delante de ella exponiendo la barriga, que ella acarició sin asomo de temor y sin dejar de ronronear.

—¿Puede usted hablar con los animales? —preguntó con naturalidad el rey.

Los extranjeros, desconcertados, dedujeron que seguramente en ese reino hablar con los animales no era algo insólito.

—A veces —replicó la niña.

—¿Qué le pasa a mi fiel Tschewang? Por lo general es cortés y obediente —sonrió el monarca, señalando al felino.

—Creo que se asustó al ver a un jaguar —replicó Nadia.

Nadie, salvo Alexander, entendió qué significaba esa afirmación. Kate Cold se dio una involuntaria palmada en la frente: definitivamente estaban haciendo un papelón, parecían un hatajo de locos sueltos. Pero el rey no se inmutó ante la respuesta de la niña extranjera color de miel. Se limitó a mirar con atención al muchacho americano, quien había vuelto a la normalidad y estaba otra vez sentado con las piernas cruzadas. Sólo la transpiración en su frente delataba el susto que había pasado.

Nadia Santos puso una de las bufandas de seda frente al leopardo, que la tomó delicadamente entre sus fauces y la llevó a los pies del monarca. Luego se instaló en su sitio habitual sobre la plataforma real.

—Y usted, niña, ¿también puede hablar con los pájaros? —preguntó el rey.

—A veces —repitió ella.

—Aquí suelen aparecer algunas aves interesantes —dijo él.

En verdad el Reino del Dragón de Oro era un santuario ecológico, donde existían muchas especies exterminadas en el resto del mundo, pero presumir se consideraba una muestra imperdonable de mala educación; ni el rey, que era la máxima autoridad en materia de flora y fauna, lo hacía.

Más tarde, cuando el grupo del *International Geographic* abrió el regalo real, comprobaron que era un libro de fotografías de pájaros. Wandgi les explicó que el rey las había tomado él mismo; sin embargo, su nombre no aparecía en el libro, porque eso habría sido una demostración de vanidad.

El resto de la entrevista transcurrió hablando del Reino del Dragón de Oro. Los extranjeros notaron que todos hablaban con vaguedad. Las palabras más frecuentes eran «tal vez» y «posiblemente», con lo cual se evitaban opiniones fuertes y confrontación. Eso dejaba una salida honorable, en caso que las partes no estuvieran de acuerdo.

Judit Kinski parecía saber mucho sobre la maravillosa naturaleza de la región. Eso había conquistado al gobernante, así como al resto de la corte, porque sus conocimientos eran muy poco usuales en los extranjeros.

—Es un honor recibir en nuestro país a los enviados de la revista *International Geographic* —dijo el soberano.

—El honor es todo nuestro, Majestad. Sabemos que en este reino el respeto a la naturaleza es único en el mundo —replicó Kate Cold.

—Si dañamos al mundo natural, debemos pagar las consecuencias. Sólo un loco cometería semejante torpeza. Su guía, Wandgi, podrá llevarlos a donde deseen ir. Tal vez podrán visitar los templos o los *dzong*, monasterios fortificados, donde posiblemente los monjes puedan recibirlos como huéspedes y darles la información que necesiten —ofreció el rey.

Todos notaron que no incluía a Judit Kinski y adivinaron que el gobernante pensaba mostrarle él mismo las bellezas de su reino.

La entrevista había llegado a su fin y sólo restaba agradecer y despedirse. Entonces Kate Cold cometió la primera imprudencia. Incapaz de resistir su impulso, preguntó directamente por la leyenda del Dragón de Oro. De inmediato un silencio glacial se sintió en la sala. Los dignatarios se paralizaron y la sonrisa amable del rey desapareció. La pausa que siguió pareció muy pesada, hasta que Judit Kinski se atrevió a intervenir.

—Perdone nuestra impertinencia, Majestad. No conocemos bien las costumbres de aquí; espero que la pregunta de la señora Cold no haya sido ofensiva... En realidad ella habló por todos nosotros. Siento la misma curiosidad por esa leyenda que los periodistas del *International Geographic* —dijo, fijando sus ojos castaños en las pupilas de él.

El rey devolvió la mirada con expresión muy seria, como si evaluara sus intenciones, y por último sonrió. Se rompió de inmediato el hielo y todos volvieron a respirar, aliviados.

—El dragón sagrado existe, no es sólo una leyenda; sin embargo, no podrán verlo, lo lamento —dijo el rey, hablando con la firmeza que hasta entonces había evitado.

—En alguna parte leí que la estatua se guarda en un

monasterio fortificado de Tíbet. Me pregunto qué sucedió con ella después de la invasión china... —insistió Judit Kinski.

Kate pensó que nadie más habría osado continuar con el tema. Esa mujer tenía mucha confianza en sí misma y en la atracción que ejercía sobre el rey.

—El dragón sagrado representa el espíritu de nuestra nación. Nunca ha salido de nuestro reino —aclaró él.

—Disculpe, Majestad, estaba mal informada. Es lógico que se guarde en este palacio, junto a usted —dijo Judit Kinski.

—Tal vez —dijo él, poniéndose de pie para indicar que la entrevista había concluido.

El grupo del *International Geographic* se despidió con profundas reverencias y salió retrocediendo, menos Kate Cold, tan enredada en el sarong, que no tuvo más remedio que subírselo hasta las rodillas y salir a tropezones, dándole las espaldas a Su Majestad.

Tschewang, el leopardo real, siguió a Nadia hasta la puerta del palacio, refregando el hocico contra su mano, pero sin perder de vista a Alexander.

—No lo mires, Jaguar. Te tiene celos... —se rió la muchacha.

8

SECUESTRADAS

El Coleccionista despertó sobresaltado por el timbre del teléfono privado que tenía sobre su mesa de noche. Eran las dos de la madrugada. Sólo tres personas conocían ese número: su médico, el jefe de sus guardaespaldas y su madre. Hacía meses que ese teléfono no sonaba. El Coleccionista no había necesitado a su médico ni a su jefe de seguridad. En cuanto a su madre, en ese momento andaba en la Antártica fotografiando pingüinos. La señora pasaba sus últimos años embarcada en diversos cruceros de lujo, que la llevaban de un lado a otro en un viaje inacabable. Al arribar a un puerto, la recibía un empleado con el pasaje en la mano para emprender otro crucero. Su hijo había descubierto que de esa manera ella vivía entretenida y él no tenía que verla.

—¿Cómo averiguó este número? —preguntó indignado el segundo hombre más rico del mundo, una vez que reconoció a su interlocutor, a pesar del dispositivo que deformaba la voz.

—Averiguar secretos es parte de mi trabajo —replicó el Especialista.

—¿Qué noticias me tiene?

—Pronto tendrá en su poder lo que hemos convenido.

—¿Para qué me molesta entonces?

—Para decirle que de nada le servirá el Dragón de Oro si no sabe usarlo —explicó el Especialista.

—Para eso tengo el pergamino traducido, el que le compré al general chino —aclaró el Coleccionista.

—¿Usted cree que algo tan importante y tan secreto estaría expuesto en un solo pedazo de pergamino? La traducción está en clave.

—¡Consiga la clave! Para eso lo he contratado.

—No. Usted me contrató para conseguir ese objeto, nada más. Esto no está contemplado en el trato —aclaró fríamente la voz deformada en el teléfono.

—El dragón no me interesa sin las instrucciones, ¿me ha entendido? ¡Consígalas o no verá sus millones de dólares! —gritó el cliente.

—Jamás reconsidero los términos de una negociación. Usted y yo hemos convenido algo. Le presentaré la estatua dentro de dos semanas y cobraré lo convenido o usted sufrirá daños irreparables.

El cliente percibió la amenaza y se dio cuenta de que se jugaba la vida. Por una vez el segundo hombre más rico del planeta se asustó.

—Tiene razón, un trato es un trato. Le pagaré aparte por la clave para descifrar ese pergamino. ¿Cree que puede conseguirla en un plazo prudente? Como sabe, esto es un asunto muy urgente. Estoy dispuesto a pagar lo necesario, el dinero no es problema —dijo el Coleccionista en tono conciliador.

—En este caso no es una cuestión de precio.

—Todo el mundo tiene un precio.

—Se equivoca —replicó el Especialista.

—¿No me dijo usted que era capaz de conseguir cualquier cosa? —preguntó, angustiado, el cliente.

—Uno de mis agentes se comunicará con usted próximamente —replicó la voz y la comunicación se cortó.

El multimillonario no pudo volver a dormir. Pasó el resto de la noche estudiando su inconmensurable fortuna en la oficina, que ocupaba la mayor parte de su casa, donde tenía medio centenar de computadoras. Día y noche, sus empleados se mantenían conectados a los más importantes mercados de valores del mundo. Sin embargo, por mucho que el Coleccionista repasara las cifras y gritara a sus subalternos, no lograba cambiar el hecho de que había otro hombre más rico que él. Eso le destrozaba los nervios.

Después de recorrer la encantadora ciudad de Tunkhala, con sus casas de techos de pagoda, sus *stupas* o cúpulas religiosas, sus templos, y sus docenas de monasterios encaramados a los faldeos de los cerros, en medio de una naturaleza exuberante de árboles y flores, Wandgi ofreció mostrarles la universidad. El campus era un parque natural, con cascadas de agua y millares de pájaros, donde se alzaban varios edificios. Los techos de pagoda, las imágenes de Buda pintadas en los muros y las banderas de oración daban a la universidad el aspecto de un conjunto de monasterios. Por los senderos del parque vieron estudiantes conversando en grupos y les llamó la atención su formalidad, tan diferente al aire relajado de los jóvenes en Occidente.

Fueron recibidos por el rector, quien solicitó a Kate Cold que se dirigiera a los alumnos para hablarles de la revista *International Geographic*, que muchos leían regularmente en la biblioteca.

—Tenemos muy pocas ocasiones de recibir ilustres visitantes en nuestra humilde universidad —dijo, inclinándose ceremoniosamente ante ella.

Y así fue como la escritora, los fotógrafos, Alexander y Nadia se vieron instalados en una sala frente a los ciento noventa estudiantes de la universidad y sus profesores. Casi todos hablaban algo de inglés, porque era la asignatura preferida de los jóvenes, pero Wandgi debió traducir en muchas ocasiones. La primera media hora transcurrió con mucha compostura.

El público hacía preguntas ingenuas, con mucho respeto, saludando con una reverencia antes de dirigirse a los extranjeros. Fastidiado, Alexander levantó la mano.

—¿Podemos preguntar nosotros también? Hemos venido de muy lejos para aprender sobre este país... —sugirió.

Hubo unos momentos de silencio, en los cuales los estudiantes se miraban unos a otros confundidos, porque era la primera vez que un conferenciante proponía algo así. Después de algunas dudas y cuchicheos entre los profesores, el rector dio su consentimiento. En la siguiente hora y media los visitantes averiguaron algunos datos interesantes sobre el Reino Prohibido y los estudiantes, libres de la estirada formalidad a la cual estaban habituados, se atrevieron a preguntar sobre el cine, la música, la ropa, los carros y mil otros temas de América.

Hacia el final, Timothy Bruce sacó una cinta de rock'n'roll y Kate Cold la puso en su grabadora. Su nieto, habitualmente tímido, tuvo un impulso irresistible, salió adelante e hizo una demostración de baile moderno, que dejó a todos con la boca abierta. Borobá, contagiado por esa danza frenética, procedió a imitarlo a la perfección, en medio de las risotadas del público. Al terminar la «conferencia», los estudiantes en masa los acompañaron hasta los límites del campus, cantando y bailando igual que Alexander, mientras los profesores se rascaban la cabeza, estupefactos.

—¿Cómo pudieron aprender la música americana después de oírla una sola vez? —preguntó Kate Cold, admirada.

—Circula entre los estudiantes desde hace muchos años, abuelita. Dentro de sus casas esos chicos usan vaqueros, como ustedes. Los traen de contrabando de India —replicó Wandgi, riéndose.

Para entonces Kate Cold había aceptado, resignada, que el guía la llamara «abuelita». Era un signo de respeto, la forma educada de dirigirse a una persona mayor. Por su parte Nadia y Alex debían llamar «tío» a Wandgi y «prima» a Pema.

—Tal vez los honorables visitantes, si no están muy cansados, desearían probar la comida típica de Tunkhala... —sugirió Wandgi tímidamente.

Los honorables visitantes estaban extenuados, pero no podían perder esa oportunidad. Terminaron ese día de intensa actividad en casa del guía, que, como muchas en la capital, era de dos pisos, de ladrillo blanco y maderas pintadas con intrincados dibujos de flores y pájaros, del mismo estilo que los de palacio. Fue imposible averiguar quiénes pertenecían a la familia directa de Wandgi, porque entraban y salían docenas de personas y todas eran presentadas como tíos, hermanos o primos. No existían los apellidos. Al nacer un niño sus padres le ponían dos o tres nombres para distinguirlo de los demás, pero cada persona podía cambiar sus nombres a voluntad varias veces en la vida. Los únicos que usaban un apellido eran los miembros de la familia real.

Pema, su madre y varias tías y primas sirvieron la comida. Todos se sentaron en el suelo en torno a una mesa redonda, donde colocaron una verdadera montaña de arroz rojo, cereal y varias combinaciones de vegetales, sazonados con especias y pimiento picante. Enseguida fueron trayendo las delicias preparadas especialmente para honrar a los extranjeros: hígado de yak, pulmón de oveja, patas de cerdo, ojos de cabra y salchichas de sangre sazonadas con tanta pimienta y páprika, que el solo olor de los platos les hizo lagrimear y produjo un ataque de tos a Kate. Se comía con la mano, formando bolitas con los alimentos, y lo cortés era ofrecer primero las bolitas a los visitantes.

Al llevarse el primer bocado a la boca, Alexander y Nadia estuvieron a punto de lanzar un grito: ninguno de los dos había probado nunca algo tan picante. Les ardía la boca como si se la hubieran quemado con carbones encendidos. Kate Cold les advirtió entre accesos de tos que no debían ofender a sus anfitriones, pero los nativos del Reino Prohibido sabían que los extranjeros no eran capaces de tragar su comida. Mientras a los dos muchachos les corría el llanto por las mejillas, los demás se reían a gritos, golpeando el suelo con pies y manos.

Pema, también muy divertida, les trajo té para enjuagarse la boca y un plato con los mismos vegetales, pero preparados sin picante. Alexander y Nadia intercambiaron una mirada de complicidad. En el Amazonas habían comido desde serpiente asada hasta una sopa hecha con las cenizas de un indio muerto. Sin decir palabra, decidieron simultáneamente que ése no era el momento de retroceder. Agradecieron, inclinándose con las palmas juntas frente a la cara, y luego cada uno preparó su bolita de fuego y se la puso valientemente en la boca.

Al día siguiente se celebraba un festival religioso, que coincidía con la luna llena y el cumpleaños del rey. El país entero se había preparado durante semanas para el evento. Todo Tunkhala se volcó a la calle y de las montañas bajaron campesinos de aldeas remotas, que debieron viajar a pie o a caballo durante días. Después de las bendiciones de los lamas, salieron los músicos con sus instrumentos y las cocineras, que colocaron grandes mesas con comida, dulces y jarras con licor de arroz. En esa ocasión todo era gratis.

Las trompetas, tambores y gongs de los monasterios sonaron desde muy temprano. Los fieles y los peregrinos llegados de lejos se aglomeraban en los templos para hacer sus ofrendas, girar las ruedas de oración, y encender velas de manteca de yak. El olor rancio de la grasa y el humo del incienso flotaba por la ciudad.

Antes del viaje Alexander había recurrido a la biblioteca de su escuela para informarse sobre el Reino Prohibido, sus costumbres y su religión. Le dio una breve lección sobre budismo a Nadia, quien no había oído hablar jamás de Buda.

—En lo que hoy es el sur de Nepal, nació quinientos sesenta y seis años antes de Cristo un príncipe llamado Sidarta Gautama. Cuando nació, un adivino pronosticó que el niño reinaría sobre toda la tierra, pero siempre que fuera preservado del deterioro y la muerte. De otro modo, sería un gran maestro espiritual. Su padre, que prefería lo primero, rodeó el palacio de altos muros para que Sidarta tuviera una vida espléndida, dedicada al placer y la belleza, sin confrontar jamás el sufrimiento. Hasta las hojas que caían de los árboles eran rápidamente barridas, para que no las viera marchitarse. El joven se casó y tuvo un hijo sin haber salido nunca de aquel paraíso. Tenía veintinueve años cuando se asomó fuera del jardín y vio por primera vez enfermedad, pobreza, dolor, crueldad. Se cortó el cabello, se despojó de sus joyas y sus ropajes de rica seda y se fue en busca de la Verdad. Durante seis años estudió con yoguis en India y sometió su cuerpo al ascetismo más riguroso...

—¿Qué es eso? —preguntó Nadia.

—Llevaba una vida de privaciones. Dormía sobre espinas y comía solamente unos pocos granos de arroz.

—Mala idea... —comentó Nadia.

—Eso mismo concluyó Sidarta. Después de pasar del placer absoluto en su palacio al sacrificio más severo, comprendió que el Camino del Medio es el más adecuado —dijo Alexander.

—¿Por qué le dicen el Iluminado? —quiso saber su amiga.

—Porque a los treinta y cinco años se sentó sin moverse bajo un árbol durante seis días y seis noches a meditar. Una noche de luna, como la que se celebra en este festival, su mente y su espíritu se abrieron y logró comprender todos los principios y procesos de la vida. Es decir, se convirtió en Buda.

—En sánscrito «Buda» quiere decir «despierto» o «iluminado» —aclaró Kate Cold, quien escuchaba atentamente las explicaciones de su nieto—. Buda no es un nombre, sino un título, y cualquiera puede convertirse en buda a través de una vida noble y de práctica espiritual —agregó.

—La base del budismo es la compasión hacia todo lo que vive o existe. Dijo que cada uno debe buscar la verdad o la iluminación dentro de sí mismo, no en otros o en cosas externas. Por eso los monjes budistas no andan predicando, como nuestros misioneros, sino que pasan la mayor parte de sus vidas en serena meditación, buscando su propia verdad. Sólo poseen sus túnicas, sus sandalias y sus escudillas para mendigar comida. No les interesan los bienes materiales —dijo Alexander.

A Nadia, quien no poseía más que un pequeño bolso con la ropa indispensable y tres plumas de loro para el peinado, esa parte del budismo le pareció perfecta.

Por la mañana se llevaron a cabo los torneos de tiro al blanco, la actividad más concurrida del festival de Tunkhala. Los mejores arqueros se presentaron engalanados con sus vistosos ropajes, luciendo collares de flores que las muchachas les ponían al cuello. Los arcos tenían casi dos metros de largo y eran muy pesados.

A Alexander le ofrecieron uno, pero se vio en duro aprieto para levantarlo y mucho menos pudo dar en el blanco. Estiró la cuerda con todas sus fuerzas, pero en un descuido se le escapó la flecha entre los dedos y salió disparada en dirección a un elegante dignatario que se encontraba a varios metros del blanco. Horrorizado, Alexander lo vio caer de espaldas y supuso que lo había asesinado, pero su víctima se puso de pie rápidamente, de lo más divertido. La flecha se había clavado en medio de su sombrero. Nadie se ofendió. Un coro de carcajadas celebró la torpeza del extranjero y el dignatario se paseó el resto del día con la flecha en el sombrero, como un trofeo.

La población del Reino Prohibido se presentó con sus mejores galas y la mayoría llevaba máscaras o las caras pintadas de amarillo, blanco y rojo. Sombreros, cuellos, orejas y brazos lucían adornos de plata, oro, corales antiguos y turquesas.

Esta vez el rey llegó con un tocado espectacular en la cabeza: la corona del Reino Prohibido. Era de seda bordada con incrustaciones de oro y sembrada de piedras preciosas. Al centro, sobre la frente, tenía un gran rubí. Sobre el pecho llevaba el medallón real. Con su eterna expresión de calma y optimismo, el rey se paseaba sin escolta entre sus súbditos, que evidentemente lo adoraban. Su séquito se componía sólo de su inseparable Tschewang, el leopardo, y su invitada de honor, Judit Kinski, ataviada con el traje típico del país, pero siempre con su bolso al hombro.

Por la tarde hubo representaciones teatrales de actores con máscaras, acróbatas, juglares y malabaristas. Grupos de muchachas ofrecieron una demostración de las danzas tradicionales, mientras los mejores atletas compitieron en simulacros de lucha con espada y en un tipo de artes marciales que los extranjeros jamás habían visto. Daban saltos mortales y se movían con tan asombrosa rapidez, que parecían volar por encima de las cabezas de su contrincante. Ninguno pudo vencer a un joven delgado y guapo, que tenía la agilidad y fiereza de una pantera. Wandgi informó a los extranjeros de que era uno de los hijos del rey, pero no el elegido para ocupar algún día el trono. Tenía condiciones de guerrero, siempre quería ganar, le gustaba el aplauso, era impaciente y voluntarioso. Definitivamente, agregó el guía, no tenía pasta para convertirse en un gobernante sabio.

Al ponerse el sol comenzaron a cantar los grillos, sumándose al ruido de la fiesta. Se encendieron millares de antorchas y lámparas con pantallas de papel.

En la entusiasta multitud había muchos enmascarados. Las máscaras eran verdaderas obras de arte, todas diferentes, pintadas de oro y colores brillantes. A Nadia le llamó la atención que bajo algunas máscaras asomaran barbas negras, porque los hombres del Reino Prohibido se afeitaban cuidadosamente. Jamás se veía uno con pelos en el rostro, se consideraba una falta de higiene. Por un rato estudió a la multitud, hasta que se dio cuenta de que los individuos barbudos no participaban en las festividades como los demás. Iba a comunicarle sus observaciones a Alexander, cuando éste se le acercó con una expresión preocupada.

—Fíjate en ese hombre que está allí, Águila —le dijo.

—¿Dónde?

—Detrás del malabarista que lanza antorchas encendidas al aire. El que tiene un gorro tibetano de piel.

—¿Qué pasa con él? —preguntó Nadia.

—Acerquémonos con disimulo para verlo de cerca —dijo Alexander.

Cuando lograron hacerlo, vieron a través de la máscara dos pupilas claras e inexpresivas: los ojos inolvidables de Tex Armadillo.

—¿Cómo llegó aquí? No vino en el avión con nosotros y el próximo vuelo es dentro de cinco días —comentó Alexander poco después, cuando se alejaron un poco.

—Creo que no está solo, Jaguar. Esos enmascarados barbudos pueden ser de la Secta del Escorpión. He estado observándolos y me parece que están tramando algo.

—Si vemos algo sospechoso avisaremos a Kate. Por el momento no los perdamos de vista —dijo Alexander.

De China había llegado para el festival una familia de expertos en fuegos artificiales. Apenas el sol se ocultó tras los cerros, cayó bruscamente la noche y descendió la temperatura, pero la fiesta continuó. Pronto el cielo se iluminó y la muchedumbre en las calles celebró con gritos de asombro cada estallido de las maravillosas luces de los chinos.

Había tanta gente que costaba moverse en el tumulto. Nadia, acostumbrada al clima tropical de su aldea, Santa María de la Lluvia, tiritaba de frío. Pema se ofreció para acompañarla al hotel a buscar ropa abrigada y ambas partieron con Borobá, que se había puesto frenético con el ruido de los fuegos, mientras Alexander vigilaba de lejos a Tex Armadillo.

Nadia agradeció que Kate Cold hubiera tenido la buena idea de comprarle ropa de alta montaña. Le castañeteaban los dientes tanto como a Borobá. Primero le colocó la parka de bebé al mono y luego se puso pantalones, calcetines gruesos, botas y un chaquetón, mientras Pema la observaba divertida. Ella estaba muy cómoda con su liviano sarong de seda.

—¡Vamos! ¡Estamos perdiendo lo mejor de la fiesta! —exclamó la joven.

Salieron corriendo a la calle. La luna y las cascadas de estrellas multicolores de los chinos alumbraban la noche.

—¿Dónde están Pema y Nadia? —preguntó Alexander, calculando que hacía más de una hora que no las veía.

—No las he visto —replicó Kate.

—Fueron al hotel porque Nadia necesitaba una chaqueta, pero ya deberían haber regresado. Mejor voy a buscarlas —decidió Alex.

—Ya vendrán, aquí no hay donde perderse —dijo su abuela.

Alexander no encontró a las chicas en el hotel. Dos horas más tarde todos estaban preocupados, porque nadie las había visto en el tumulto del festival desde hacía mucho rato. El guía, Wandgi, consiguió una bicicleta prestada y fue hasta su casa, pensando que Pema podría haber llevado a Nadia allí, pero poco después regresó descompuesto.

—¡Han desaparecido! —anunció a gritos.

—No puede haberles sucedido nada malo. ¡Usted dijo que éste era el país más seguro del mundo! —exclamó Kate.

A esa hora quedaba muy poca gente en la calle, sólo unos cuantos estudiantes rezagados y unas mujeres que limpiaban la basura y los restos de comida de las mesas. El aire olía a una mezcla de flores y pólvora.

—Pueden haberse ido con algunos estudiantes de la universidad... —sugirió Timothy Bruce.

Wandgi les aseguró que eso era imposible, Pema jamás haría eso. Ninguna muchacha respetable salía de noche sola y sin permiso de sus padres, dijo. Decidieron acudir a la estación de policía, donde fueron atendidos con cortesía por dos oficiales extenuados, que habían trabajado desde el amanecer y no parecían dispuestos a salir a la caza de dos chicas, que seguramente estaban con amigos o parientes. Kate Cold se les plantó al frente blandiendo su pasaporte y su carnet de periodista, mientras reclamaba con su peor vozarrón de mando, pero no logró sacudirlos.

—Estas personas recibieron una invitación especial de nuestro amado rey —dijo Wandgi, y eso puso a los policías en acción de inmediato.

El resto de la noche se fue buscando a Pema y Nadia por todas partes. Al amanecer estaba la fuerza policial completa —diecinueve funcionarios— en estado de alerta, porque se había reportado la desaparición de otras cuatro adolescentes en Tunkhala.

Alexander comunicó a su abuela sus sospechas de que había guerreros azules mezclados en la muchedumbre y agregó que había visto a Tex Armadillo disfrazado de pastor tibetano. Había intentado seguirlo, pero seguramente éste se dio cuenta de que había sido reconocido y se perdió en el gentío. Kate informó a la policía, quienes le advirtieron que no convenía sembrar pánico sin pruebas.

Durante las primeras horas de la mañana se propagó la atroz noticia de que varias niñas habían sido secuestradas. Casi todas las tiendas permanecieron cerradas y las puertas de las casas abiertas, mientras los habitantes de la apacible capital se volcaban a las calles a comentar el suceso. Cuadrillas de voluntarios salieron a recorrer los alrededores, pero el trabajo era desesperante, porque el terreno irregular y cubierto de impenetrable vegetación dificultaba la búsqueda. Pronto comenzó a circular un rumor que fue creciendo hasta convertirse en un río incontenible de pánico que arrolló a la ciudad: ¡los escorpiones!, ¡los escorpiones!

Dos campesinos, que no habían asistido al festival, aseguraron haber visto a varios jinetes pasar al galope rumbo a las montañas. Los cascos de los corceles sacaban chispas de las piedras, las capas negras ondeaban al viento y en la luz fantástica de los fuegos artificiales parecían demonios, dijeron los aterrados campesinos. Poco después una familia que iba de vuelta a su aldea, encontró en el sendero una gastada cantimplora de cuero, llena de licor, y la llevó a la policía. Tenía grabado un escorpión.

Wandgi estaba fuera de sí. En cuclillas, gemía con la cara entre las manos, mientras su esposa se mantenía en silencio y sin lágrimas, completamente anonadada.

—¿Se refieren a la Secta del Escorpión, la misma de India? —preguntó Alexander Cold.

—¡Los guerreros azules! ¡Nunca más veré a mi Pema! —lloraba el guía.

Los expedicionarios del *International Geographic* fueron obteniendo los detalles de a poco. Aquellos nómades sanguinarios circulaban por el norte de India, donde solían atacar aldeas indefensas para raptar muchachas, que convertían en sus esclavas. Para ellos las mujeres tenían menos valor que un cuchillo, las trataban peor que a animales y las mantenían aterrorizadas, escondidas en cuevas.

A las niñas que nacían las mataban de inmediato, pero dejaban a los varones, a quienes separaban de sus madres y entrenaban para pelear desde los tres años. Para inmunizarlos contra el veneno los hacían picar por escorpiones, de modo que al llegar a la adolescencia podían soportar mordeduras de reptiles e insectos que de otro modo les serían fatales.

En muy poco tiempo las esclavas morían de enfermedad, maltratos o asesinadas, pero las pocas que llegaban a los veinte años eran consideradas inservibles y las abandonaban, para ser reemplazadas por nuevas niñas robadas. Así el ciclo se repetía. Por los caminos rurales de India solían verse las figuras lamentables de esas mujeres locas, en harapos, pidiendo limosna. Nadie se les acercaba por temor a la Secta del Escorpión.

—¿Y la policía no hace nada? —preguntó Alexander, horrorizado.

—Esto ocurre en regiones muy aisladas, en villorrios indefensos y miserables. Nadie se atreve a enfrentar a los bandidos, les tienen terror, creen que poseen poderes diabólicos, que pueden enviar una plaga de escorpiones y acabar con toda una aldea. No hay peor destino para una niña que caer en manos de los hombres azules. Llevará la vida de un animal por unos cuantos años, verá exterminar a sus hijas, le quitarán a los hijos y, si no muere, terminará convertida en mendiga —les explicó el guía, y agregó que la Secta del Escorpión era una banda de ladrones y asesinos que conocían todos los pasos del Himalaya, cruzaban las fronteras a su antojo y atacaban siempre de noche. Eran sigilosos como sombras.

—¿Han entrado antes al Reino Prohibido? —preguntó Alexander, en cuya mente empezaba a formarse una terrible sospecha.

—Hasta ahora nunca lo habían hecho. Sólo actuaban en India y Nepal —replicó el guía.

—¿Por qué vinieron tan lejos? Es muy raro que se atrevieran a llegar a una ciudad como Tunkhala. Y es más raro todavía que decidieran hacerlo justamente durante un festival, cuando estaba el pueblo en la calle y la policía vigilando —anotó Alexander.

—Iremos de inmediato a hablar con el rey. Hay que movilizar todos los recursos posibles —determinó Kate.

Su nieto estaba pensando en Tex Armadillo y los patibularios personajes que había visto en los sótanos del Fuerte Rojo. ¿Qué papel desempeñaba ese hombre en el asunto? ¿Qué significaba el mapa que estudiaban?

No sabía por dónde comenzar a buscar a Águila, pero estaba dispuesto a recorrer el Himalaya de punta a cabo tras ella. Imaginaba la suerte que en esos momentos corría su amiga. Cada minuto era precioso: debía encontrarla antes que fuera demasiado tarde. Necesitaba más que nunca el instinto de cazador del jaguar, pero estaba tan nervioso que no podía concentrarse lo suficiente para invocarlo. El sudor le corría por la frente y la espalda, empapándole la camisa.

Nadia y Pema no alcanzaron a ver a sus atacantes. Dos mantos oscuros les cayeron encima, envolviéndolas; luego las ataron con cuerdas, como paquetes, y las levantaron en vilo. Nadia gritó y trató de defenderse, pataleando en el aire, pero un golpe seco en la cabeza la aturdió. Pema, en cambio, se entregó a su suerte, adivinando que era inútil pelear en ese momento, debía reservar su energía para más adelante. Los secuestradores colocaron a las muchachas atravesadas sobre los caballos y montaron detrás, sujetándolas con manos de hierro. Por montura sólo llevaban una manta doblada y manejaban las cabalgaduras con la presión de las rodillas. Eran jinetes formidables.

A los pocos minutos Nadia recuperó el conocimiento

y en cuanto se le despejó un poco la mente hizo un inventario de la situación. Se dio cuenta de inmediato de que iba al galope a caballo, a pesar de que nunca había montado uno. Sentía retumbar cada pisada del animal en el estómago y el pecho, le costaba respirar bajo la manta y sentía en la espalda la presión de una mano grande y fuerte, como una garra, que la sujetaba.

El olor del caballo sudoroso y de las ropas del hombre era penetrante, pero fue justamente eso lo que le devolvió la claridad y le permitió pensar. Acostumbrada a vivir en contacto con la naturaleza y los animales, tenía una gran memoria olfativa. Su secuestrador no olía como la gente que había conocido en el Reino Prohibido, que era limpia en extremo. El aroma natural de las telas de seda, algodón y lana se mezclaba con el de las especias que usaban para cocinar y el aceite de almendras, que todo el mundo usaba para darle brillo al cabello. Nadia podría reconocer a un habitante del Reino Prohibido con los ojos cerrados. El hombre que la sujetaba era sucio, como si su ropa no se lavara jamás, y la piel exudaba un olor amargo de ajo, carbón y pólvora. Sin duda era un extranjero en esa tierra.

Nadia escuchó con atención y pudo calcular que, además de los dos caballos en que iban Pema y ella, había por lo menos cuatro más, tal vez cinco. Se dio cuenta de que iban siempre en ascenso. Cuando cambió el paso del caballo, comprendió que ya no iban por un sendero, sino a campo travieso. Podía oír los cascos contra las piedras y sentía el esfuerzo del animal por trepar. A veces resbalaba, relinchando, y la voz del jinete lo alentaba a seguir en un idioma desconocido.

La muchacha sentía los huesos molidos por el bamboleo, pero no podía acomodarse, porque las cuerdas la inmovilizaban. La presión en el pecho era tan fuerte, que temía que se le partieran las costillas. ¿Cómo podía dejar alguna pista para que pudieran encontrarla? Estaba segura de que Jaguar lo intentaría, pero esas montañas eran un laberinto de alturas y precipicios. Si al menos pudiera soltarse un zapato, pensaba, pero eso era imposible, porque llevaba las botas amarradas.

Un buen rato más tarde, cuando las dos muchachas ya estaban completamente machucadas y medio inconscientes, las cabalgaduras se detuvieron. Nadia hizo un esfuerzo por recuperarse y prestó atención. Los jinetes desmontaron y sintió que volvían a levantarla y la tiraban como una bolsa al suelo. Cayó sobre piedras. Oyó gemir a Pema y enseguida unas manos desataron la cuerda y le quitaron la manta. Respiró a todo pulmón y abrió los ojos.

Lo primero que vio fue la bóveda oscura del cielo y la luna, luego dos rostros negros y barbudos inclinados sobre ella. El aliento fétido a ajo, licor y algo parecido al tabaco de los hombres la golpeó como un puñetazo. Sus ojos malignos brillaban en las cuencas hundidas y reían burlones. Les faltaban varios dientes y los pocos que tenían eran de un color casi negro. Nadia había visto gente en India con los dientes así, y Kate Cold le explicó que masticaban betel. A pesar de que estaba bastante oscuro, reconoció el aspecto de los hombres que había visto en el Fuerte Rojo, los temibles guerreros del Escorpión.

De un tirón sus captores la pusieron de pie, pero debieron sostenerla, porque se le doblaban las rodillas. Nadia vio a Pema a pocos pasos de distancia, encogida de dolor. Con gestos y empujones, los secuestradores les indicaron a las muchachas que avanzaran. Uno se quedó con los caballos y los otros subieron el cerro llevando a las prisioneras. Nadia había calculado bien: los jinetes eran cinco.

Llevaban unos quince minutos de ascenso cuando apareció de súbito un grupo de varios hombres, todos con la misma vestimenta, oscuros, barbudos y armados de puñales. Nadia trató de sobreponerse al miedo y «escuchar con el corazón», tratando de comprender su idioma, pero estaba demasiado adolorida y maltrecha. Mientras los hombres discutían, cerró los ojos e imaginó que era un águila, la reina de las alturas, el ave imperial, su animal totémico. Por unos segundos tuvo la sensación de elevarse como un espléndido pájaro y pudo ver a sus pies la cadena de montañas del Himalaya y, muy lejos, el valle donde estaba la ciudad de Tunkhala. Un empujón la devolvió a la tierra.

Los guerreros azules encendieron unas improvisadas antorchas, hechas con estopa amarrada a un palo y empapada en grasa. En la luz vacilante condujeron a las muchachas por un angosto desfiladero natural en la roca. Iban pegados a la montaña, pisando con infinito cuidado, porque a sus pies se abría un precipicio profundo. Una ventisca helada cortaba la piel como navaja. Había parches de nieve y hielo entre las piedras, a pesar de que era verano.

Nadia pensó que el invierno en esa región debía ser espantoso, si aun en verano hacía frío. Pema iba vestida de seda y con sandalias. Quiso pasarle su chaquetón, pero apenas hizo el ademán de quitárselo le dieron un bofetón y la obligaron a seguir caminando. Su amiga iba al final de la fila y no podía verla desde su posición, pero supuso que iría en peores condiciones que ella. Por suerte no tuvieron que escalar mucho, pronto se encontraron ante unos arbustos espinosos, que los hombres apartaron. Las antorchas iluminaron la entrada de una caverna natural, muy bien disimulada en el terreno. Nadia se sintió desfallecer: la esperanza de que Jaguar la encontrara era cada vez más tenue.

La cueva era amplia y estaba compuesta de varias bóvedas o salas. Vieron bultos, armas, arreos de caballos, mantas, sacos con arroz, lentejas, verduras secas, nueces y largas trenzas de ajos. A juzgar por el aspecto del campamento y la cantidad de alimentos, era evidente que sus asaltantes habían estado allí varios días y pensaban quedarse otros tantos.

En un lugar prominente habían improvisado un espeluznante altar. Sobre un cúmulo de piedras se levantaba una estatua de la temible diosa Kali, rodeada de varias calaveras y huesos humanos, ratas, serpientes y otros reptiles disecados, vasijas con un líquido oscuro, como sangre, y frascos con escorpiones negros. Al entrar los guerreros se arrodillaron ante el altar, metieron los dedos en las vasijas y luego se los llevaron a la boca. Nadia notó que cada uno llevaba una colección de puñales de diferentes formas y tamaños en la faja que les envolvía la cintura.

Las dos muchachas fueron empujadas al fondo de la caverna, donde las recibió una mujerona en harapos, con un manto de piel de perro, que le daba un aspecto de hiena. Tenía la piel teñida del mismo tono azulado de los guerreros, una horrenda cicatriz en la mejilla derecha, desde el ojo hasta el mentón, como si hubiera recibido una cuchillada, y un escorpión grabado a fuego en la frente. Llevaba un corto látigo en la mano.

Acurrucadas junto al fuego, cuatro niñas cautivas temblaban de frío y terror. La carcelera dio un gruñido, y señaló a Pema y a Nadia que se reunieran con las otras. La única que llevaba ropa de invierno era Nadia, todas las demás vestían los sarongs de seda que habían usado para la celebración del cumpleaños del rey. Nadia comprendió que habían sido raptadas en las mismas circunstancias que ellas y eso le devolvió algo de esperanza, porque sin duda la policía ya debía estar buscándolas por cielo y tierra.

Un coro de gemidos recibió a Nadia y Pema, pero la mujer se aproximó con el látigo en alto y las chicas prisioneras callaron, escondiendo la cabeza entre los brazos. Las dos amigas procuraron colocarse juntas.

En un descuido de la guardiana, Nadia envolvió a Pema con su chaqueta y le susurró al oído que no se desesperara, que ya encontrarían la forma de salir de ese atolladero. Pema tiritaba, pero había logrado calmarse; sus hermosos ojos negros, antes siempre sonrientes, ahora reflejaban coraje y determinación. Nadia le apretó la mano y las dos se sintieron fortalecidas por la presencia de la otra.

Uno de los hombres del Escorpión no le quitaba los ojos de encima a Pema, impresionado por su gracia y dignidad. Se acercó al grupo de aterrorizadas muchachas y se plantó delante de Pema con una mano en la empuñadura de su puñal. Llevaba la misma sucia túnica oscura, el turbante grasiento, la barba desaliñada, la piel del extraño tono negro azulado y los dientes negros de betel de todos los demás, pero su actitud irradiaba autoridad y los otros lo respetaban. Parecía ser el jefe.

Pema se puso de pie y sostuvo la cruel mirada del guerrero. Él estiró la mano y cogió el largo cabello de la muchacha, que se deslizó como seda entre sus dedos inmundos. Un tenue perfume de jazmín se desprendió del cabello. El hombre pareció desconcertado, casi conmovido, como si jamás hubiera tocado algo tan precioso. Pema hizo un brusco movimiento de la cabeza, desprendiéndose. Si tenía miedo, no lo manifestó; por el contrario, su expresión era tan desafiante, que la mujerona de la cicatriz, los otros bandidos y hasta las niñas, permanecieron inmóviles, seguros de que el guerrero golpearía a su insolente prisionera, pero, ante la sorpresa general, éste soltó una seca risotada y dio un paso atrás. Lanzó un escupitajo al suelo, a los pies de Pema, luego regresó junto a sus compinches, que estaban en cuclillas cerca del fuego. Bebían sorbos de sus cantimploras, masticaban las rojas nueces de betel, escupían y hablaban en torno a un mapa desplegado en el suelo.

Nadia supuso que era el mismo mapa o uno similar al que había vislumbrado en el Fuerte Rojo. No comprendía lo que hablaban, porque los brutales acontecimientos de las últimas horas la habían alterado de tal modo, que no podía «escuchar con el corazón». Pema le dijo al oído que usaban un dialecto del norte de India y que ella podía entender algunas palabras: dragón, rutas, monasterio, americano, rey.

No pudieron seguir hablando, porque la mujer de la cicatriz, que las había oído, se acercó blandiendo su látigo.

—¡Cállense! —rugió.

Las chicas empezaron a gemir de miedo, menos Pema y Nadia, que se mantuvieron impasibles, pero bajaron la vista para no provocarla. Cuando la carcelera se distrajo, Pema le contó al oído a Nadia que las mujeres abandonadas por los hombres azules tenían siempre un escorpión grabado a fuego en la frente y muchas eran mudas, porque les habían cortado la lengua. Estremecidas de horror, ya no volvieron a hablar, pero se comunicaban con miradas.

Las otras cuatro muchachas, que habían sido llevadas a la cueva poco antes, estaban en tal estado de pánico, que Nadia supuso que sabían algo que ella ignoraba, pero no se atrevió a preguntar. Se dio cuenta de que Pema también sabía lo que les esperaba, pero era valiente y estaba dispuesta a luchar por su vida. Pronto las otras chicas se contagiaron del valor de Pema y, sin ponerse de acuerdo, se fueron acercando a ella, buscando protección. A Nadia la invadió una mezcla de admiración por su amiga y de angustia por no poder comunicarse con las demás chicas, que no hablaban una palabra de inglés. Lamentó ser tan diferente a ellas.

Uno de los guerreros azules dio una orden y la mujer de la cicatriz olvidó por un momento a las cautivas para obedecerle. Sirvió en unas escudillas el contenido de una olla negra que colgaba sobre el fuego y las pasó a los hombres. A otra orden del jefe, sirvió a regañadientes a las prisioneras.

Nadia recibió una cazuela de latón, donde humeaba una mazamorra gris. Una oleada de ajo le dio en la nariz y apenas pudo contener el sobresalto de su estómago. Debía alimentarse, decidió, porque necesitaría todas sus fuerzas para escapar. Le hizo una seña a Pema y ambas se llevaron el plato a la boca. Ninguna de las dos tenía intención de resignarse a su suerte.

9

BOROBÁ

La luna se hundió tras las cumbres nevadas y el fuego en la caverna se convirtió en un montón de brasas y ceniza. La guardiana roncaba sentada, sin soltar el látigo, con la boca abierta y un hilo de saliva chorreando por su barbilla. Los hombres azules se habían tirado en el suelo y dormían también, pero uno de ellos montaba guardia en la entrada de la cueva, con un rifle anticuado en las manos. Una sola antorcha iluminaba vagamente el lugar, proyectando sombras siniestras en los muros de roca.

Habían atado a las cautivas por los tobillos con tiras de cuero y les habían dado cuatro mantas de lana gruesa. Apretadas unas con otras y apenas cubiertas por las mantas, las desafortunadas muchachas procuraban impartirse calor. Agotadas por el llanto, todas dormían, menos Pema y Nadia, quienes aprovechaban el momento para hablar en susurros.

Pema le contó a su amiga lo que se sabía de la temible Secta del Escorpión, de cómo se robaban niñas y cómo las maltrataban. Además de cortarle la lengua a quienes hablaban más de la cuenta, les quemaban las plantas de los pies si intentaban escapar.

—No pienso terminar en manos de esos hombres espantosos. Prefiero matarme —concluyó Pema.

—No hables así, Pema. En todo caso es mejor morir tratando de escapar, que morir sin luchar.

—¿Crees que se puede escapar de aquí? —replicó Pema señalando a los guerreros dormidos y al guardia de la entrada.

—Encontraremos el momento de hacerlo —le aseguró Nadia sobándose los tobillos, hinchados por las ligaduras.

Al poco rato a ellas también las venció el cansancio y comenzaron a cabecear. Habían transcurrido varias horas y Nadia, quien jamás había tenido un reloj, pero estaba acostumbrada a calcular el tiempo, supuso que debían ser alrededor de las dos de la madrugada. De pronto su instinto le advirtió que algo ocurría. Sintió en la piel que la energía en el aire cambiaba y se irguió, alerta.

Una sombra fugaz pasó casi volando al fondo de la gruta. Los ojos de Nadia no alcanzaron a distinguir de qué se trataba, pero vio con el corazón que era su inseparable Borobá. Con inmenso alivio comprendió que su pequeño amigo había seguido a los secuestradores. Los caballos pronto lo dejaron atrás, pero el monito fue capaz de seguir el rastro de su ama y de alguna manera se las arregló para descubrir la cueva. Nadia deseó con toda su alma que Borobá no emitiera un chillido de alegría al verla y trató de transmitirle un mensaje mental para tranquilizarlo.

Borobá había llegado a los brazos de Nadia recién nacido, cuando ella tenía nueve años. Entonces era diminuto y ella debió alimentarlo con un gotero. Nunca se separaban. El mono creció a su lado, y ambos lograron complementarse de tal modo, que podían adivinar lo que cada uno sentía. Compartían un idioma de gestos e intenciones, además del lenguaje animal, que Nadia aprendió. El mono debió sentir la advertencia de su ama, porque no se acercó a ella. Se quedó encogido en un rincón oscuro, inmóvil por largo tiempo, observando el entorno, calculando los riesgos, esperando.

Cuando la muchacha estuvo segura de que nadie había advertido la presencia de Borobá y los ronquidos de su carcelera no habían variado, emitió un suave silbido. Entonces el animal se fue acercando de a poco, siempre pegado al muro, protegido por las sombras, hasta que llegó donde ella y de un salto se colgó de su cuello. Ya no llevaba la parka de bebé, se la había arrancado a tirones. Sus manitos se aferraban al cabello crespo de Nadia y su cara arrugada se frotaba contra su cuello, emocionado, pero mudo.

Nadia esperó que se calmara y le agradeció su fidelidad. Luego le dio una orden al oído. Borobá obedeció al punto. Deslizándose por donde mismo había llegado, se aproximó a uno de los hombres dormidos y con sus ágiles y delicadas manos le quitó el puñal del cinto con pasmosa precisión y se lo llevó a Nadia. Se sentó frente a ella, observando atentamente, mientras ella cortaba las correas de sus tobillos. El puñal estaba afilado de tal modo, que no fue difícil hacerlo.

Apenas estuvo libre, Nadia despertó a Pema.

—Éste es el momento de escapar —le sopló.

—¿Cómo piensas pasar delante del guardia?

—No sé, ya veremos. Un paso a la vez.

Pero Pema no le permitió que cortara sus ligaduras y con lágrimas en los ojos le susurró que no podía irse.

—Yo no llegaría muy lejos, Nadia. Mira cómo estoy vestida, no puedo correr como tú con estas sandalias. Si voy contigo nos atraparán a las dos. Tú sola tienes mejores posibilidades de lograrlo.

—¿Estás loca? ¡No puedo irme sin ti! —susurró Nadia.

—Tienes que intentarlo. Consigue ayuda. Yo no puedo dejar a las otras muchachas, me quedaré con ellas hasta que tú vuelvas con refuerzos. Andate ahora, antes que sea tarde —dijo Pema quitándose la chaqueta para devolvérsela a Nadia.

Había tal determinación en ella, que Nadia renunció a la idea de hacerla cambiar de opinión. Su amiga no abandonaría a las otras chicas. Tampoco era posible llevarlas, porque no lograrían salir sin ser vistas; pero ella sola tal vez podría hacerlo. Las dos se abrazaron brevemente y Nadia se puso de pie con infinitas precauciones.

La mujer de la cicatriz se movió en el sueño, balbuceó algunas palabras y por unos instantes pareció que todo estaba perdido, pero luego siguió roncando al mismo ritmo de antes. Nadia aguardó cinco minutos, hasta convencerse de que los demás también dormían, y enseguida avanzó pegada al muro, por el mismo camino que había tomado Borobá. Respiró hondo e invocó sus poderes de invisibilidad.

Nadia y Alexander habían pasado un tiempo inolvidable junto a la tribu de la gente de la neblina en el Amazonas, los seres humanos más remotos y misteriosos del planeta. Aquellos indios, que vivían igual que en tiempos de la Edad de la Piedra, en algunos aspectos eran muy evolucionados. Despreciaban el progreso material y vivían en contacto con las fuerzas de la naturaleza, en perfecta simbiosis con su medio ambiente. Eran parte de la compleja ecología de la selva, como los árboles, los insectos, el humus. Por siglos habían sobrevivido en el bosque sin contacto con el mundo exterior, defendidos por sus creencias, sus tradiciones, su sentido de comunidad y el arte de parecer invisibles. Cuando los acechaba algún peligro, simplemente desaparecían. Era tan poderosa esta habilidad, que nadie creía realmente en la existencia de la gente de la neblina; se rumoreaba de ellos en el tono de quien cuenta una leyenda, lo cual también les había servido de protección contra la curiosidad y la codicia de los forasteros.

Nadia se dio cuenta de que no se trataba de un truco de ilusionismo, sino de un arte muy antiguo, que requería continua práctica. «Es como aprender a tocar la flauta, se necesita mucho estudio», le dijo a Alexander, pero él no creía realmente que pudiera aprenderse y no se empeñó en practicar. Ella, en cambio, decidió que si los indios lo hacían, ella también podía. Sabía que no se trataba solamente de mimetismo, agilidad, delicadeza, silencio y conocimiento del entorno, sino sobre todo de una actitud mental. Había que reducirse a la nada, visualizar el cuerpo volviéndose transparente hasta convertirse en puro espíritu. Se debía mantener la concentración y la calma interior para crear un formidable campo psíquico en torno a su persona. Bastaba una distracción para que fallara. Sólo aquel estado superior en el cual el espíritu y la mente trabajaban al unísono podía lograr la invisibilidad.

En los meses que transcurrieron entre la aventura en la Ciudad de las Bestias, en pleno Amazonas, y el momento en que se encontró en aquella caverna en el Himalaya, Nadia había practicado incansablemente. Tanto progresó, que a veces su padre la llamaba a gritos cuando ella estaba de pie a su lado. Cuando ella surgía de súbito, César Santos daba un salto. «¡No te he dicho que no te aparezcas así! ¡Me vas a matar de un ataque al corazón!», se quejaba.

Nadia sabía que en ese momento lo único que podría salvarla era aquel arte aprendido de la gente de la neblina. Murmuró instrucciones a Borobá para que esperara unos minutos antes de seguirla, puesto que no podría hacerlo cargando al animal, y enseguida se volvió hacia dentro, hacia ese espacio misterioso que todos tenemos cuando cerramos los ojos y expulsamos los pensamientos de la mente. En pocos segundos entró en un estado similar al trance. Sintió que se desprendía del cuerpo y que podía observarse desde arriba, como si su conciencia se hubiera elevado un par de metros por encima de su propia cabeza. Desde esa posición vio cómo sus piernas daban un paso, luego otro y otro más, separándose de Pema y las otras chicas, avanzando en cámara lenta, recorriendo el espacio en penumbra de la guarida de los bandoleros.

Pasó a pocos centímetros de la horrible mujer del látigo, se deslizó como una sombra imperceptible entre los cuerpos de los guerreros dormidos, siguió casi flotando hacia la boca de la caverna, donde el guardia, extenuado, hacía un esfuerzo por mantenerse despierto, con los ojos perdidos en la noche, sin soltar su rifle. Ella no perdió ni por un segundo su concentración, no permitió que el temor o la vacilación devolvieran su alma a la prisión del cuerpo. Sin detenerse ni modificar el ritmo de sus pasos se aproximó al hombre hasta casi tocar su espalda, tan cerca que percibió claramente su calor y su olor a suciedad y ajo.

El guardia tuvo un leve estremecimiento y apretó el arma, como si a nivel instintivo se hubiera dado cuenta de una presencia a su lado, pero de inmediato su mente bloqueó esa sospecha. Sus manos se relajaron y sus ojos volvieron a entrecerrarse, luchando contra el sueño y la fatiga.

Nadia franqueó la entrada de la caverna como un fantasma y siguió caminando a ciegas en la oscuridad sin volver la vista atrás y sin apurarse. La noche se tragó su delgada silueta.

En cuanto Nadia Santos retornó a su cuerpo y echó una mirada a su alrededor, comprendió que si se veía incapaz de encontrar el camino de regreso a Tunkhala en pleno día, mucho menos podría hacerlo en las tinieblas de la noche. En torno se alzaban las montañas y como había hecho el viaje con la cabeza cubierta por una manta, no tenía un solo punto de referencia que le permitiera orientarse. Su única certeza era que siempre habían ido en ascenso, lo cual significaba que debía proseguir cerro abajo, pero no sabía cómo hacerlo sin toparse con los hombres azules. Sabía que a cierta distancia del desfiladero había quedado un guerrero a cargo de los caballos y no sospechaba cuántos más habría diseminados en los cerros. Por la confianza con que se movían los bandidos, sin temor aparente de ser atacados, debían ser muchos. Era mejor buscar otra vía de escape.

—¿Qué hacemos ahora? —preguntó a Borobá cuando estuvieron nuevamente reunidos, pero éste sólo conocía la ruta que había usado para llegar hasta allí, la misma de los bandidos.

El animal, tan poco acostumbrado al frío como su ama, tiritaba tanto que le sonaban los dientes. La muchacha se lo acomodó en el pecho, debajo de su parka, confortada por la presencia de ese fiel amigo. Se subió el capuchón y lo amarró firmemente en torno a su rostro, lamentando no tener los guantes que Kate le había comprado. Sus manos estaban tan heladas que no sentía los dedos. Se los metió a la boca, soplando para darles calor, y luego en los bolsillos, pero era imposible escalar o equilibrarse en ese terreno abrupto sin aferrarse a dos manos. Calculó que apenas saliera el sol y sus captores se dieran cuenta de que había huido, saldrían rápidamente a buscarla, porque no podían permitir que una de sus prisioneras llegara hasta el valle a dar la voz de alarma. Sin duda estaban acostumbrados a moverse en las montañas; en cambio ella no tenía idea de dónde estaba.

Los hombres azules supondrían que ella escaparía hacia abajo, donde estaban las aldeas y valles del Reino Prohibido. Para engañarlos decidió subir la montaña, aunque era consciente de que al hacerlo se alejaba de su objetivo y de que no había tiempo que perder: la suerte de Pema y las otras muchachas dependía de que ella encontrara socorro pronto. Esperaba llegar arriba al amanecer y desde la cima ubicarse; debía hallar otra forma de alcanzar el valle.

Trepar la ladera resultó mucho más lento y trabajoso de lo que imaginaba, porque a las dificultades del terreno se sumaba la oscuridad, apenas atenuada por la luna. Resbalaba y caía mil veces. Estaba dolorida por el galope del día anterior atravesada sobre el caballo, el golpe recibido en la cabeza y los machucones que tenía por todo el cuerpo, pero no se permitió pensar en eso. Le costaba respirar y le zumbaban los oídos; comprendió que a esa altura había menos oxígeno, tal como le había explicado Kate Cold.

Entre las rocas crecían pequeños arbustos que en invierno desaparecían por completo, pero en esa época retoñaban bajo el sol de verano. De ellos se aferraba Nadia para ascender. Cuando le fallaban las fuerzas, recordaba cuando escaló a la cumbre del *tepui* en la Ciudad de las Bestias, hasta encontrar el nido de águila donde estaban los tres maravillosos diamantes. «Si pude hacer aquello, también puedo hacer esto, que es mucho más fácil», le decía a Borobá, pero el monito, entumecido debajo de su chaqueta, no asomaba ni la nariz.

Surgió el alba cuando aún faltaban unos doscientos metros para llegar al tope de la montaña. Primero fue un resplandor difuso, que en pocos minutos fue adquiriendo un tono anaranjado. Cuando los primeros rayos de sol asomaron en el formidable macizo del Himalaya, el cielo se convirtió en una sinfonía de color, las nubes se tiñeron de púrpura y los manchones de nieve tomaron un resplandor rosado.

Nadia no se detuvo a contemplar la belleza del paisaje, sino que con un esfuerzo descomunal continuó ascendiendo y poco más tarde estaba de pie en el punto más alto de aquella montaña, jadeando y bañada de sudor. Sentía el corazón a punto de reventarle en el pecho. Había supuesto que desde allí podría ver el valle de Tunkhala, pero ante sus ojos se alzaba el impenetrable Himalaya, una montaña tras otra, extendiéndose hacia el infinito. Estaba perdida. Al mirar hacia abajo, le pareció que se movían figuras en varias direcciones: eran los hombres azules. Se sentó sobre un peñasco, abrumada, luchando contra la desesperación y la fatiga. Debía descansar para recuperar el aliento, pero no era posible quedarse allí: si no encontraba un escondite, pronto sus perseguidores darían con ella.

Borobá se movió bajo la parka. Nadia abrió el cierre y su pequeño amigo asomó la cabeza, con sus ojos inteligentes fijos en ella.

—No sé para dónde ir, Borobá. Todas las montañas parecen iguales y no veo ningún sendero transitable —dijo Nadia.

El animal señaló la dirección por donde habían venido.

—No puedo volver por allí porque me capturarían los hombres azules. Pero tú no llamarías la atención, Borobá, en este país hay monos por todas partes. Tú puedes encontrar el camino de vuelta a Tunkhala. Anda a buscar a Jaguar —le ordenó Nadia.

El mono negó con la cabeza, tapándose los ojos con las manos y chillando, pero ella le explicó que si no se separaban no había ninguna posibilidad de salvar a las otras muchachas o de salvarse ellos. La suerte de Pema, las otras niñas y ella misma dependía de él. Debía encontrar ayuda o todos perecerían.

—Yo me ocultaré por aquí cerca hasta estar bien segura de que no me buscan, luego veré la manera de bajar al valle. Entretanto tú debes correr, Borobá. Ya salió el sol, no hará tanto frío y podrás llegar a la ciudad antes que se ponga el sol de nuevo —insistió Nadia Santos.

Por fin el animal se desprendió de ella y salió disparado como una flecha cerro abajo.

Kate Cold despachó a los fotógrafos Timothy Bruce y Joel González al interior del país a fotografiar la flora y la fauna para la revista *International Geographic*. Tendrían que hacer el trabajo solos, mientras ella se quedaba en la capital. No recordaba haber estado tan angustiada en toda su vida, salvo cuando Alexander y Nadia se perdieron en la selva del Amazonas. Le había asegurado a César Santos que ese viaje al Reino Prohibido no presentaba ningún peligro. ¿Cómo notificaría al padre que su hija había sido secuestrada? Mucho menos podía decirle que Nadia estaba en manos de asesinos profesionales que robaban niñas para convertirlas en sus esclavas.

Kate y Alexander se encontraban en ese momento en la sala de audiencia del palacio, en presencia del rey, quien esta vez los recibió en compañía de su comandante en jefe, su primer ministro y los dos lamas de más alta jerarquía después de él. También Judit Kinski estaba en el salón.

—Los lamas han consultado a los astros y han dado instrucciones a los monasterios de orar y hacer ofrendas por las muchachas desaparecidas. El general Myar Kunglung está a cargo de la operación militar. Posiblemente ya ha movilizado a la policía, ¿verdad? —preguntó el rey, cuyo rostro sereno no reflejaba su tremenda preocupación.

—Tal vez, Su Majestad... Y también están en estado de alerta los soldados y la guardia del palacio. Las fronteras están vigiladas —dijo el general en su pésimo inglés, para que los extranjeros comprendieran.

—Tal vez el pueblo salga también a buscar a las niñas. Sé que nunca ha ocurrido algo así en nuestro país. Posiblemente tendremos noticias pronto —agregó el general.

—¿Posiblemente? ¡No me parece suficiente! —exclamó Kate Cold y al punto se mordió los labios, porque comprendió que había cometido una terrible descortesía.

—Tal vez la señora Cold está un poco alterada... —anotó Judit Kinski, quien por lo visto ya había aprendido a hablar con vaguedad, como era lo correcto en el Reino del Dragón de Oro.

—Tal vez —dijo Kate, inclinándose con las manos juntas ante la cara.

—¿Sería tal vez inadecuado preguntar cómo piensa el honorable general organizar la búsqueda? —inquirió Judit Kinski.

Los próximos quince minutos se fueron en preguntas de los extranjeros que recibían respuestas cada vez más vagas, hasta que fue evidente que no había manera de presionar al rey o al general. La impaciencia hacía transpirar a Kate y a Alexander. Por último el monarca se puso de pie y no hubo más remedio que despedirse y salir retrocediendo.

—Es una mañana hermosa, tal vez haya muchos pájaros en el jardín —sugirió Judit Kinski.

—Tal vez —asintió el rey, guiándola hacia fuera.

El rey y Judit Kinski dieron un paseo por el angosto sendero que se deslizaba entre la vegetación del parque, donde todo parecía crecer de forma salvaje, pero un ojo entrenado podía apreciar la calculada armonía del conjunto. Era allí, en aquella gloriosa abundancia de flores y árboles, en el concierto de centenares de aves, donde Judit Kinski había propuesto iniciar el experimento con los tulipanes.

El rey pensaba que él no merecía ser el jefe espiritual de su nación, porque se sentía muy lejos de haber alcanzado el grado de preparación necesaria. Toda una vida había practicado el desprendimiento de los asuntos terrenales y las posesiones materiales. Sabía que nada en el mundo es permanente, todo cambia, se descompone, muere y se renueva en otra forma; por lo tanto aferrarse a las cosas de este mundo es inútil y causa sufrimiento. El camino del budismo consistía en aceptar eso. A veces tenía la ilusión de haberlo logrado, pero la visita de esa mujer extranjera le había devuelto sus dudas. Se sentía atraído hacia ella y eso lo hacía vulnerable. Era un sentimiento que no había experimentado antes, porque el amor que compartió con su esposa había fluido como el agua de un arroyo tranquilo. ¿Cómo podía proteger a su reino si no podía protegerse a sí mismo de la tentación del amor? Nada malo había en desear el amor y la intimidad con otra persona, cavilaba el rey, pero en su posición no podía permitírselo, porque los años que le quedaban de vida debían estar dedicados por entero a su pueblo. Judit Kinski interrumpió sus cavilaciones.

—¡Qué extraordinario pendiente es ése, Majestad! —comentó, señalando la joya que él llevaba al pecho.

—Lo han usado los reyes de este país desde hace mil ochocientos años —explicó él, quitándose el medallón y pasándoselo, para que lo examinara de cerca.

—Es muy hermoso —dijo ella.

—El coral antiguo, como éste, es muy apreciado entre nosotros, porque es escaso. También se encuentra en Tíbet. Su existencia indica que tal vez millones de años atrás las aguas del mar llegaban hasta las cumbres del Himalaya —explicó el rey.

—¿Qué dice la inscripción? —preguntó ella.

—Son palabras de Buda: «El cambio debe ser voluntario, no impuesto».

—¿Qué significa eso?

—Todos podemos cambiar, pero nadie puede obligarnos a hacerlo. El cambio suele ocurrir cuando enfrentamos una verdad incuestionable, algo que nos obliga a revisar nuestras creencias —dijo él.

—Me parece extraño que hayan escogido esa frase para el medallón…

—Éste siempre ha sido un país muy tradicional. El deber de los gobernantes es defender al pueblo de los cambios que no están basados en algo verdadero —replicó el rey.

—El mundo está cambiando rápidamente. Entiendo que aquí los estudiantes desean esos cambios —sugirió ella.

—A algunos jóvenes les fascinan el modo de vida y los productos extranjeros, pero no todo lo moderno es bueno. La mayoría de mi pueblo no desea adoptar las costumbres occidentales.

Habían llegado a un estanque y se detuvieron a contemplar la danza de las carpas en el agua cristalina.

—Supongo que, a nivel personal, la inscripción del medallón significa que todo ser humano puede cambiar. ¿Usted cree que una personalidad ya formada puede modificarse, Majestad? Por ejemplo, ¿que un villano pueda transformarse en héroe, o un criminal en santo? —preguntó Judit Kinski devolviéndole la joya.

—Si la persona no cambia en esta vida, tal vez tendrá que volver para hacerlo en otra reencarnación —sonrió el monarca.

—Cada uno tiene su karma. Tal vez el karma de una persona mala no pueda cambiarse —sugirió ella.

—Tal vez el karma de esa persona sea encontrar una verdad que la obligue a cambiar —replicó el rey, notando, intrigado, que los ojos castaños de su huésped estaban húmedos.

Pasaron por una parte separada del jardín, donde la exuberancia de las flores había desaparecido. Era un sencillo patio de arena y rocas, donde un monje muy anciano trazaba un diseño con un rastrillo. El rey explicó a Judit Kinski que había copiado la idea de ciertos jardines de los monasterios zen que había visitado en Japón. Más allá atravesaron un puente de madera tallada. El riachuelo producía un sonido musical al correr sobre las piedras. Llegaron a una pequeña pagoda, en la que se efectuaba la ceremonia del té, donde los esperaba otro monje, que los saludó con una inclinación. Mientras ella se quitaba los zapatos, continuaron conversando.

—No deseo ser impertinente, Majestad, pero adivino que la desaparición de esas muchachas debe ser un golpe muy duro para su nación… —dijo Judit.

—Tal vez… —replicó el soberano, y por primera vez ella vio que cambiaba su expresión y un surco profundo le cruzaba el entrecejo.

—¿No hay algo que se pueda hacer? Algo más que la acción militar, me refiero…

—¿Qué quiere decir, señorita Kinski?

—Por favor, Majestad, llámeme Judit.

—Judit es un bello nombre. Desgraciadamente a mí nadie me llama por mi nombre. Me temo que es una exigencia del protocolo.

—En una ocasión tan grave como ésta, posiblemente el Dragón de Oro sería de inmensa utilidad, si es que la leyenda de sus poderes mágicos es cierta —sugirió ella.

—El Dragón de Oro se consulta sólo para los asuntos que conciernen al bienestar y la seguridad de este reino, Judit.

—Disculpe mi atrevimiento, Majestad, pero tal vez éste sea uno de esos asuntos. Si sus ciudadanos desaparecen, quiere decir que no cuentan con bienestar ni seguridad... —insistió ella.

—Posiblemente tenga usted razón —admitió el rey, cabizbajo.

Entraron a la pagoda y se sentaron en el suelo frente al monje. Reinaba una suave penumbra en la habitación circular de madera, apenas iluminada por unas brasas donde hervía agua en un antiguo recipiente de hierro. Permanecieron meditando en silencio, mientras el monje realizaba paso a paso la larga y lenta ceremonia, que consistía simplemente en servir té verde y amargo en dos pocillos de barro.

10

EL ÁGUILA BLANCA

El Especialista se comunicó con el Coleccionista a través de un agente, como era su método usual. Esta vez el mensajero resultó ser un japonés, quien solicitó una entrevista para discutir con el segundo hombre más rico del mundo una estrategia de negocios en los mercados del oro en Asia.

Ese día el Coleccionista había comprado a un espía la clave de los archivos ultrasecretos del Pentágono. Los archivos militares del gobierno norteamericano podían servirle para sus intereses en armamento. Era importante para los inversionistas como él que en el mundo hubiera conflicto; la paz no le convenía. Había calculado qué porcentaje exacto de la humanidad debía estar en pie de guerra para estimular el mercado de armas. Si la cifra era inferior, él perdía dinero, y si era superior, la bolsa de valores se ponía muy volátil y entonces el riesgo era demasiado grande. Afortunadamente para él, resultaba fácil provocar guerras, aunque no era tan fácil terminarlas.

Cuando su asistente le informó que un desconocido solicitaba una entrevista urgente, adivinó que debía ser un enviado del Especialista. Dos palabras le dieron la clave: oro y Asia. Llevaba varios días esperándolo con impaciencia y lo recibió de inmediato. El agente se dirigió al cliente en un inglés correcto. La elegancia de su traje y sus impecables modales pasaron totalmente inadvertidos para el Coleccionista, quien no se caracterizaba por refinamientos de ninguna clase.

—El Especialista ha averiguado la identidad de las únicas dos personas que conocen cabalmente el funcionamiento de la estatua que a usted le interesa. El rey y el príncipe heredero, un joven a quien nadie ha visto desde que tenía cinco o seis años —le notificó.

—¿Por qué?

—Está recibiendo su educación en un lugar secreto. Todos los monarcas del Reino Prohibido pasan por eso en su infancia y juventud. Los padres entregan el niño a un lama, quien lo prepara para gobernar. Entre otras cosas, el príncipe debe aprender el código del Dragón de Oro.

—Entonces ese lama, o como se llame, también conoce el código.

—No. Es sólo un mentor, o guía. Nadie conoce el código completo, fuera del monarca y su heredero. El código está dividido en cuatro partes y cada una se encuentra en un monasterio diferente. El mentor conduce al príncipe en un recorrido por esos monasterios, que dura doce años, durante los cuales aprende el código completo —explicó el agente.

—¿Qué edad tiene ese príncipe?

—Alrededor de dieciocho años. Su educación está casi terminada, pero no estamos seguros de que sepa descifrar el código todavía.

—¿Dónde está ese príncipe ahora? —se impacientó el Coleccionista.

—Creemos que en una ermita secreta en las cumbres del Himalaya.

—Bueno, ¿qué espera? Tráigamelo.

—Eso no será fácil. Ya le dije que su ubicación es incierta y no es seguro que tenga toda la información que usted necesita.

—¡Averígüelo! ¡Para eso le pago, hombre! Y si no lo encuentra, soborne al rey.

—¿Cómo?

—Los reyezuelos de esos países de pacotilla son todos corruptos. Ofrézcale lo que quiera: dinero, mujeres, automóviles, lo que quiera —dijo el multimillonario.

—Nada de lo que usted tiene puede tentar a ese rey. No le interesan las cosas materiales —replicó el agente japonés, sin disimular el desprecio que sentía por el cliente.

—¿Y el poder? ¿Bombas nucleares, por ejemplo?

—No, definitivamente.

—¡Entonces secuéstrelo, tortúrelo, haga lo que sea necesario para arrancarle el secreto!

—En su caso la tortura no funcionaría. Moriría sin decirnos nada. Los chinos han intentado esos métodos con los lamas en Tíbet y rara vez dan resultados. Esa gente está entrenada para separar el cuerpo de la mente —dijo el enviado del Especialista.

—¿Cómo hacen eso?

—Digamos que suben a un plano mental superior. El espíritu se desprende de la materia física, ¿comprende?

—¿Espíritu? ¿Usted cree en eso? —se burló el Coleccionista.

—No importa lo que yo crea. El hecho es que lo hacen.

—¿Quiere decir que son como esos faquires de circo que no comen durante meses y se acuestan en camas de clavos?

—Estoy hablando de algo mucho más misterioso que eso. Ciertos lamas pueden permanecer separados del cuerpo por el tiempo que deseen.

—¿Y?

—Eso significa que no sienten dolor. Incluso pueden morir a voluntad. Simplemente dejan de respirar. Es inútil torturar a una persona así —explicó el agente.

—¿Y el suero de la verdad?

—Las drogas son ineficaces, puesto que la mente está en otro plano, desconectada del cerebro.

—¿Pretende decirme que el rey de ese país es capaz de hacer eso? —rugió el Coleccionista.

—No lo sabemos con certeza, pero si el entrenamiento que recibió en su juventud fue completo y si ha practicado a lo largo de su vida, eso es exactamente lo que pretendo decirle.

—¡Ese hombre tiene que tener alguna debilidad! —exclamó el Coleccionista, paseándose como una fiera por la habitación.

—Tiene muy pocas, pero las buscaremos —concluyó el agente, colocando sobre la mesa una tarjeta donde había escrita con tinta morada la cifra en millones de dólares que costaría la operación.

Era increíblemente alta, pero el Coleccionista calculó que no se trataba de un secuestro normal y que, en todo caso, podía pagarla. Cuando tuviera el Dragón de Oro en sus manos y controlara el mercado de valores del mundo, recuperaría su inversión multiplicada por mil.

—Está bien, pero no quiero problemas de ninguna clase, hay que actuar con discreción y no provocar un incidente internacional. Es fundamental que nadie me relacione con este asunto, mi reputación estaría arruinada. Ustedes se encargan de hacer hablar al rey, aunque tenga que volar ese país en pedazos, ¿me ha comprendido? No me interesan los detalles.

—Pronto tendrá noticias —dijo el visitante poniéndose de pie y desapareciendo silenciosamente.

Al Coleccionista le pareció que el agente se había esfumado en el aire. Le sacudió un escalofrío: era una lástima tener que hacer tratos con gente tan peligrosa. Sin embargo, no podía quejarse: el Especialista era un profesional de primera clase, sin cuya ayuda él no llegaría a ser el hombre más rico del mundo, el número uno, el más rico de la historia de la humanidad, más que los faraones egipcios o los emperadores romanos.

Brillaba el sol de la mañana en el Himalaya. El maestro Tensing había concluido su meditación y sus oraciones. Se había lavado con la lentitud y la precisión que caracterizaban todos sus gestos, en un delgado hilo de agua que caía de las montañas, y ahora se preparaba para la única comida del día. Su discípulo, el príncipe Dil Bahadur, había hervido el agua con té, sal y manteca de yak. Una parte se dejaba en una calabaza, para ir bebiendo a lo largo del día, y la otra se mezclaba con harina tostada de cebada para hacer *tsampa*. Cada uno llevaba su porción en un saquito entre los pliegues de la túnica.

Dil Bahadur había hervido también unos pocos vegetales, que cultivaban con mucho esfuerzo en el árido terreno de una terraza natural en la montaña, bastante lejos de la ermita donde vivían. El príncipe debía caminar varias horas para conseguir un manojo de hojas verdes o de hierbas para la comida.

—Veo que cojeas, Dil Bahadur —observó el maestro.

—No, no...

El maestro le clavó la vista y el discípulo percibió una chispa divertida en sus pupilas.

—Me caí —confesó, mostrando arañazos y machucones en una pierna.

—¿Cómo?

—Me distraje. Lo siento, maestro —dijo el joven, inclinándose profundamente.

—El entrenador de elefantes necesita cinco virtudes, Dil Bahadur: buena salud, confianza, paciencia, sinceridad y sabiduría —dijo el lama sonriendo.

—Olvidé las cinco virtudes. En este momento me falla la salud porque perdí la confianza al pisar. Perdí la confianza porque iba apurado, no tuve paciencia. Al negarle a usted que cojeaba, falté a la sinceridad. En resumen, estoy lejos de la sabiduría, maestro.

Los dos se echaron a reír alegremente. El lama se dirigió a una caja de madera, sacó un pocillo de cerámica que contenía un ungüento verdoso y lo frotó con delicadeza en la pierna del joven.

—Maestro, creo que usted ha alcanzado la Iluminación, pero se ha quedado en esta tierra sólo para enseñarme —suspiró Dil Bahadur y por toda respuesta el lama le dio un golpe amistoso en la cabeza con el pocillo.

Se prepararon para la breve ceremonia de gratitud, que siempre realizaban antes de comer, luego se sentaron en la posición del loto en la cima de la montaña, con sus escudillas de *tsampa* y té por delante. Entre bocado y bocado, que mascaban lentamente, admiraban el paisaje en silencio, porque no hablaban mientras comían. La vista se perdía en la magnífica cadena de cumbres nevadas que se extendía ante ellos. El cielo había tomado un intenso color azul cobalto.

—Ésta será una noche fría —dijo el príncipe cuando hubo terminado de comer.

—Ésta es una mañana muy hermosa —anotó el maestro.

—Ya lo sé: aquí y ahora. Debemos regocijarnos con la belleza de este momento, en vez de pensar en la tormenta

que vendrá... —recitó el alumno con un leve tono irónico.
—Muy bien, Dil Bahadur.
—Tal vez no sea tanto lo que me falta por aprender —sonrió el joven.
—Casi nada, sólo un poco de modestia —replicó el lama.
En ese momento un ave apareció en el cielo, voló en grandes círculos desplegando sus enormes alas y luego desapareció.
—¿Qué era ese pájaro? —preguntó el lama poniéndose de pie.
—Parecía un águila blanca —dijo el joven.
—Nunca la he visto por aquí.
—Hace muchos años que usted observa la naturaleza. Posiblemente conoce todas las aves y animales de la región.
—Sería una imperdonable arrogancia de mi parte pretender que conozco todo lo que vive en estas montañas, pero en verdad nunca he visto un águila blanca —replicó el lama.
—Debo atender mis lecciones, maestro —dijo el príncipe, recogiendo las escudillas y retirándose a la ermita.

Sobre la cima de la montaña, en un círculo despejado, Tensing y Dil Bahadur se ejercitaban en tao-shu, la combinación de diversas artes marciales inventada por los monjes del remoto monasterio fortificado de Chenthan Dzong. Los supervivientes del terremoto que destruyó el monasterio se extendieron por Asia para enseñar su arte. Cada uno entrenaba sólo a una persona, escogida por su capacidad física y su entereza moral. Así se transmitían los conocimientos. El número total de guerreros expertos en tao-shu no sobrepasaba nunca de doce en cada generación.

Tensing era uno de ellos y el alumno que había escogido para reemplazarlo era Dil Bahadur.

El terreno rocoso resultaba traicionero en esa época, porque amanecía con escarcha y se ponía resbaloso. En otoño e invierno el ejercicio le parecía más agradable a Dil Bahadur, porque la nieve blanda suavizaba las caídas. Además le gustaba sentir el aire invernal. Soportar el frío era parte del rudo aprendizaje al cual lo sometía su maestro, como andar casi siempre descalzo, comer muy poco y permanecer horas y horas inmóvil en meditación. Ese mediodía había sol y no corría viento para refrescarlo, le dolía la pierna machucada y en cada voltereta mal hecha aterrizaba sobre piedras, pero no pedía tregua. Su maestro jamás lo había oído quejarse.

El príncipe, de mediana estatura y delgado, contrastaba con el tamaño de Tensing, quien provenía de la región oriental de Tíbet, donde la gente es extraordinariamente alta. El lama medía más de dos metros de altura y había pasado su existencia dedicado por igual a la práctica espiritual y al ejercicio físico. Era un gigante con músculos de levantador de pesas.

—Perdóname si he sido demasiado brusco, Dil Bahadur. Posiblemente en vidas anteriores fui un cruel guerrero —dijo Tensing, en tono de disculpa, la quinta vez que derribó a su alumno.

—Posiblemente en vidas anteriores yo fui una frágil doncella —replicó Dil Bahadur, aplastado en el suelo, jadeando.

—Tal vez sería conveniente que no trataras de dominar tu cuerpo con la mente. Debes ser como el tigre del Himalaya, puro instinto y determinación... —sugirió el lama.

—Tal vez nunca seré tan fuerte como mi honorable maestro —dijo el joven, poniéndose de pie con alguna dificultad.

—La tormenta arranca del suelo al fornido roble, pero no al junco, porque éste se dobla. No calcules mi fuerza, sino mis debilidades.

—Tal vez mi maestro no tiene debilidades —sonrió Dil Bahadur, asumiendo la actitud de defensa.

—Mi fuerza es también mi debilidad, Dil Bahadur. Debes usarla contra mí.

Segundos después ciento cincuenta kilos de músculo y huesos volaban por el aire en dirección al príncipe. Esta vez, sin embargo, Dil Bahadur salió al encuentro de la masa que se le venía encima con la gracia de un bailarín. En el instante en que los dos cuerpos hicieron contacto, dio un leve giro a la izquierda, esquivando el peso de Tensing, quien cayó al suelo, rodando hábilmente sobre un hombro y un costado. De inmediato se puso de pie con un salto formidable y volvió al ataque. Dil Bahadur lo estaba esperando. A pesar de su corpulencia, el lama se elevó como un felino, trazando un arco en el aire, pero no alcanzó a tocar al joven, porque cuando su pierna se disparó en una feroz patada, éste ya no se encontraba allí para recibirla. En una fracción de segundo Dil Bahadur estaba detrás de su oponente y le dio un breve golpe seco en la nuca. Era uno de los pases del tao-shu, que podía paralizar de inmediato y hasta matar, pero la fuerza estaba calculada para tumbarlo sin hacerle daño.

—Posiblemente Dil Bahadur fue una doncella guerrera en vidas pasadas —dijo Tensing, poniéndose de pie, muy complacido, y saludando a su alumno con una inclinación profunda.

—Tal vez mi honorable maestro olvidó las virtudes del junco —sonrió el joven, saludando también.

En ese momento una sombra se proyectó en el suelo y ambos levantaron la vista: sobre sus cabezas volaba en círculos el mismo pájaro blanco que habían visto horas antes.

—¿Notas algo extraño en esa águila? —preguntó el lama.

—Tal vez me falla la vista, maestro, pero no le veo el aura.

—Yo tampoco...

—¿Qué significa eso? —inquirió el joven.

—Dime tú lo que significa, Dil Bahadur.

—Si no podemos verla, es porque tal vez no la tiene, maestro.

—Ésa es una conclusión muy sabia —se burló el lama.

—¿Cómo puede ser que no tenga aura?

—Posiblemente sea una proyección mental —sugirió Tensing.

—Tratemos de comunicarnos con ella —dijo Dil Bahadur.

Los dos cerraron los ojos y abrieron la mente y el corazón para recibir la energía de la poderosa ave que giraba por encima de sus cabezas. Durante varios minutos permanecieron así. Tan fuerte era la presencia del pájaro, que sentían vibraciones en la piel.

—¿Le dice algo a usted, maestro?

—Sólo siento su angustia y su confusión. No puedo descifrar un mensaje. ¿Y tú?

—Tampoco.

—No sé lo que esto significa, Dil Bahadur, pero hay una razón por la cual el águila nos busca —concluyó Tensing, quien jamás había tenido una experiencia así y parecía perturbado.

11

EL JAGUAR TOTÉMICO

En la ciudad de Tunkhala reinaba gran confusión. Los policías interrogaban a medio mundo, mientras destacamentos de soldados partían hacia el interior del país en jeeps y otros a caballo, porque ningún vehículo con ruedas podía aventurarse por los senderos verticales de las montañas. Monjes con ofrendas de flores, arroz e incienso se aglomeraban ante las estatuas religiosas. Sonaban las trompetas en los templos y por todas partes ondeaban banderas de oración. La televisión transmitió el día entero por primera vez desde que fue instalada, repitiendo mil veces la misma noticia y mostrando fotografías de las muchachas desaparecidas. En los hogares de las víctimas no cabía ni un alfiler: amigos, parientes y vecinos llegaban a presentar sus condolencias llevando comida y oraciones escritas en papel, que quemaban ante las imágenes religiosas.

Kate Cold logró comunicarse por teléfono con la embajada americana en India, para solicitar ayuda, pero no confiaba en que ésta llegaría con la prontitud necesaria, si es que llegaba. El funcionario que la atendió dijo que el Reino Prohibido no estaba bajo su jurisdicción y que además Nadia Santos no era ciudadana americana, sino brasilera. En vista de ello, la escritora decidió convertirse en la sombra del general Myar Kunglung. Ese hombre contaba con los únicos recursos militares que existían en el país y ella no estaba dispuesta a permitir que se distrajera ni por un instante. Se arrancó de un tirón el sarong que había usado en esos días, se puso su ropa habitual de exploradora y se montó en el jeep del general, sin que nadie pudiera disuadirla.

—Usted y yo nos ponemos en campaña —le anunció al sorprendido general, quien no entendió todas las palabras de la escritora, pero sí comprendió perfectamente sus intenciones.

—Tú te quedas en Tunkhala, Alexander, porque si Nadia puede hacerlo, se comunicará contigo. Llama otra vez a la embajada en India —ordenó a su nieto.

Quedarse cruzado de brazos esperando resultaba intolerable para Alex, pero comprendió que su abuela tenía razón. Se fue al hotel, donde había teléfono, y consiguió hablar con el embajador, quien fue un poco más amable que el funcionario anterior, pero no pudo prometerle nada concreto. También habló con la revista *International Geographic* en Washington. Mientras aguardaba hizo una lista de todos los datos disponibles, aun los más insignificantes, que pudieran conducirlo a una pista.

Al pensar en Águila le temblaban las manos. ¿Por qué la Secta del Escorpión la había escogido justamente a ella? ¿Por qué se arriesgaban a secuestrar a una extranjera, lo cual sin duda provocaría un incidente internacional? ¿Qué significaba la presencia de Tex Armadillo en medio del festival? ¿Por qué el americano iba disfrazado? ¿Eran guerreros azules los de las máscaras barbudas, como creía Águila? Ésas y mil preguntas más se agolpaban en su mente, aumentando su frustración.

Se le ocurrió que si encontraba a Tex Armadillo podría

tomar la punta de un hilo que lo conduciría hasta Nadia, pero no sabía por dónde comenzar. Buscando alguna clave, revisó cuidadosamente cada palabra que había intercambiado con ese hombre o que había logrado oír cuando lo siguió a los sótanos del Fuerte Rojo, en India. Anotó en su lista sus conclusiones:

— Tex Armadillo y la Secta del Escorpión estaban relacionados.
— Tex Armadillo nada ganaba con el secuestro de las muchachas. Ésa no era su misión.
— Podría tratarse de tráfico de drogas.
— El rapto de las chicas no calzaba con una operación de tráfico de drogas porque llamaba demasiado la atención.
— Hasta ese momento los guerreros azules nunca habían secuestrado muchachas en el Reino Prohibido. Debían tener una razón poderosa para hacerlo.
— La razón podía ser justamente que deseaban llamar la atención y distraer a la policía y a las fuerzas armadas.
— Si se trataba de eso, su objetivo era otro. ¿Cuál? ¿Por dónde atacarían?

Alexander concluyó que su lista aclaraba muy poco: estaba dando vueltas en círculos.

A eso de las dos de la tarde recibió una llamada telefónica de su abuela Kate, quien estaba en una aldea a dos horas de la capital. Los soldados del general Myar Kunglung habían ocupado todos los villorrios y revisaban templos, monasterios y casas en busca de los malhechores. No había nuevas noticias, pero ya no cabía duda de que los temibles hombres azules se encontraban en el país. Varios campesinos habían visto de lejos a los jinetes vestidos de negro.

—¿Por qué buscan allí? ¡Por supuesto que no se ocultan en esos lugares! —exclamó Alexander.

—Andamos tras cualquier pista, hijo. También hay soldados rastreando los cerros —le explicó Kate.

El joven recordó haber oído que la Secta del Escorpión conocía todos los pasos del Himalaya. Lógicamente los hombres se esconderían en los más inaccesibles.

El muchacho decidió que no podía quedarse en el hotel esperando. «Por algo me llamo Alexander, que quiere decir defensor de hombres», murmuró, seguro de que su nombre también incluía defender a las mujeres. Se puso su parka y sus botas de alta montaña, las mismas que usaba para trepar por las rocas con su padre en California; contó su dinero y partió a buscar un caballo.

Salía del hotel cuando vio a Borobá tirado en el suelo cerca de la puerta. Se inclinó a recogerlo, con un grito atravesado en el pecho, porque pensó que estaba muerto, pero apenas lo tocó el animal abrió los ojos. Acariciándolo y murmurando su nombre, lo llevó en brazos a la cocina, donde consiguió fruta para alimentarlo. Tenía espuma en la boca, los ojos rojos, el cuerpo cubierto de arañazos, cortes sangrantes en las manos y las patas. Se veía extenuado, pero apenas comió una banana y tomó agua, se reanimó un poco.

—¿Sabes dónde está Nadia? —le preguntó, mientras limpiaba sus heridas, pero no pudo descifrar los chillidos ni los gestos del mono.

Alex lamentó no haber aprendido a comunicarse con Borobá. Tuvo oportunidad de hacerlo cuando estuvo tres semanas en el Amazonas y Nadia ofreció muchas veces enseñarle el idioma de los monos, que se compone de muy pocos sonidos y, según ella, cualquiera puede aprender. A él, sin embargo, no le pareció necesario, pensó que de todos modos Borobá y él tenían muy poco que decirse y siempre estaba Nadia para traducir. ¡Y ahora resultaba que el animal seguramente tenía la información más importante del mundo para él!

Cambió la pila de su linterna y la puso en su mochila junto al resto de su equipo de escalar. El equipo era pesado, pero bastaba una mirada a la cadena de montañas que rodeaba a la ciudad para comprender que era necesario. Preparó una merienda de fruta, pan y queso, luego pidió prestado un caballo en el mismo hotel, donde tenían varios disponibles, ya que era el medio de transporte más usado en el país. Había montado en los veranos, cuando iba con su familia al rancho de sus abuelos maternos, pero allí el terreno era plano. Supuso que el caballo tendría la experiencia que a él le faltaba en subir cerros escarpados. Se acomodó a Borobá dentro de la chaqueta, dejando sólo su cabeza y brazos afuera, y partió al galope en la dirección que éste le señaló.

Cuando la luz comenzó a disminuir y la temperatura a descender, Nadia comprendió que su situación era desesperada. Después de enviar a Borobá en busca de socorro, se quedó vigilando desde arriba la abrupta ladera que se extendía abajo. La desbordante vegetación que crecía en los valles y cerros del Reino Prohibido era menos copiosa a medida que se subía y desaparecía por completo en las cimas de las montañas. Eso le permitía ver, aunque no con claridad, los movimientos de los hombres azules que salieron a buscarla apenas comprobaron que ella había huido. Uno de ellos descendió hacia donde habían dejado los caballos, seguramente a dar aviso al resto del grupo. Nadia no tenía duda de que había varios más, a juzgar por la cantidad de provisiones y arreos que había visto, aunque era imposible calcular su número.

Los demás guerreros recorrieron los alrededores de la cueva, donde estaban las muchachas secuestradas a cargo de la mujer de la cicatriz. No pasó mucho tiempo antes que se les ocurriera revisar la cima. Nadia se dio cuenta de que no podía quedarse en aquel sitio, porque sus perseguidores no tardarían en seguirle el rastro. Dio una mirada en redondo y no pudo evitar una exclamación de angustia. Había muchos sitios donde ocultarse, pero también era muy fácil perderse. Por fin escogió un barranco profundo, como un tajo en la montaña, que había al oeste de donde se encontraba. Parecía perfecto, podría esconderse en las irregularidades del terreno, aunque no estaba segura de si después sería posible salir de allí.

Si los hombres azules no la encontraban, tampoco lo haría Jaguar. Rogó que no se le ocurriera venir solo, porque jamás podría enfrentar sin ayuda a los guerreros del Escorpión. Conociendo el carácter independiente de su amigo y cómo se impacientaba con la forma indecisa de hablar y conducirse de los habitantes del Reino Prohibido temió que no pidiera ayuda.

Al ver que varios hombres subían, debió tomar una resolución. Vista desde arriba, la grieta cortada en la montaña que había escogido para ocultarse parecía mucho menos profunda de lo que era en realidad, como pudo comprobar apenas empezó el descenso. No tenía experiencia en ese terreno y temía la altura, pero recordó cuando debió trepar por las laderas empinadas de una cascada en el Amazonas, siguiendo a los indios y eso le dio valor. Claro que en esa ocasión iba con Alexander, en cambio ahora estaba sola.

Había bajado apenas dos o tres metros, pegada como una mosca a la pared vertical de roca, cuando cedió la raíz de la cual se sostenía, mientras tanteaba con el pie buscando apoyo. Perdió el equilibrio, trató de agarrarse, pero había manchones de hielo. Resbaló y rodó inevitablemente hacia las profundidades. Por unos segundos el pánico la dominó, estaba segura de que iba a morir; por eso fue una sorpresa increíble cuando aterrizó encima de unos matorrales, que amortiguaron milagrosamente el golpe. Magullada y llena de cortes y peladuras, quiso moverse, pero un dolor agudo le arrancó un grito. Vio con horror que su brazo izquierdo colgaba en un ángulo anormal. Se había dislocado el hombro.

En los primeros minutos no sintió nada, su cuerpo estaba insensible, pero pronto el dolor fue tan intenso, que creyó que iba a desmayarse. Al moverse el dolor era mucho peor. Hizo un esfuerzo mental por permanecer alerta y evaluar su situación: no podía permitirse el lujo de perder la cabeza, decidió.

En cuanto pudo calmarse un poco, elevó los ojos y se vio rodeada de rocas cortadas a pique, pero arriba estaba la paz infinita de un cielo azul tan límpido, que parecía pintado. Llamó en su ayuda a su animal totémico, y mediante un gran esfuerzo psíquico logró transformarse en la poderosa águila y volar fuera del cañón donde estaba atrapada y por encima de las montañas. El aire sostenía sus grandes alas y ella se desplazaba en silencio por las alturas, observando desde arriba el paisaje de cumbres nevadas y, mucho más abajo, el verde intenso de aquel hermoso país.

En las horas siguientes Nadia evocó al águila cuando se sentía vencida por la desesperación. Y cada vez el gran pájaro trajo alivio a su espíritu.

Poco a poco logró moverse, sujetando el brazo inerte con la otra mano, hasta que pudo colocarse debajo del matorral. Hizo bien, porque los guerreros azules llegaron hasta la cima donde ella había estado antes y exploraron los alrededores. Uno de ellos intentó bajar al barranco, pero era demasiado escarpado y supuso que, si él no podía hacerlo, tampoco podía haberlo hecho la fugitiva.

Desde su escondite Nadia oía a los bandidos llamarse unos a otros en un idioma que no intentó comprender. Cuando por fin se fueron, reinó el silencio más completo en las cumbres y ella pudo medir su inmensa soledad.

A pesar de su parka, Nadia estaba helada. El frío atenuaba el dolor del hombro herido y la iba sumiendo en un sueño invencible. No había comido desde la noche anterior, pero no sentía hambre, sólo una sed terrible. Rascaba los charcos de hielo sucio que se formaban entre las piedras y los chupaba ansiosa, pero al disolverse, le dejaban un gusto de barro en la boca. Se dio cuenta de que la noche se venía encima y la temperatura descendería bajo cero. Se le cerraban los ojos. Por un rato luchó contra la fatiga, pero después decidió que durmiendo el tiempo se le haría más corto.

—Tal vez nunca veré otro amanecer —murmuró, abandonándose al sueño.

Tensing y Dil Bahadur se retiraron a su ermita en la montaña. Esas horas se destinaban al estudio, pero ninguno hizo ademán de sacar los pergaminos del baúl donde se guardaban, pues ambos tenían la mente en otra cosa. Encendieron un pequeño brasero y calentaron su té. Antes de sumirse en la meditación, salmodiaron *Om mani padme hum* por unos quince minutos y luego oraron pidiendo claridad mental para entender el extraño signo que habían visto en el cielo. Entraron en trance y sus espíritus abandonaron los cuerpos para emprender viaje.

Faltaban alrededor de tres horas para que se pusiera el sol, cuando el maestro y su discípulo abrieron los ojos. Por unos instantes permanecieron inmóviles, dando tiempo al alma, que había estado lejos, de instalarse nuevamente en la realidad de la ermita donde vivían. En su trance ambos tuvieron visiones similares y ninguna explicación fue necesaria.

—Supongo, maestro, que iremos en ayuda de la persona que envió el águila blanca —dijo el príncipe, seguro de que ésa era también la decisión de Tensing, porque ése era el camino señalado por Buda: el camino de la compasión.

—Tal vez —replicó el lama, por pura costumbre, porque su determinación era tan firme como la de su discípulo.

—¿Cómo la encontraremos?

—Posiblemente el águila nos guíe.

Se vistieron con sus túnicas de lana, se echaron sobre los hombros una piel de yak, calzaron sus botas de cuero, que usaban sólo en largas caminatas y durante el crudo invierno, y echaron mano de sus largos bastones y un farol de aceite. En la cintura acomodaron la bolsa con harina para *tsampa* y la manteca, base de su alimento. Tensing llevaba en otra bolsa un frasco con licor de arroz, la cajita de madera con sus agujas de acupuntura y una selección de sus medicinas. Dil Bahadur se echó al hombro uno de sus arcos más cortos y el carcaj con las flechas. Sin comentarios, los dos emprendieron la marcha en la dirección en que habían visto alejarse al gran pájaro blanco.

Nadia Santos se abandonó a la muerte. Ya no la atormentaban el dolor, el frío, el hambre o la sed. Flotaba en un estado de duermevela, soñando con el águila. Por momentos despertaba, y entonces su mente tenía chispazos de conciencia, sabía dónde y cómo se encontraba, entendía que quedaba poca esperanza, pero cuando la envolvió la noche su espíritu ya estaba libre de todo temor.

Las horas anteriores habían sido de gran angustia. Una vez que los hombres azules se hubieron alejado y no volvió a oírlos, trató de arrastrarse, pero rápidamente se dio cuenta de que sería imposible subir por el escarpado precipicio sin ayuda y con un brazo inútil. No intentó quitarse la parka para examinar su hombro, porque cada movimiento era un suplicio, pero comprobó que tenía la mano muy hinchada. Por momentos el dolor la aturdía, pero si le prestaba atención era mucho peor; trataba de entretenerse pensando en otras cosas.

Tuvo varias crisis de desesperación durante el día. Lloró pensando en su padre, a quien no volvería a ver; llamó con el pensamiento a Jaguar. ¿Dónde estaba su amigo? ¿Lo habría encontrado Borobá? ¿Por qué no venía? En un par de ocasiones gritó y gritó hasta que se le fue la voz, sin importarle que la oyera la Secta del Escorpión, porque prefería enfrentarla antes que quedarse allí sola, pero nadie acudió. Algo más tarde escuchó pasos y el corazón le dio un vuelco de alegría, hasta que vio que se trataba de un par de cabras salvajes. Las llamó en el idioma de las cabras, pero no logró que se acercaran.

Su vida había transcurrido en el clima caliente y húmedo del Amazonas. No conocía el frío. En Tunkhala, donde la gente andaba vestida de algodón y seda, ella no podía quitarse el chaleco. Nunca había visto nieve y no sabía lo que era el hielo hasta que lo vio en una cancha artificial de patinaje en Nueva York. Ahora estaba tiritando. En el hueco donde se encontraba prisionera estaba protegida del viento y los matorrales amortiguaban un poco el frío, pero de todos modos para ella era insoportable. Permaneció encogida durante horas, hasta que su cuerpo entumecido se volvió insensible. Por fin, cuando el cielo comenzó a oscurecerse, sintió con toda claridad la presencia de la muerte. La reconoció porque la había divisado antes. En el Amazonas había visto nacer y morir personas y animales, sabía que cada ser vivo cumple el mismo ciclo. Todo se renueva en la naturaleza. Abrió los ojos, buscando las estrellas, pero ya nada veía, estaba sumida en una oscuridad absoluta, porque a la grieta no llegaba el fulgor tenue de la luna, que iluminaba vagamente las cimas del Himalaya. Volvió a cerrar los ojos e imaginó que su padre estaba con ella, sosteniéndola. Pasó por su mente la imagen de la esposa del brujo Walimai, aquel espíritu translúcido que lo acompañaba siempre, y se preguntó si sólo las almas de los indios podían ir y venir a voluntad del cielo a la tierra. Supuso que ella también podría hacerlo y decidió que en ese caso le gustaría volver en espíritu para consolar a su padre y a Jaguar, pero cada pensamiento le costaba un esfuerzo inmenso y sólo deseaba dormir.

Nadia soltó las amarras que la sujetaban al mundo y se fue suavemente, sin ningún esfuerzo y sin dolor, con la misma gracia con que se elevaba cuando se convertía en águila y sus alas poderosas la sostenían por encima de las nubes y la llevaban cada vez más arriba, hacia la luna.

Borobá condujo a Alexander hasta el sitio donde había dejado a Nadia. Completamente agotado por el esfuerzo de recorrer el camino tres veces sin descanso, se perdió en varias ocasiones, pero siempre pudo regresar al sendero correcto. Llegaron al desfiladero que conducía hacia la cueva de los hombres azules a eso de las seis de la tarde. Para entonces éstos se habían cansado de buscar a Nadia y habían vuelto a sus ocupaciones. El tipo patibulario que parecía mandarlos decidió que no podían seguir perdiendo tiempo con la chica que se les había escabullido de entre las garras, debían continuar con el plan y reunirse con el resto del grupo, de acuerdo con las instrucciones recibidas por el americano que los había contratado. Alex comprobó que el terreno estaba pisoteado y había bosta de caballo por todas partes; era evidente que allí habían estado los bandidos, aunque no vio a ninguno por los alrededores. Comprendió que no podía continuar a caballo, le parecía que los pasos del animal retumbaban como una campana de alarma, que sería imposible que, si había algunos montando guardia, no lo oyeran. Desmontó y lo dejó ir, para no revelar su presencia en el lugar. Por otra parte, estaba seguro de que no podría volver por ese camino y recuperarlo.

Empezó a trepar la montaña escondiéndose entre rocas y piedras, siguiendo la manito tembleque de Borobá. Pasó arrastrándose a unos setenta metros de la entrada de la cueva, donde vio tres hombres de guardia, armados de rifles. Dedujo que los demás estarían adentro o se habrían ido a otra parte, porque no vio a nadie más en la ladera del monte. Supuso que Nadia se encontraba allí junto a Pema y las otras chicas desaparecidas, pero él solo y desarmado no podía enfrentar a los guerreros del Escorpión. Vaciló, sin saber qué hacer, hasta que las señas insistentes de Borobá le hicieron dudar de que su amiga se encontrara allí.

El mono le tironeaba la manga y señalaba la punta de la montaña. Una ojeada le bastó para calcular que necesitaría varias horas para alcanzar la cima. Podría ir más rápido sin la mochila a la espalda, pero no quiso desprenderse de su equipo de montañismo.

Vaciló entre regresar a Tunkhala a pedir ayuda, lo cual

tomaría un buen tiempo, o continuar en busca de Nadia. Lo primero podía salvar a las cautivas, pero podría ser fatal para Nadia, si ésta se hallaba en apuros, como Borobá parecía indicarle. Lo segundo podría ayudar a Nadia, pero podía ser peligroso para las otras muchachas. Decidió que a los hombres azules no les convenía dañar a las chicas. Si se habían dado el trabajo de secuestrarlas, era porque las necesitaban.

Siguió escalando y llegó a la cima cuando ya era de noche, pero en el cielo brillaba una luna inmensa, como un gran ojo de plata. Borobá miraba a su alrededor confundido. Saltó fuera de la parka, donde estaba protegido, y se puso a buscar frenéticamente, dando chillidos de angustia. Alexander se dio cuenta de que el mono esperaba encontrar allí a su ama. Loco de esperanza, comenzó a llamar a Nadia con cautela, porque temía que el eco arrastrara su voz montaña abajo y, en aquel silencio absoluto, llegara claramente a oídos de los bandidos. Pronto comprendió la inutilidad de continuar la búsqueda sin más luz que la luna en ese terreno escarpado y concluyó que era mejor esperar hasta el amanecer.

Se acomodó entre dos rocas, usando su mochila como almohada, y compartió su merienda con Borobá. Luego se quedó quieto, con la esperanza de que si «escuchaba con el corazón», Nadia podría decirle dónde estaba, pero ninguna voz interior vino a iluminar su mente.

—Tengo que dormir un poco para recuperar fuerzas —murmuró, extenuado, pero no logró cerrar los ojos.

Cerca de la medianoche, Tensing y Dil Bahadur encontraron a Nadia. Habían seguido al águila blanca durante horas. La poderosa ave volaba silenciosamente sobre sus cabezas a tan baja altura, que aun de noche la sentían. Ninguno de los dos estaba seguro de que pudieran verla realmente, pero su presencia era tan fuerte, que no necesitaban consultarse para saber lo que debían hacer. Si se desviaban o detenían, el ave comenzaba a trazar círculos, indicándoles el camino correcto. Así los condujo directamente al sitio donde estaba Nadia y, una vez allí, desapareció.

Un escalofriante gruñido detuvo en seco al lama y su discípulo. Estaban a pocos metros del precipicio por el que había rodado Nadia, pero no podían avanzar, porque un animal que no habían visto jamás, un gran felino, negro como la noche misma, les cerraba el paso. Estaba listo para saltar, con el lomo erizado y las garras desplegadas. Sus fauces abiertas revelaban enormes colmillos afilados y sus ardientes pupilas amarillas brillaban feroces en la vacilante luz de la lámpara de aceite.

El primer impulso de Tensing y Dil Bahadur fue de defensa y ambos debieron controlarse para no recurrir al arte del tao-shu, en el cual confiaban más que en las flechas de Dil Bahadur. Con un gran esfuerzo de voluntad, se quedaron inmóviles. Respirando calmadamente, para impedir que el pánico los invadiera y que el animal percibiera el olor inconfundible del miedo, se concentraron en enviar energía positiva, tal como habían hecho en otras ocasiones con un tigre blanco y con los feroces yetis. Sabían que el peor enemigo, así como la mayor ayuda, suelen ser los propios pensamientos.

Por un instante muy breve, que sin embargo pareció eterno, los hombres y la bestia se enfrentaron, hasta que la voz serena de Tensing recitó en un susurro el mantra esencial. Y entonces la luz de aceite vaciló como si fuera a apagarse, y ante los ojos del lama y su discípulo, en lugar del felino apareció un muchacho de aspecto muy raro. Nunca habían visto a nadie de ese color tan pálido ni vestido de esa manera.

Por su parte Alexander había visto una tenue luz, que al comienzo parecía una ilusión, pero poco a poco se hizo más real. Detrás de esa claridad vio avanzar dos siluetas humanas. Creyó que eran los hombres de la Secta del Escorpión y saltó, alerta, dispuesto a morir peleando. Sintió que el espíritu del jaguar negro venía en su ayuda, abrió la boca y un rugido escalofriante sacudió el aire quieto de la noche. Sólo cuando los dos desconocidos estuvieron a un par de metros de distancia y pudo distinguir mejor sus contornos, Alex se dio cuenta de que no eran los siniestros bandidos barbudos.

Se miraron con igual curiosidad: por un lado, dos monjes budistas cubiertos con pieles de yak; por otro, un chico americano de pantalones vaqueros y botas, con un mono colgado al cuello. Cuando lograron reaccionar, los tres juntaron las manos y se inclinaron al unísono en el saludo tradicional del Reino Prohibido.

—*Tampo kachi*, tenga usted felicidad —dijo Tensing.

—*Hi* —replicó Alexander.

Borobá lanzó un chillido y se tapó los ojos con las manos, como hacía cuando estaba asustado o confundido.

La situación era tan extraña que los tres sonrieron. Alexander buscó desesperado alguna palabra en el idioma de ese país, pero no pudo recordar ninguna. Sin embargo, tuvo la sensación de que su mente era como un libro abierto para esos hombres. Aunque no los oyó decir ni una palabra, las imágenes que se formaban en su cerebro le revelaron las intenciones de ellos y se dio cuenta de que estaban allí por la misma razón que él.

Tensing y Dil Bahadur se enteraron telepáticamente de que ese extranjero buscaba a una muchacha perdida cuyo nombre era Águila. Dedujeron naturalmente que era la misma persona que les había enviado el ave blanca. No les pareció sorprendente que esa chica tuviera la capacidad de transformarse en pájaro, como tampoco les sorprendió que el joven se hubiera presentado ante sus ojos con el aspecto de un gran felino negro. Creían que nada es imposible. En sus trances y viajes astrales ellos mismos habían tomado la forma de diversos animales o seres de otros universos. También leyeron en la mente de Alexander sus sospechas sobre los bandidos de la Secta del Escorpión, de la cual Tensing había oído hablar en sus viajes por el norte de India y Nepal.

En ese instante un grito en el cielo interrumpió la corriente de ideas que fluía entre los tres hombres. Levantaron los ojos y allí, sobre sus cabezas, estaba de nuevo el gran pájaro. Lo vieron trazar un breve círculo y luego descender en dirección a un oscuro precipicio que se abría poco más adelante.

—¡Águila! ¡Nadia! —exclamó Alexander, primero con loca alegría y enseguida con terrible aprensión.

La situación era desesperada, porque bajar de noche al fondo de esa quebrada era casi imposible. Sin embargo, debía intentarlo, porque el hecho de que Nadia no hubiera contestado a los reiterados llamados de Alexander y los chillidos de Borobá significaba que algo muy grave le ocurría. Sin duda estaba viva, puesto que la proyección mental del águila así lo indicaba, pero podía estar mal herida. No había tiempo que perder.

—Voy a descender —dijo Alexander en inglés.

Tensing y Dil Bahadur no necesitaron traducción para comprender su decisión y se dispusieron a ayudarlo.

El joven se felicitó por haber llevado su equipo de montañismo y su linterna, también agradeció la experiencia adquirida con su padre escalando montañas y haciendo rapel. Se colocó el arnés, encajó un pico metálico entre las rocas, comprobó su firmeza, le amarró la cuerda y, ante los ojos atónitos de Tensing y Dil Bahadur, quienes no habían visto nada parecido, a pesar de haber vivido siempre entre las cimas de esas montañas, descendió como una araña por el precipicio.

12

LA MEDICINA DE LA MENTE

Lo primero que percibió Nadia al volver en sí fue el olor rancio de la pesada piel de yak que la envolvía. Entreabrió los ojos y nada pudo ver. Quiso moverse, pero estaba inmovilizada; trató de hablar, pero no le salió la voz. De súbito la asaltó un dolor insoportable en un hombro y en pocos segundos se extendió al resto de su cuerpo. Se sumió de nuevo en la oscuridad, con la sensación de que caía en un vacío infinito, donde se perdía por completo. En ese estado flotaba tranquila, pero apenas tenía un asomo de conciencia sentía el dolor traspasándola como flechas. Incluso desmayada, gemía.

Por fin empezó a despertar, pero su cerebro parecía envuelto en una materia blancuzca y algodonosa, de la cual no podía desenredarse. Al abrir los ojos vio el rostro de Jaguar inclinado sobre ella y supuso que se había muerto, pero luego sintió su voz llamándola. Consiguió enfocar la vista y, al sentir la quemante punzada en el hombro, se dio cuenta de que aún estaba viva.

—Águila, soy yo... —dijo Alexander, tan asustado y conmovido ante su amiga, que apenas podía contener las lágrimas.

—¿Dónde estamos? —murmuró ella.

Un rostro color de bronce, de ojos almendrados y expresión serena, surgió ante su vista.

—*Tampo kachi*, niña valiente —la saludó Tensing. Sostenía una escudilla de madera en la mano y le indicaba que debía beber.

Nadia tragó con dificultad un líquido tibio y amargo, que le cayó como una pedrada en el estómago vacío. Sintió náuseas, pero la mano del lama presionó con firmeza su pecho y de inmediato desapareció el malestar. Bebió un poco más y pronto Jaguar y Tensing se borraron, y cayó en un sueño profundo y tranquilo.

Valiéndose de la cuerda y la linterna, Alexander había descendido al barranco en pocos segundos, donde encontró a Nadia hecha un ovillo entre los matorrales, helada e inmóvil, como muerta. El alivio que sintió al comprobar que aún respiraba le arrancó un grito. Cuando intentó moverla vio el brazo colgando y supuso que tendría algún hueso roto, pero no se detuvo a averiguarlo. Lo primordial era sacarla de ese hoyo, pero calculó que no sería fácil subirla desmayada.

Se quitó el arnés y se lo colocó a Nadia; enseguida usó su cinturón para inmovilizarle el brazo contra el pecho. Dil Bahadur y Tensing izaron a la chica con mucho cuidado, para evitar que se golpeara contra las piedras, y luego lanzaron la cuerda para que Alexander pudiera trepar.

Tensing examinó a Nadia y determinó que antes que nada debían hacerla entrar en calor. Del brazo se ocuparía después. Le dio un poco de licor de arroz, pero estaba inconsciente y no tragaba. Entre los tres la frotaron de arriba abajo durante largos minutos, hasta que consiguieron activar la circulación y, tan pronto le volvieron un poco los colores, la envolvieron en una de las pieles como un paquete, cubriendo incluso la cara.

Con sus largos bastones, la cuerda de Alexander y la otra piel de yak improvisaron una angarilla y así transportaron a la muchacha hasta un pequeño refugio cercano, una de las muchas grietas y cavernas naturales de las montañas. El viaje de vuelta hasta la ermita de Tensing y Dil Bahadur era demasiado complicado y largo cargando a Nadia, por eso el lama decidió que allí estarían a salvo de los bandidos y podrían descansar por el resto de la noche.

Dil Bahadur encontró unas raíces secas, con las cuales improvisó un pequeño fuego que les dio algo de calor y luz. Le quitaron la parka a Nadia con grandes precauciones y Alexander no pudo contener una exclamación de susto cuando vio el brazo de su amiga colgando, hinchado hasta el doble del tamaño normal, con el hueso del hombro fuera de su lugar. Tensing, en cambio, no se inmutó.

El lama abrió su cajita de madera y procedió a colocar las agujas en ciertos puntos de la cabeza de Nadia para suprimirle el dolor. Enseguida extrajo medicinas vegetales de su bolsa y las molió entre dos piedras, mientras Dil Bahadur derretía manteca en su escudilla. El lama mezcló la grasa con los polvos, formando una pasta oscura y fragante. Sus manos expertas colocaron el hueso de Nadia en su sitio y luego cubrieron el área con la pasta, sin que la muchacha hiciera ni el menor movimiento, completamente tranquilizada por las agujas. Tensing explicó telepáticamente y por señas a Alexander que el dolor produce tensión y resistencia, lo cual bloquea la mente y reduce la capacidad natural de curación. Además de anestesiar, la acupuntura activaba el sistema inmunológico del cuerpo. Nadia no sufría, aseguró.

Dil Bahadur desgarró un extremo de su túnica para obtener vendajes, puso a hervir agua con un poco de ceniza de la fogata y en ese líquido remojó las tiras de tela, que el lama utilizó para envolver el hombro herido. Enseguida Tensing inmovilizó el brazo con una bufanda, retiró las agujas de acupuntura y le indicó a Alexander que refrescara la frente de Nadia con escarcha y nieve, que había en las grietas entre las rocas, para bajarle la fiebre.

En las horas siguientes Tensing y Dil Bahadur se concentraron en curar a Nadia con fuerza mental. Era la primera vez que el príncipe realizaba esa proeza con un ser humano. Su maestro lo había entrenado durante años en esa forma de sanar, pero sólo había practicado con animales heridos.

Alexander comprendió que sus nuevos amigos intentaban atraer energía del universo y canalizarla para fortalecer a Nadia. Dil Bahadur le traspasó mentalmente la noción de que su maestro era médico, además de un poderoso *tulku*, que contaba con la inmensa sabiduría de encarnaciones anteriores. Aunque no estaba seguro de haber comprendido bien los mensajes telepáticos, Alexander tuvo el buen tino de no interrumpirlos ni hacer preguntas. Permaneció junto a Nadia, refrescándola con nieve y dándole a beber agua en los momentos en que despertaba. Mantuvo el fuego encendido hasta que se terminaron las raíces que servían de combustible. Pronto las primeras luces del alba rasgaron el manto de la noche, mientras los monjes, sentados en la posición de loto, con los ojos cerrados y la mano derecha sobre el cuerpo de su amiga, murmuraban mantras.

Tiempo después, cuando Alexander pudo analizar lo que experimentó durante esa extraña noche, la única palabra que se le ocurrió para definir lo que hicieron ese par de misteriosos hombres fue «magia». No tenía otra explicación para la forma en que curaron a Nadia. Supuso que el polvo con el cual habían formado la pasta era un poderoso remedio desconocido en el resto del mundo, pero estaba seguro de que fue sobre todo la fuerza mental de Tensing y Dil Bahadur lo que produjo el milagro.

Durante las horas en que el lama y el príncipe aplicaron sus poderes psíquicos para sanar a Nadia, Alexander pensaba en su madre, allá lejos en California. Imaginaba el cáncer como un terrorista escondido en su organismo, listo para atacarla a placer en cualquier momento. Su familia había celebrado la recuperación de Lisa Cold, pero todos sabían que el peligro no había pasado. La combinación de quimioterapia con el agua de la salud, obtenida en la Ciudad de las Bestias, y las hierbas del brujo Walimai había ganado el primer asalto, pero la pelea no había terminado. Al ver cómo Nadia se reponía a una velocidad pasmosa durante la noche, mientras los monjes oraban en silencio, Alexander se propuso traer a su madre al Reino del Dragón de Oro, o estudiar él mismo ese maravilloso método para curarla.

Al amanecer Nadia despertó sin fiebre, con buenos colores en la cara y con un hambre voraz. Borobá, acurrucado a su lado, fue el primero en saludarla. Tensing preparó *tsampa* y ella lo devoró como si fuera una delicia, aunque en realidad era una mazamorra grisácea con gusto a avena ahumada. También bebió con ansia la poción medicinal que le dio el lama.

Nadia les contó en inglés su aventura con los guerreros azules, el secuestro de Pema y las otras muchachas, y la ubicación de la cueva. Se dio cuenta de que el hombre y el joven que la habían salvado captaban las imágenes que se formaban en su mente. De vez en cuando Tensing la interrumpía para aclarar algún detalle y, si ella «escuchaba con el corazón», podía entenderle. Quien más problemas tenía para la comunicación era Alexander, a pesar de que los monjes también adivinaban sus pensamientos. Estaba extenuado, se le cerraban los ojos de sueño y no comprendía cómo el lama y el discípulo se mantenían tan alertas, después de haber pasado una parte de la noche ocupados en el rescate de Nadia y el resto en oración.

—Hay que salvar a esas pobres muchachas antes de que les suceda una desgracia irreparable —dijo Dil Bahadur, después de escuchar el relato de Nadia.

Pero Tensing no manifestó la misma prisa del príncipe. Interrogó a la joven para saber exactamente qué había oído en la cueva y ella le repitió las pocas palabras que había entendido Pema. Tensing preguntó si estaba segura de que habían mencionado al Dragón de Oro y al rey.

—¡Mi padre puede estar en peligro! —exclamó el príncipe.

—¿Tu padre? —preguntó Alexander, extrañado.

—El rey es mi padre —explicó Dil Bahadur.

—He estado pensando en todo esto y estoy seguro de que esos criminales no llegaron hasta el Reino Prohibido sólo para robar unas cuantas chicas. Eso podrían haberlo hecho más fácilmente en India... —sugirió Alexander.

—¿Quieres decir que vinieron por otra razón? —preguntó Nadia.

—Creo que raptaron a las muchachas como distracción, pero su verdadero propósito tiene que ver con el rey y con el Dragón de Oro.

—¿Robar la estatua, por ejemplo? —insinuó Nadia.

—Entiendo que es muy valiosa. No me explico por qué mencionaron al rey, pero no puede ser para nada bueno —concluyó Alex.

Tensing y Dil Bahadur, habitualmente impasibles, no pudieron evitar una exclamación. Discutieron en su idioma por unos minutos y enseguida el lama anunció que debían descansar por tres o cuatro horas antes de ponerse en acción.

La ubicación del sol indicaba alrededor de las nueve de la mañana cuando los amigos despertaron. Alexander echó una mirada a su alrededor y sólo vio montañas y más montañas, como si estuvieran en el fin del mundo, pero comprendió que no se encontraban lejos de la civilización, sino muy bien escondidos. El lugar escogido por el lama y su discípulo estaba protegido por grandes rocas y era difícil llegar a él a menos que se conociera su ubicación. Era evidente que ellos lo habían usado antes, porque había restos de velas en un rincón. Tensing explicó que para bajar al valle se debía dar un largo rodeo, a pesar de que no estaban lejos, porque los aislaba un alto acantilado y los guerreros azules bloqueaban el único sendero transitable que conducía a la capital.

La temperatura de Nadia era normal, no sentía dolor y su brazo se había deshinchado. De nuevo estaba muerta de hambre y comió todo lo que le ofrecieron, incluso un bocado de un queso verde con un olor muy poco apetecible que Tensing extrajo de su bolsa. El lama renovó la pasta que cubría el hombro de la muchacha, se lo envolvió con los mismos trapos, puesto que no disponía de otros, y enseguida la ayudó a dar unos pasos.

—¡Mira, Jaguar, estoy completamente bien! Podré conducirlos a la cueva donde tienen a Pema y las otras chicas —exclamó Nadia, dando unos brincos para probar lo que decía.

Pero Tensing le ordenó que volviera a tenderse sobre su improvisado lecho, porque no estaba del todo sana todavía, necesitaba descanso; su cuerpo era el templo de su espíritu y debía tratarlo con respeto y cuidado, dijo. Le dio como tarea visualizar los huesos en su sitio, el hombro desinflamado y su piel libre de los machucones y arañazos que había sufrido en los últimos días.

—Somos lo que pensamos. Todo lo que somos surge de nuestros pensamientos. Nuestros pensamientos construyen el mundo —dijo el monje telepáticamente.

Nadia captó a grandes rasgos la idea: con su mente podía curarse. Eso es lo que habían hecho por ella Tensing y Dil Bahadur durante la noche.

—Pema y las otras chicas corren grave peligro. Pueden estar todavía en la cueva de donde yo escapé, pero también puede ser que ya se las hayan llevado... —explicó Nadia a Alexander.

—Dijiste que allí tenían un campamento con armas, arreos y provisiones. No creo que sea fácil movilizar todo eso en pocas horas —anotó él.

—En todo caso, hay que apurarse, Jaguar.

Tensing le indicó que ella se quedaría reposando, mientras él y los dos jóvenes irían al rescate de las cautivas. No estaban lejos y Borobá podría guiarlos. Nadia trató de explicarle que se enfrentarían a los feroces hombres de la Secta del Escorpión, pero le pareció que el lama no entendió bien, porque por toda respuesta obtuvo una plácida sonrisa.

Tensing y Dil Bahadur no disponían de sus armas, excepto el arco y el carcaj con flechas del príncipe y los dos largos bastones de madera que llevaban siempre; lo demás había quedado en su ermita. Como único escudo, el príncipe llevaba colgado al pecho el mágico trozo de excremento petrificado de dragón que habían encontrado en el Valle de los Yetis. Cuando competían en serio, como hacían en ciertas ocasiones en los monasterios donde el príncipe recibía instrucción, usaban una variedad de armas. Eran competencias amistosas y rara vez alguien salía aporreado, porque los monjes guerreros tenían experiencia y eran muy cuidadosos. El gentil Tensing se colocaba una dura coraza de cuero acolchado que le cubría el pecho y la espalda, además de protecciones metálicas en las piernas y en los antebrazos. Su tamaño, de por sí enorme, se duplicaba, convirtiéndolo en un verdadero gigante. Encima de esa mole humana, su cabeza se veía demasiado pequeña y la dulzura de su expresión parecía completamente fuera de lugar. Sus armas preferidas eran discos metálicos con puntas afiladas como navajas, que lanzaba con increíble precisión y velocidad, y su pesada espada, que ningún otro hombre podría levantar con ambos brazos y él blandía en el aire con una sola y sin esfuerzo. Era capaz de desarmar a otro con un solo movimiento de los brazos, partir en dos una coraza con la espada o lanzar los discos rozando las mejillas de sus contrincantes sin herirlos.

Dil Bahadur no poseía la fuerza o la destreza de su maestro, pero era ágil como un gato. No usaba coraza ni otras protecciones, porque entorpecían sus movimientos y la velocidad era su mejor defensa. En una competencia podía eludir cuchillos, flechas y lanzas, escamoteando el cuerpo como una comadreja. Verlo en acción era un espectáculo prodigioso, parecía estar danzando. Su arma predilecta era el arco, porque tenía una puntería impecable: donde ponía el ojo, ponía la flecha. Su maestro le había enseñado que el arco es parte de su cuerpo y la flecha una prolongación de su brazo; debía disparar por instinto, apuntando con el tercer ojo. Tensing había insistido en convertirlo en un arquero perfecto, porque sostenía que limpia el corazón. Según él, sólo un corazón puro puede dominar completamente esa arma. El príncipe, quien jamás fallaba un tiro, lo contradecía bromeando con el argumento de que su brazo nada sabía de las impurezas de su corazón.

Como todos los expertos en tao-shu, usaban su poder físico como una forma de ejercicio para templar el carácter y el alma, jamás para dañar a otro ser viviente. El respeto por toda forma de vida, fundamento del budismo, era el lema de ambos. Creían que cualquier criatura podría haber sido su madre en una vida anterior; por eso debían tratarlas a todas con bondad. De cualquier modo, como decía el lama, no importa lo que uno crea o no crea, sino lo que uno hace. No podían cazar un pájaro para comerlo, y menos podían matar a un hombre. Debían ver al enemigo como un maestro que les daba la oportunidad de controlar sus pasiones y aprender algo sobre sí mismos. La perspectiva de agredir nunca se les había presentado antes.

—¿Cómo puedo disparar contra otros hombres con el corazón puro, maestro?

—Sólo está permitido si no hay alternativa y cuando se tiene la certeza de que la causa es justa, Dil Bahadur.

—Me parece que en este caso existe esa certeza, maestro.

—Que todos los seres vivientes tengan buena fortuna, que ninguno experimente sufrimiento —recitaron juntos el maestro y el discípulo, deseando con toda su alma no verse en la obligación de usar ninguno de sus mortíferos conocimientos marciales.

Por su parte Alexander era de temperamento conciliador. En sus dieciséis años de existencia nunca se había visto obligado a pelear y en realidad no sabía cómo hacerlo. Además, de nada disponía para defenderse o atacar, excepto un cortaplumas que le había regalado su abuela, para reemplazar otro que él le dio al brujo Walimai en el Amazonas. Era una buena herramienta, pero como arma era ridícula.

Nadia dio un suspiro. No entendía de armas, pero conocía a los miembros de la Secta del Escorpión, famosos por su brutalidad y por la pericia con los puñales. Esos hombres se criaban en la violencia, vivían para el crimen y la guerra, estaban entrenados para matar. ¿Qué podían hacer un par de pacíficos monjes budistas y un joven turista americano contra semejante banda de forajidos? Angustiada, les dijo adiós y los vio alejarse. Su amigo Jaguar iba delante con Borobá sentado a caballo en su nuca, bien sujeto de las orejas del joven; el príncipe lo seguía, y cerraba la marcha el colosal lama.

—Espero volver a verlos vivos —murmuró Nadia cuando se perdieron tras las altas rocas que protegían la pequeña gruta.

Una vez que los tres hombres empezaron a descender hacia la cueva de los guerreros azules, pudieron avanzar más rápido. Iban casi corriendo. A pesar de que brillaba el sol, hacía frío. La atmósfera era tan clara, que la vista alcanzaba hasta los valles y desde esas cimas el paisaje era de una belleza sobrecogedora. Estaban rodeados por los altos picos nevados de las montañas y hacia abajo se extendían montes cubiertos de gloriosa vegetación y verdes plantaciones de arroz en terrazas cortadas en los cerros. Salpicados en la lejanía se divisaban las blancas stupas de los monasterios, las pequeñas aldeas con sus casas de barro, madera, piedra y paja, con sus techos en forma de pagoda y sus calles torcidas, todo integrado a la naturaleza, como una prolongación del terreno. Allí el tiempo se medía por las estaciones y el ritmo de la vida era lento, inmutable.

Con binoculares habrían visto las banderas de oración

flameando por todas partes, las grandes imágenes de Buda pintadas en las rocas, las filas de monjes trotando en dirección a los templos, los búfalos arrastrando los arados, las mujeres camino del mercado con sus collares de turquesa y plata, los niños jugando con pelotas de trapo. Era casi imposible imaginar que esa pequeña nación, tan apacible y hermosa, que se había preservado intacta por siglos, ahora estuviera a merced de una banda de asesinos.

Alexander y Dil Bahadur apuraban el paso, pensando en las muchachas a quienes debían salvar antes que las marcaran con un hierro al rojo en la frente o algo peor. No sabían qué peligros los aguardaban en la proeza de rescatarlas, pero estaban seguros de que no serían pocos. A Tensing, en cambio, esas dudas no lo atormentaban demasiado. Las cautivas eran sólo la primera parte de su misión; la segunda le preocupaba mucho más: salvar al rey.

Entretanto en Tunkhala se había propagado la noticia de que el rey se había esfumado. Lo esperaban en la televisión, porque iba a dirigirse al país, pero no se presentó. Nadie sabía dónde se encontraba, a pesar de que el general Myar Kunglung trató por todos los medios de mantener su desaparición en secreto. Era la primera vez en la historia de la nación que ocurría algo así. El hijo mayor, el mismo que había ganado los torneos de arco y flecha durante el festival, ocupó temporalmente el lugar de su padre. Si el rey no aparecía dentro de los próximos días, el general y los lamas superiores debían ir a buscar a Dil Bahadur, para que cumpliera el destino para el cual había sido entrenado durante más de doce años. Todos esperaban, sin embargo, que eso no fuera necesario.

Corrían rumores de que el rey estaba en un monasterio en las montañas, donde se había retirado a meditar; que había viajado a Europa con la mujer extranjera, Judit Kinski; que estaba en Nepal con el Dalai Lama, y mil suposiciones más. Pero nada de eso correspondía al carácter pragmático y sereno del soberano. Tampoco era posible que viajara de incógnito y, de todos modos, el avión semanal no salía hasta el viernes. El monarca jamás abandonaría sus responsabilidades y mucho menos cuando el país se encontraba en crisis por las chicas secuestradas. La conclusión del general, y del resto de los habitantes del Reino Prohibido, era que algo muy grave debía haberle ocurrido.

Myar Kunglung abandonó la búsqueda de las muchachas y volvió a la capital. Kate Cold no se despegó de él, y así se enteró personalmente de algunos detalles confidenciales. En la puerta del palacio encontró a Wandgi, el guía, acurrucado junto a una columna de la entrada, esperando noticias de su hija Pema. El hombre se abrazó a ella llorando. Parecía otra persona, como si hubiera envejecido veinte años en ese par de días. Kate se desprendió bruscamente, porque no le gustaban las demostraciones sentimentales, y a modo de consuelo le ofreció un trago de té con vodka de su inseparable cantimplora. Wandgi se lo echó a la boca por cortesía y luego debió escupir lejos aquel brebaje asqueroso. Kate lo cogió de un brazo y lo obligó a seguir al general, porque lo necesitaba para que tradujera. El inglés de Myar Kunglung era como el de Tarzán.

Se enteraron que el rey había pasado la tarde y parte de la noche en la sala del Gran Buda, al centro del palacio, acompañado solamente por Tschewang, su leopardo. Sólo una vez interrumpió su meditación para dar unos pasos por el jardín y beber una taza de té de jazmín que le había llevado un monje. Éste informó al general que Su Majestad siempre oraba durante varias horas antes de consultar al

Dragón de Oro. A medianoche le llevó otra taza de té. Para entonces la mayoría de las velas se habían apagado y en la penumbra de la sala vio que el rey ya no se hallaba allí.

—¿No averiguó dónde se encontraba? —preguntó Kate, valiéndose de Wandgi.

—Supuse que había ido a consultar al Dragón de Oro —replicó el monje.

—¿Y el leopardo?

—Estaba atado con una cadena en un rincón. Su Majestad no puede llevarlo donde el Dragón de Oro. A veces lo deja en la sala del Buda y otras veces se lo entrega a los guardias que cuidan la Última Puerta.

—¿Dónde es eso? —quiso saber Kate, pero por toda respuesta recibió una mirada escandalizada del monje y otra furiosa del general: era evidente que esa información no estaba disponible, pero Kate no se daba por vencida fácilmente.

El general explicó que muy pocos sabían la ubicación de la Última Puerta. Los guardias que la cuidaban eran conducidos hasta ella, con los ojos vendados, por una de las viejas monjas que servían en el palacio y que conocían el secreto. Esa puerta era el límite que conducía a la parte sagrada del palacio, que nadie, salvo el monarca, podía cruzar. Pasado el umbral comenzaban los obstáculos y trampas mortales que protegían el Recinto Sagrado. Cualquiera que no supiera dónde debía poner los pies, moría de una manera horrible.

—¿Podríamos hablar con Judit Kinski, la europea que está en el palacio como huésped? —insistió la escritora.

Fueron a buscarla y se dieron cuenta de que la mujer también había desaparecido. Su cama estaba deshecha, su ropa y efectos personales se encontraban en la habitación, menos la bolsa de cuero que siempre llevaba al hombro.

Por la mente de Kate pasó fugazmente la idea de que el rey y la experta en tulipanes se habían escapado a una cita amorosa, pero al punto la descartó por absurda. Decidió que algo así no calzaba con el carácter de ninguno de los dos y, además, ¿qué necesidad tenían de esconderse?

—Debemos buscar al rey —dijo Kate.

—Posiblemente esa idea ya se nos había ocurrido, abuelita —replicó el general Kunglung entre dientes.

El general dio orden de llamar a una monja para que los guiara al piso inferior del palacio y tuvo que aguantar que Kate y Wandgi lo acompañaran, porque la escritora se le prendió del brazo como una sabandija y no lo soltó. Definitivamente, esa mujer era de una descortesía jamás vista, pensó el militar.

Siguieron a la monja dos pisos bajo tierra, pasando por un centenar de habitaciones comunicadas entre sí, y por fin llegaron a la sala donde se encontraba la grandiosa Última Puerta. No se dieron tiempo de admirarla, porque vieron con horror a dos guardias, con el uniforme de la casa real, tirados boca abajo en el suelo en sendos charcos de sangre. Uno estaba muerto, pero el otro aún vivía y pudo advertirles con sus últimas fuerzas que unos hombres azules, dirigidos por un blanco, habían penetrado en el Recinto Sagrado y no sólo habían sobrevivido y vuelto a salir, sino que además habían raptado al rey y habían robado el Dragón de Oro.

Myar Kunglung había pasado cuarenta años en las fuerzas armadas, pero jamás había enfrentado una situación tan grave como aquélla. Sus soldados se entretenían jugando a la guerra y desfilando, pero hasta ese momento la violencia era desconocida en su país. No se había visto en la necesidad de usar sus armas y ninguno de sus soldados conocía el verdadero peligro. La idea de que el soberano había sido secuestrado en su propio palacio le resultaba inconcebible. El sentimiento más fuerte del general en ese momento, más que el espanto o la ira, fue la vergüenza: había fallado en su deber, no había sido capaz de proteger a su amado rey.

Kate ya nada tenía que hacer en el palacio. Se despidió del desconcertado general y partió a tranco largo en dirección al hotel, llevando a Wandgi a la rastra. Debía hacer planes con su nieto.

—Posiblemente el muchacho americano alquiló un caballo, y tal vez se fue. Me parece que no ha vuelto —la informó el dueño del hotel con grandes sonrisas y reverencias.

—¿Cuándo fue eso? ¿Partió solo? —preguntó ella, inquieta.

—Posiblemente se fue ayer y tal vez llevaba un mono —dijo el hombre, procurando ser lo más amable posible con esa extraña abuela.

—¡Borobá! —exclamó Kate, adivinando al punto que Alexander había ido en busca de Nadia.

—¡Jamás debí traer a esos niños a este país! —agregó en medio de un ataque de tos, cayendo sobre una silla, abrumada.

Sin decir palabra, el dueño del hotel le sirvió un vaso de vodka y se lo puso en las manos.

13

EL DRAGÓN DE ORO

Aquella noche el rey había meditado ante el Gran Buda durante horas, como siempre hacía antes de bajar al Recinto Sagrado. Su capacidad para comprender la información que recibiría de la estatua dependía del estado de su espíritu. Debía tener el corazón puro, limpio de deseos, temores, expectativas, recuerdos e intenciones negativas, abierto como la flor del loto. Oró con fervor, porque sabía que su mente y su corazón eran vulnerables. Sentía que apenas sujetaba los hilos de su reino y los de su propia psique.

El rey había ascendido al trono muy joven, a raíz de la muerte prematura de su padre, sin haber terminado su entrenamiento con los lamas. Le faltaban conocimientos y no desarrolló como debía sus habilidades paranormales. No podía ver el aura de las personas ni leer sus pensamientos, no realizaba viajes astrales, no sabía sanar con el poder de su mente, aunque había otras cosas que podía hacer, como dejar de respirar y morir a voluntad.

Había compensado las fallas de su preparación y sus carencias psíquicas con un gran sentido común y una continua práctica espiritual. Era un hombre bondadoso y sin ambición personal, dedicado por entero al bienestar de su reino. Se rodeaba de colaboradores fieles, que lo ayudaban a tomar decisiones justas, y mantenía una eficiente red de información para saber lo que ocurría en su país y en el mundo. Reinaba con humildad, porque no se sentía capacitado para el papel de rey. Esperaba retirarse a un monasterio cuando su hijo Dil Bahadur ascendiera al trono, pero después de conocer a Judit Kinski dudaba incluso de su vocación religiosa. Esa extranjera era la única mujer que había logrado inquietarlo desde la muerte de su esposa. Se sentía muy confundido y en sus oraciones pedía simplemente que se cumpliera su destino, cualquiera que éste fuera, sin dañar a otros.

El monarca conocía el código para descifrar los mensajes del Dragón de Oro, porque lo había aprendido en la juventud; pero le faltaba la intuición del tercer ojo, que también era necesaria. Sólo podía interpretar una parte de lo que la estatua transmitía. Cada vez que se presentaba ante ella, lamentaba sus limitaciones. Su consuelo era que su hijo Dil Bahadur estaría mucho mejor preparado que él para gobernar su nación.

—Éste es mi karma en esta reencarnación: ser rey sin merecerlo —solía murmurar con tristeza.

Esa noche, después de varias horas de intensa meditación, sintió que su mente estaba limpia y su corazón abierto. Se inclinó profundamente ante el Gran Buda, tocando el suelo con la frente, pidió inspiración y se irguió. Le dolían las rodillas y la espalda al cabo de tanto rato de inmovilidad. Ató al fiel Tschewang con una cadena a una argolla fija en la pared, bebió el último sorbo de su té de jazmín, ya frío, tomó una vela y salió de la sala. Sus pies descalzos se deslizaban sin ruido sobre el suelo de piedra pulida. Por el camino se cruzó con algunos sirvientes que a esa hora limpiaban silenciosamente el palacio.

Por orden del general Myar Kunglung, la mayoría de

los guardias había partido a reforzar los escasos soldados y policías del reino que buscaban a las muchachas desaparecidas. El rey escasamente notó su ausencia, porque el palacio era muy seguro. Los guardias cumplían una función decorativa durante el día, pero por las noches sólo quedaba un puñado de ellos vigilando, ya que en realidad no se necesitaban. Jamás la seguridad de la familia real había sido amenazada.

Las mil habitaciones del palacio estaban comunicadas entre sí por un verdadero enjambre de puertas. Algunas piezas contaban con cuatro salidas; otras, en forma hexagonal, tenían seis. Era tan fácil perderse, que los arquitectos del antiguo edificio tallaron señas en las puertas como guía en los pisos superiores, pero en el de abajo, donde sólo tenían acceso algunos monjes y monjas, los guardias escogidos y la familia real, esas señas no existían. Como además no había ventanas, porque estaba diez metros bajo tierra, no existían puntos de referencia.

Los cuartos del subterráneo, que recibían ventilación mediante un ingenioso sistema de tuberías, se habían impregnado a lo largo de los siglos de un olor peculiar a humedad, manteca de las lámparas y diversas clases de incienso que los monjes encendían para alejar a las ratas y a los malos espíritus. Algunas piezas se usaban para almacenar los pergaminos de la administración pública, estatuas, muebles; otras eran depósitos de remedios, víveres o anticuadas armas que ya nadie usaba, pero la mayoría estaban vacías. Las paredes lucían pinturas de escenas religiosas, dragones, demonios, largos textos en sánscrito, horribles descripciones de los castigos que sufren las almas malvadas en el más allá. Los techos también estaban pintados, pero el tizne de las lámparas los había vuelto negros.

A medida que se internaba en las entrañas de su palacio, el rey iba encendiendo las lámparas con la llama de su vela. Pensaba que ya era tiempo de instalar luz eléctrica en todo el edificio; por el momento sólo había en un ala del piso superior, donde habitaba la familia real. Abría puertas y avanzaba sin vacilar, porque conocía el camino de memoria.

Pronto llegó a una habitación rectangular más grande y alta que las demás, alumbrada por una doble hilera de lámparas de oro, en cuyo extremo se alzaba una grandiosa puerta de bronce y plata con incrustaciones de jade. Dos jóvenes guardias, ataviados con el uniforme antiguo de los heraldos reales, con penachos de plumas en los gorros de seda azul y lanzas adornadas con cintas de colores, vigilaban a ambos lados de la puerta. Se notaba que estaban fatigados, porque llevaban varias horas de turno en la soledad y el silencio sepulcrales de esa cámara. Al ver llegar a su rey cayeron de rodillas, tocaron el suelo con la frente y así permanecieron hasta que él les dio su bendición y les indicó que se pusieran de pie. Luego se volvieron de cara a la pared, como exigía el protocolo, para no ver cómo el soberano abría la puerta.

El rey giró varios de los muchos jades que adornaban la puerta, empujó y ésta giró pesadamente sobre sus goznes. Atravesó el umbral y la maciza puerta volvió a cerrarse. A partir de ese momento se activaba automáticamente el sistema de seguridad que protegía el Dragón de Oro desde hacía mil ochocientos años.

Oculto entre los gigantescos helechos del parque que rodeaba el palacio, Tex Armadillo seguía cada paso del rey en los sótanos del palacio, como si fuera pegado a sus talones. Podía verlo perfectamente en una pequeña pantalla, gracias a la tecnología moderna. El monarca no sospechaba que llevaba una minúscula cámara de gran precisión sobre el pecho, mediante la cual el americano lo vio salvar cada uno de los obstáculos y desarticular los mecanismos de seguridad que protegían al Dragón de Oro. Simultáneamente se grababan las coordenadas de su recorrido, como un mapa exacto, en un *Global Positioning System* (GPS), lo cual permitiría seguirlo más tarde. Tex no pudo evitar una sonrisa pensando en la genialidad del Especialista, quien nada dejaba al azar. Ese aparato, mucho más sensible, preciso y de largo alcance que los de uso corriente, acababa de ser desarrollado en Estados Unidos para fines militares y no era asequible para el público. Pero el Especialista podía obtener cualquier cosa, para eso contaba con los contactos y el dinero necesarios.

Agazapados entre las plantas y las esculturas del jardín se encontraban los doce mejores guerreros azules de la secta, bajo el mando de Tex Armadillo. Los demás llevaban a cabo el resto del plan en las montañas, donde preparaban la huida con la estatua y donde tenían secuestradas a las muchachas. También esa distracción era producto de la mente maquiavélica del Especialista. Gracias a que la policía y los soldados estaban ocupados buscándolas, ellos podían penetrar en el palacio sin encontrar resistencia.

A pesar de que se sentían muy seguros, los malhechores se movían con cautela, porque las instrucciones del Especialista eran muy precisas: no debían llamar la atención. Necesitaban varias horas de ventaja para poner a salvo la estatua y obtener el código de boca del rey. Sabían el número exacto de guardias que quedaban y dónde se ubicaban. Ya habían despachado a los cuatro que cuidaban los jardines y esperaban que sus cadáveres no fueran descubiertos hasta la mañana siguiente. Iban, como siempre, armados con un arsenal de puñales, en los que confiaban más que en las armas de fuego. El americano llevaba una pistola Magnum con silenciador, pero, si todo salía como estaba planeado, no tendría que usarla.

Tex Armadillo no disfrutaba particularmente de la violencia, aunque en su línea de trabajo resultaba inevitable. Consideraba que la violencia era para matones y él se creía un «intelectual», un hombre de ideas. Secretamente albergaba la ambición de reemplazar al Especialista o formar su propia organización. No le gustaba la compañía de esos hombres azules; eran unos mercenarios brutales y traicioneros, con quienes apenas podía comunicarse y no estaba seguro de que, llegado el caso, pudiera controlarlos. Le había asegurado al Especialista que sólo necesitaba un par de sus mejores hombres para llevar a cabo la misión, pero por toda respuesta recibió la orden de ceñirse al plan. Armadillo sabía que la menor indisciplina o desviación podría costarle la vida. A la única persona que temía en este mundo era al Especialista.

Sus instrucciones eran claras: debía vigilar cada movimiento del rey mediante la cámara oculta, esperar que llegara a la sala del Dragón de Oro y activara la estatua, para asegurarse de que funcionaba, luego penetraría en el palacio y, usando el GPS, llegaría hasta la Última Puerta. Debía llevar seis hombres, dos para cargar el tesoro, dos para secuestrar al rey y dos para protección. Tendría que penetrar al Recinto Sagrado evitando las trampas, para lo cual contaba con el video en su pantalla.

La idea de secuestrar al jefe de una nación y robar su objeto más precioso habría sido absurda en cualquier parte, menos en el Reino Prohibido, donde el crimen era casi desconocido y por lo tanto no había defensas. Para Tex Armadillo era casi un juego de niños atacar un país cuyos habitantes todavía se alumbraban con velas y creían que el teléfono era un artefacto mágico. El gesto despectivo se le borró de la cara cuando vio en su pantalla las formas ingeniosas en que estaba defendido el Dragón de Oro. La misión no era tan fácil como imaginaba. Las mentes que inventaron esas trampas dieciocho siglos antes no eran en absoluto primitivas. Su ventaja consistía en que la mente del Especialista era superior.

Cuando comprobó que el rey estaba en la última sala, indicó a seis de los guerreros azules que guardaran la retirada, como estaba previsto, y él se dirigió al palacio con los demás. Usaron una entrada de servicio del primer piso y de inmediato se encontraron en una pieza con cuatro puertas. Valiéndose del mapa en el GPS, el americano y sus secuaces pasaron con muy pocas vacilaciones de una habitación a otra, hasta llegar al corazón del edificio. En la sala de la Última Puerta encontraron el primer obstáculo: dos soldados montaban guardia. Al ver a los intrusos levantaron sus lanzas, pero antes que alcanzaran a dar un paso, dos certeros puñales, lanzados desde varios metros de distancia, se les clavaron en el pecho. Cayeron de bruces.

Siguiendo paso a paso lo que mostraba el video en su pantalla, Tex Armadillo procedió a girar los mismos jades que había tocado antes el rey. La puerta se abrió pesadamente y los bandidos la atravesaron, encontrándose en una habitación redonda con nueve puertas angostas, todas idénticas. Las lámparas encendidas por el monarca ardían proyectando luces vacilantes en las piedras preciosas que decoraban las puertas.

Allí el rey se había colocado sobre un ojo pintado en el suelo, había abierto los brazos en cruz y enseguida había girado en un ángulo de cuarenta y cinco grados, de modo que su brazo derecho apuntaba a la puerta que debía abrir. Tex Armadillo lo imitó, seguido por los supersticiosos hombres del Escorpión, que iban con un puñal entre los dientes y otros dos en las manos. El americano suponía que la pantalla no registraba todos los riesgos que enfrentarían; algunos serían puramente psicológicos o trucos de ilusionismo. Había visto al rey pasar sin vacilar por ciertas habitaciones que parecían vacías, pero eso no significaba que lo estuvieran. Debían seguirlo con mucha cautela.

—No toquen nada —advirtió a sus hombres.

—Hemos oído que en este lugar hay demonios, brujos, monstruos... —murmuró uno de ellos en su inglés chapuceado.

—Esas cosas no existen —replicó Armadillo.

—Y también dicen que un terrible maleficio acabará con quien ponga las manos sobre el Dragón de Oro...

—¡Tonterías! Ésas son supersticiones, pura ignorancia.

El hombre se ofendió y, cuando tradujo el comentario del americano, los demás estuvieron a punto de amotinarse.

—¡Yo creía que ustedes eran guerreros, pero veo que se asustan como chiquillos! ¡Cobardes! —escupió Armadillo con infinito desprecio.

El primer bandido, indignado levantó su puñal, pero Armadillo ya tenía la pistola en la mano y en sus pálidos ojos había un brillo asesino. Los hombres azules estaban arrepentidos de haber aceptado esa aventura. La banda se ganaba la vida con delitos más simples, éste era un terreno desconocido. El trato era robar una estatua, a cambio de lo cual recibirían un arsenal de armas de fuego modernas y un montón de dinero para comprar caballos y todo lo demás que se les ocurriera; sin embargo, nadie les advirtió que el palacio estaba embrujado. Ya era tarde para echarse atrás, no quedaba más remedio que seguir al americano hasta el final.

Después de vencer uno a uno los obstáculos que protegían el tesoro, Tex Armadillo y cuatro de sus hombres se encontraron en la sala del Dragón de Oro. A pesar de que contaban con moderna tecnología, que les permitía ver lo que hizo el rey para no caer en las trampas, habían perdido dos hombres, que perecieron de una muerte atroz, uno al fondo de un pozo y el otro con un veneno poderoso que le devoró la carne en pocos minutos.

Tal como el americano había imaginado, no enfrentaron sólo celadas mortales, sino también ardides psicológicos. Para él fue como descender a un infierno psicodélico, pero logró mantenerse calmado, repitiéndose que gran parte de las espeluznantes imágenes que los asaltaron estaban sólo en su mente. Era un profesional que ejercía un control total sobre su cuerpo y su mente. Para los primitivos hombres de la Secta del Escorpión, en cambio, el viaje hacia el dragón fue mucho peor, porque no sabían distinguir entre lo real y lo imaginario. Estaban acostumbrados a enfrentar toda suerte de albures sin retroceder, pero les daba terror cualquier cosa que resultara inexplicable. Ese misterioso palacio los tenía con los nervios de punta.

Al entrar en la sala del Dragón de Oro no sabían qué encontrarían, porque las imágenes en la pantalla no eran claras. Los cegó el brillo de las paredes, recubiertas de oro, donde se reflejaban las luces de muchas lámparas de aceite y de gruesas velas de cera de abeja. El olor de las lámparas y del incienso y la mirra, que se quemaban en los perfumeros, impregnaba el aire. Se detuvieron en el umbral ensordecidos por un sonido ronco, gutural, imposible de describir, algo que en una primera impresión era como si una ballena soplara dentro de una tubería metálica. Al minuto, sin embargo, se distinguía cierta coherencia en el ruido y pronto resultaba evidente que se trataba de una especie de lenguaje. El rey, sentado en la posición del loto frente a la estatua, les daba la espalda y no los oyó entrar, porque estaba completamente inmerso en esos sonidos y concentrado en su tarea.

El monarca salmodiaba las líneas de un cántico, modulando extrañas palabras, y enseguida por la boca de la estatua salía la respuesta, que retumbaba en la habitación. Así se producía una reverberación tan intensa, que se sentía en la piel, en el cerebro, en todos los nervios. El efecto era como encontrarse en el interior de una gran campana.

Ante los ojos de Tex Armadillo y los guerreros azules estaba el Dragón de Oro en todo su esplendor: cuerpo de león, patas con grandes garras, cola enroscada de reptil, alas emplumadas, una cabeza de aspecto feroz, provista de cuatro cachos, con ojos protuberantes y las fauces abiertas, revelando una doble hilera de dientes filudos y una lengua bífida de serpiente. La estatua, de oro puro, medía más de un metro de largo y otro tanto de alto. El trabajo de orfebrería era delicado y perfecto: cada escama del cuerpo y la cola lucía una piedra preciosa, las plumas de las alas terminaban en diamantes, la cola tenía un intrincado dibujo de perlas y esmeraldas, los dientes eran de marfil y los ojos dos rubíes estrella perfectos, cada uno del tamaño de un huevo de paloma. El animal mitológico se hallaba sobre una piedra negra, al centro de la cual asomaba un trozo de cuarzo amarillento.

Los bandidos quedaron paralizados de sorpresa durante unos instantes, tratando de sobreponerse al efecto de las luces, el aire enrarecido y ese ruido atronador. Ninguno esperaba que la estatua fuera tan extraordinaria; hasta el más ignorante del grupo se dio cuenta de que se hallaban frente a algo de incalculable valor. Todos los ojos brillaban de codicia y cada uno de ellos imaginó cómo cambiaría su vida con una sola de esas piedras preciosas.

Tex Armadillo también sucumbió a la mágica fascinación de la estatua, a pesar de que no se consideraba un hombre particularmente ambicioso, se dedicaba a ese trabajo porque le gustaba la aventura. Se enorgullecía de llevar una vida simple, en plena libertad, sin ataduras sentimentales ni de otras clases. Acariciaba la idea de retirarse en la vejez, cuando se cansara de correr mundo, y pasar sus últimos años en su rancho en el oeste americano, donde criaba caballos de carreras. En algunas de sus misiones había tenido fortunas entre las manos, sin haber sentido nunca la tentación de apoderarse de ellas; le bastaba su comisión, que siempre era muy alta, pero al ver la estatua pensó traicionar al Especialista. Con ella en su poder, nada podría detenerlo, sería inmensamente rico, podría cumplir todos sus sueños, incluso tener su propia organización, mucho más fuerte incluso que la del Especialista. Por unos instantes se abandonó al placer de esa idea, como quien se regocija en una ensoñación, pero enseguida volvió a la realidad. «Ésta debe ser la maldición de la estatua: provoca una codicia irresistible», pensó. Debió realizar un gran esfuerzo para concentrarse en el resto del plan. Hizo una silenciosa señal a sus hombres y éstos avanzaron hacia el rey con los puñales en las manos.

14

LA CUEVA DE LOS BANDIDOS

No fue difícil para Alexander y sus nuevos amigos llegar a las cercanías de la cueva de los guerreros del Escorpión, porque Nadia les había señalado la dirección general y Borobá se encargó de lo demás. El animal iba montado en los hombros de Alexander, con la cola envuelta en torno a su cuello y sujeto a dos manos de su pelo. No le gustaba subir montañas y menos aún bajarlas. Cada tanto el muchacho le daba manotazos para sacudírselo, porque la cola lo ahorcaba y las manitos ansiosas del mono le arrancaban mechones a puñados.

Una vez que estuvieron seguros de la ubicación de la cueva, se acercaron con grandes precauciones, utilizando los arbustos e irregularidades del terreno para cubrirse. No se veía actividad por los alrededores, no se oía nada más que el viento entre los cerros y de vez en cuando el grito de un ave. En aquel silencio sus pisadas y hasta su respiración parecían atronadoras. Tensing seleccionó unas cuantas piedras y las puso en el pliegue que formaba su túnica en la cintura; luego ordenó telepáticamente a Borobá que fuera a espiar. Alexander respiró aliviado cuando por fin el mono lo soltó.

Borobá partió corriendo en dirección a la cueva y regresó diez minutos más tarde. No podía informarles de lo que había visto, pero Tensing vio en su mente las confusas imágenes de varias personas y así supo que la cueva no se encontraba vacía, como temían. Aparentemente las cautivas todavía estaban allí, vigiladas por unos cuantos guerreros azules, pero la mayoría había partido. Aunque eso facilitaba la tarea inmediata, Tensing consideró que no era buena noticia, porque significaba que los demás seguramente estaban en Tunkhala. No le cabía duda de que, tal como había sugerido el joven americano, el propósito de los criminales al atacar el Reino Prohibido no era raptar media docena de chicas, sino robar el Dragón de Oro.

Se arrastraron hasta la proximidad de la cueva, donde había un hombre en cuclillas, apoyado en un rifle. La luz le daba de frente y a esa distancia era un blanco fácil para Dil Bahadur, pero para usar su arco debía ponerse de pie. Tensing le hizo señas de mantenerse aplastado contra el suelo y sacó una de las piedras que había juntado. Pidió perdón mentalmente por la agresión que iba a cometer y luego lanzó el proyectil sin vacilar, con toda la fuerza de su poderoso brazo. A Alexander le pareció que ni siquiera había apuntado, y por esa razón su sorpresa fue enorme cuando el guardia cayó hacia delante sin un solo gemido, noqueado por la piedra que le dio medio a medio entre los ojos. El lama les indicó que lo siguieran.

Alexander cogió el arma del guardia, aunque jamás había usado nada parecido y ni siquiera sabía si estaba cargada. El peso del fusil en las manos le dio confianza y despertó en él una agresividad desconocida. Sintió por dentro una tremenda energía, en un segundo desaparecieron sus dudas y se dispuso a pelear como una fiera.

Los tres entraron juntos a la cueva. Tensing y Dil Bahadur emitían gritos escalofriantes y sin pensar lo que hacía, Alexander los imitó. Normalmente era una persona más bien tímida y nunca había chillado de esa manera. Toda su rabia, miedo y fuerza se concentraron en esos gritos que, junto a la descarga de adrenalina que corría por sus venas, lo hizo sentirse invencible, como el jaguar.

Dentro de la caverna había otros cuatro bandidos, la mujer de la cicatriz y, al fondo, las cautivas, que estaban amarradas de los tobillos. Tomados por sorpresa por aquel trío de atacantes que rugían como dementes, los guerreros azules vacilaron apenas un instante y enseguida echaron mano de sus puñales, pero bastó ese momento para que la primera flecha de Dil Bahadur diera en el blanco, atravesando el brazo derecho de uno de ellos.

La flecha no detuvo al bandido. Con un alarido de dolor, lanzó el puñal usando la mano izquierda y de inmediato sacó otro de la faja de su cintura. El puñal cruzó la estancia con un silbido, directo al corazón del príncipe. Dil Bahadur no lo esquivó. El arma pasó rozando su axila, sin herirlo, mientras él levantaba el brazo para disparar su segunda flecha y avanzaba con calma, convencido de que iba protegido por el escudo mágico del excremento de dragón.

Tensing, en cambio, esquivaba los puñales que volaban a su alrededor con increíble pericia. Una vida entera entrenándose en el arte del tao-shu le permitía adivinar la trayectoria y la velocidad del arma. No necesitaba pensar, su cuerpo reaccionaba por instinto. Con un rápido salto en el aire y una patada directa a la mandíbula, dejó a uno de los hombres fuera de combate y con un golpe lateral del brazo desarmó a otro que apuntaba con un fusil, sin darle tiempo de disparar. Enseguida se enfrentó a sus cuchillos.

Alexander no tuvo tiempo de apuntar. Apretó el gatillo y un tiro retumbó en el aire, estrellándose contra las paredes de roca. Recibió un empujón de Dil Bahadur, que lo hizo tambalear y lo salvó por un pelo de recibir uno de los puñales. Cuando vio que los bandidos que quedaban en pie tomaban los fusiles, cogió el suyo por el cañón, que estaba caliente, y corrió gritando a todo pulmón. Sin saber lo que hacía descargó un golpe de culata en el hombro del hombre más cercano, que no consiguió aturdirlo, pero lo dejó confundido y eso dio tiempo a Tensing de ponerle las manos encima. La presión de sus dedos en un punto clave del cuello lo paralizó completamente. Su víctima sintió una descarga eléctrica desde la nuca hasta los talones, se le doblaron las piernas y cayó como un muñeco de trapo, con los ojos desorbitados y un grito atorado en la garganta, incapaz de mover ni los dedos.

En pocos minutos los cuatro hombres azules estaban por tierra. El guardia se había recuperado un poco de la pedrada, pero no tuvo ocasión de echar mano de los cuchillos. Alexander le puso el cañón de su arma en la sien y le ordenó que se juntara con los demás. Lo dijo en inglés, pero el tono fue tan claro que el hombre no dudó en obedecer. Mientras Alexander los vigilaba con el arma que no sabía usar entre las manos, procurando aparecer lo más decidido y cruel posible, Tensing procedió a atarlos con las cuerdas que había en la cueva.

Dil Bahadur avanzó con su arco listo, hacia el fondo, donde estaban las niñas. Lo separaba de ellas una distancia de más o menos diez metros y un hoyo con carbones encendidos, donde había un par de ollas con comida. Un grito lo detuvo en seco. La mujer de la cicatriz tenía su látigo en una mano y una cesta destapada en la otra, que agitaba sobre las cabezas de las cinco cautivas.

—¡Un paso más y suelto los escorpiones sobre ellas! —chilló la carcelera.

El príncipe no se atrevió a disparar. Desde la distancia en que se encontraba podía eliminar a la mujer sin la menor dificultad, pero no podía evitar que los mortales arácnidos cayeran sobre las muchachas. Los hombres azules, y seguramente también esa mujer, eran inmunes a la ponzoña, pero los demás corrían peligro de muerte.

Todos quedaron inmóviles. Alexander mantuvo la vista y el arma apuntada sobre sus prisioneros, dos de los cuales todavía no habían sido amarrados por Tensing y aguardaban la menor oportunidad para atacarlos. El lama no se atrevió a intervenir. Desde el sitio donde se encontraba sólo podía usar contra la mujer sus extraordinarios poderes parapsicológicos. Trató de proyectar con la mente una imagen que la asustara, ya que había demasiada confusión y distancia entre ambos como para intentar hipnotizarla. Distinguía vagamente su aura y se dio cuenta de que era un ser primitivo, cruel y además asustado, a quien seguramente deberían controlar a la fuerza.

La pausa duró unos breves segundos, pero fueron suficientes para romper el equilibrio de las fuerzas. Un instante más y Alexander habría tenido que disparar contra los hombres que se aprontaban para saltar sobre Tensing. De pronto ocurrió algo totalmente inesperado. Una de las muchachas se lanzó contra la mujer de la cicatriz y las dos rodaron, mientras la cesta salía proyectada por el aire y se estrellaba en el piso. Un centenar de negros escorpiones se desparramó al fondo de la caverna.

La chica que había intervenido era Pema. A pesar de su constitución delgada, casi etérea, y de que estaba amarrada por los tobillos, hizo frente a su carcelera con una decisión suicida, ignorando los golpes de látigo que ésta daba a ciegas y el peligro inminente de los escorpiones. Pema la golpeaba con los puños, la mordía y le tiraba del pelo, luchando cuerpo a cuerpo, en clara desventaja, porque, además de ser mucho más fornida, la otra había soltado el látigo para empuñar el cuchillo de cocina que llevaba en la cintura. La acción de Pema dio tiempo a Dil Bahadur de soltar el arco, tomar una lata de queroseno, que los bandidos usaban para sus lámparas, regar el combustible por el suelo y prenderle fuego con un tizón de la hoguera. Una cortina de llamas y humo espeso se elevó de inmediato, chamuscándole las pestañas.

Desafiando el fuego, el príncipe llegó hasta Pema, quien estaba de espaldas en el suelo, con la mujerona encima, sujetando a dos manos el brazo que se acercaba más y más a su cara. La punta del cuchillo ya arañaba la mejilla de Pema, cuando el príncipe cogió a la mujer por el cuello, la tiró hacia atrás y con un golpe seco con el dorso de la mano en la sien la aturdió.

Pema se había levantado y estaba dándose palmadas desesperadas para apagar las llamas que lamían su larga falda, pero la seda ardía como yesca. El príncipe se la arrancó de un tirón y luego se volvió hacia las otras muchachas, que gritaban de terror contra la pared. Utilizando el cuchillo de la mujer de la cicatriz, Pema rompió sus ligaduras y ayudó a Dil Bahadur a librar a sus compañeras y guiarlas al otro lado de la cortina de fuego, donde los escorpiones se retorcían achicharrados, hacia la salida de la cueva, que iba llenándose de humo.

Tensing, el príncipe y Alexander arrastraron a sus prisioneros al aire libre y los dejaron amarrados firmemente de dos en dos, espalda contra espalda. Borobá aprovechó que los bandidos estaban indefensos para burlarse de ellos, lanzándoles puñados de tierra y mostrándoles la lengua, hasta que Alexander lo llamó. El mono le saltó a los hombros, le enroscó la cola en el cuello y se aferró a sus orejas con firmeza. El joven suspiró, resignado.

Dil Bahadur se apoderó de la ropa de uno de los bandidos y le entregó su hábito de monje a Pema, que estaba medio desnuda. Le quedaba tan enorme que tuvo que darle dos vueltas en torno a la cintura. Con gran repugnancia el príncipe se colocó los trapos negros y hediondos del guerrero del Escorpión. Aunque prefería mil veces quedar vestido sólo con su taparrabos, se daba cuenta de que apenas se pusiera el sol y bajara la temperatura, necesitaría abrigo. Estaba tan impresionado con el valor y la serenidad de Pema, que el sacrificio de darle su túnica le pareció mínimo. No podía despegar los ojos de ella. La joven agradeció su gesto con una sonrisa tímida y se colocó el rústico hábito rojo oscuro, que caracteriza a los monjes de su país, sin sospechar que estaba vestida con la ropa del príncipe heredero.

Tensing interrumpió las emotivas miradas entre Dil Bahadur y Pema para interrogar a la joven sobre lo que había oído en la cueva. Ésta confirmó lo que él ya sospechaba: el resto de la banda planeaba robar el Dragón de Oro y secuestrar al rey.

—Entiendo lo primero, porque la estatua es muy valiosa, pero no lo segundo. ¿Para qué quieren al rey? —preguntó el príncipe.

—No lo sé —replicó ella.

Tensing estudió brevemente el aura de sus prisioneros, así escogió el más vulnerable y se le plantó al frente, fijándolo con su penetrante mirada. La expresión siempre dulce de sus ojos cambió por completo: las pupilas se achicaron como dos rayas y el hombre tuvo la sensación de estar ante una víbora. El lama recitó con voz monótona unas palabras en sánscrito, que sólo Dil Bahadur comprendió, y en menos de un minuto el asustado bandido estaba en su poder, sumido en un sueño hipnótico.

El interrogatorio aclaró algunos aspectos del plan de la Secta del Escorpión y confirmó que ya era tarde para impedir que la banda entrara al palacio. El hombre no creía que le hubieran hecho daño al rey, porque las instrucciones del americano eran de apresarlo con vida, puesto que debían obligarlo a confesar algo. Nada más sabía el hombre. La información más importante que obtuvieron fue que el soberano y la estatua serían llevados al monasterio abandonado de Chenthan Dzong.

—¿Cómo piensan escapar desde allí? Ese lugar es inaccesible —preguntó el príncipe, extrañado.

—Volando —dijo el bandido.

—Deben tener un helicóptero —sugirió Alexander, quien captaba a grandes rasgos lo que decían, aunque no comprendía el idioma, porque las imágenes se formaban en su mente telepáticamente.

Así había sido la mayor parte de la comunicación con el lama y el príncipe, hasta que Pema pudo ayudar con los detalles.

—¿Es Tex Armadillo a quien se refieren? —preguntó Alexander.

No pudo averiguarlo, porque los bandidos sólo lo conocían por «el americano» y Pema no lo había visto.

Tensing sacó al hombre del trance hipnótico y luego anunció que dejarían allí a los bandidos, después de asegurarse de que no podrían soltar sus amarras. No les haría mal pasar una o dos noches a la intemperie, hasta que los encontraran los soldados del rey o, si tenían suerte, sus propios compañeros. Juntando las manos ante la cara e inclinándose levemente, pidió perdón a los maleantes por el tratamiento desconsiderado que les daba. Dil Bahadur hizo otro tanto.

—Oraré para que ustedes sean rescatados antes que lleguen los osos negros, los leopardos de nieve o los tigres —dijo Tensing seriamente.

Alexander quedó bastante intrigado por esas muestras de cortesía. Si la situación se diera al revés y ellos fueran los vencidos, esos hombres los asesinarían sin hacerles tantas reverencias.

—Tal vez debemos ir al monasterio —propuso Dil Bahadur.

—¿Qué será de ellas? —preguntó Alexander señalando a Pema y las otras muchachas.

—Posiblemente yo pueda conducirlas hasta el valle y avisar a las tropas del rey para que vayan también al monasterio —ofreció Pema.

—No creo que sea posible usar la ruta de los bandidos, porque deben haber otros vigilando en estas montañas. Tendrán que tomar un atajo —replicó Tensing.

—Mi maestro no estará pensando en el acantilado... —murmuró el príncipe.

—Tal vez no sea del todo una mala idea, Dil Bahadur —sonrió el lama.

—¿Acaso mi honorable maestro bromea? —sugirió el joven.

La respuesta del lama fue una amplia sonrisa, que iluminó su rostro, y un gesto indicando a los jóvenes que lo siguieran. Echaron a andar por el mismo lugar por el que habían llegado para reunirse con Nadia. Tensing iba delante, ayudando a trepar a las muchachas, quienes lo seguían a duras penas, porque iban calzadas con sandalias, vestidas con sarongs y no tenían experiencia en terreno tan abrupto, pero ninguna se quejaba. Estaban muy agradecidas de haber escapado de los hombres azules y ese gigantesco monje les inspiraba una confianza absoluta.

Alexander, quien cerraba la fila detrás del príncipe y Pema, dio una última mirada al patético grupo de bandidos que dejaba atrás. Le parecía increíble haber participado en una pelea con aquellos asesinos profesionales; esas cosas sólo se veían en las películas de acción. Acababa de sobrevivir a algo casi tan violento como lo que vivió en el Amazonas, cuando indios y soldados se enfrentaron en una batalla que dejó varios muertos, o cuando vio un par de cuerpos destrozados por las garras de las Bestias. No pudo disimular una sonrisa: definitivamente, hacer turismo con su abuela Kate no era para enclenques.

Nadia vio llegar a sus amigos en fila india por el desfiladero que conducía a su escondite y salió a recibirlos emocionada, pero se detuvo en seco al ver a uno de los hombres azules en el grupo. Una segunda mirada le reveló que era Dil Bahadur. Habían demorado menos de lo calculado, pero esas pocas horas a Nadia se le habían hecho eternas. Durante ese tiempo llamó a su animal totémico con la esperanza de que pudiera vigilarlos desde el aire, pero el águila blanca no apareció y tuvo que resignarse a esperar con un nudo en la garganta. Se dio cuenta de que no podía transformarse en el gran pájaro a voluntad, sólo ocurría en momentos de mucho peligro o de extraordinaria expansión mental. Era algo parecido al trance. El águila representaba su espíritu, la esencia de su carácter. Cuando tuvo la primera experiencia con ella en el Amazonas, se sorprendió de que fuera justamente un ave, porque ella sufría de vértigo y la altura la paralizaba de miedo. Nunca había soñado con volar, como los demás chicos que conocía. Si le hubieran preguntado antes cuál podría ser su espíritu totémico, habría contestado que seguramente el delfín, porque se identificaba con ese animal inteligente y juguetón. El águila, que volaba con tanta gracia por encima de las cumbres más altas, la había ayudado mucho a superar su fobia, aunque a veces todavía sentía miedo de la altura. En ese mismo momento, la vista de los abruptos acantilados que se abrían a sus pies la hacía temblar.

—¡Jaguar! —gritó, corriendo hacia su amigo, sin dar ni una mirada a los demás integrantes del grupo.

El primer impulso de Alexander fue abrazarla, pero se contuvo a tiempo: no quería que los otros pensaran que Nadia era su chica o algo por el estilo.

—¿Qué pasó? —preguntó ella.

—Nada interesante... —replicó él con un gesto de fingida indiferencia.

—¿Cómo liberaron a las niñas?

—Muy fácil: desarmamos a los bandidos, les dimos una golpiza, quemamos los escorpiones, ahumamos la cueva, torturamos a uno para obtener información y los dejamos amarrados sin agua y sin comida, para que mueran de a poco.

Nadia se quedó plantada con la boca abierta, hasta que Pema la estrechó en sus brazos. Las dos muchachas se contaron a toda prisa las peripecias que habían sufrido desde que se separaron.

—¿Sabes algo de ese monje? —susurró Pema al oído de Nadia, señalando a Dil Bahadur.

—Muy poco.

—¿Cómo se llama?

—Dil Bahadur.

—Eso quiere decir «corazón valiente», un nombre apropiado. Tal vez me case con él —dijo Pema.

—¡Pero si acabas de conocerlo! ¿Y ya te pidió que te casaras con él? —murmuró Nadia riendo.

—No, en general los monjes no se casan. Pero posiblemente se lo pediré yo, si se presenta la ocasión —replicó Pema con naturalidad.

15

EL ACANTILADO

Tensing decidió que debían comer algo y descansar antes de planear el descenso de las muchachas al valle. Dil Bahadur comentó que la harina y la manteca que tenían no alcanzaba para todos, pero ofreció sus escasas provisiones a Pema y las niñas, que no habían comido en muchas horas. Tensing le ordenó hacer un fuego para hervir agua para el té y derretir la grasa de yak. Apenas eso estuvo listo, el monje metió las manos entre los pliegues de su túnica, donde habitualmente llevaba su bolsa de mendigo, y empezó a sacar, como un mago, puñados de cereal, ajos, vegetales secos y otros alimentos para preparar la cena ante la sorpresa de los demás.

—Esto es como la multiplicación de los panes y los peces de Jesucristo, que sale en el Nuevo Testamento —comentó Alexander maravillado.

—Mi maestro es muy santo. No es la primera vez que lo veo hacer milagros —dijo el príncipe inclinándose con profundo respeto ante el lama.

—Tal vez tu maestro no es tan santo como rápido de manos, Dil Bahadur. En la cueva de los bandidos sobraban provisiones, que no debían perderse —replicó el lama inclinándose también.

—¡Mi maestro las robó! —exclamó el discípulo, incrédulo.

—Digamos que tal vez tu maestro las tomó prestadas... —dijo Tensing.

Los jóvenes intercambiaron una mirada de perplejidad y enseguida se echaron a reír. Esa explosión de alegría fue como abrir una válvula por donde escapó la tremenda ansiedad y el miedo en que habían vivido durante días. La risa se fue contagiando y pronto estaban todos en el suelo sacudidos por incontenibles carcajadas, mientras el lama revolvía la olla con *tsampa* y servía amablemente el té sin alterar para nada la serenidad de su rostro.

Por fin los jóvenes se calmaron un poco, pero apenas el maestro les sirvió la austera cena, se doblaron de risa de nuevo.

—Tal vez cuando recuperen la cordura, quieran escuchar mi plan... —sugirió Tensing, sin perder la paciencia.

El plan les cortó la risa en seco. Lo que sugería el lama era nada menos que bajar a las chicas por el acantilado. Se asomaron al borde y retrocedieron sin aliento: eran más o menos ochenta metros de caída vertical.

—Maestro, nadie ha bajado por allí jamás —dijo Dil Bahadur.

—Tal vez haya llegado el momento de que alguien sea el primero —replicó Tensing.

Las muchachas se echaron a llorar, menos Pema, que desde el principio había dado ejemplo de fortaleza a las demás, y Nadia, que decidió allí mismo que prefería morir en manos de los bandidos o helada de frío en un glaciar de las cumbres antes que bajar por ese precipicio. Tensing explicó que, si usaban ese atajo, las muchachas podrían llegar a una aldea del valle y pedir socorro antes que cayera la noche. De otro modo estaban atascados allí arriba, con peligro de que el resto de la banda del Escorpión los encontrara. Debían devolver las muchachas a sus hogares y dar aviso al general Myar Kunglung para que rescatara al rey del monasterio fortificado antes que lo mataran. En cuanto a él y Dil Bahadur, tomarían la delantera para llegar a Chenthan Dzong lo antes posible.

Alexander no participó en la discusión, sino que se puso a estudiar el asunto. ¿Qué haría su padre en esa situación? Ciertamente John Cold encontraría la manera no sólo de bajar, sino también de subir. Su padre había escalado montes más escarpados que ése y lo había hecho en medio del invierno, a veces por puro deporte y otras para ayudar a otros que se accidentaban o quedaban atrapados. John Cold era un hombre prudente y metódico, pero no retrocedía ante ningún peligro cuando se trataba de salvar una vida.

—Con mi equipo de rapel creo que puedo bajar —dijo.

—¿Cuántos metros de altura tiene esto? —preguntó Nadia, sin mirar hacia abajo.

—Muchos. Mis cuerdas no alcanzan, pero hay algunas salientes como terrazas, podemos escalonar el descenso —explicó Alex.

—Tal vez sea posible —replicó Tensing, quien había ideado ese audaz plan después de verlo rescatar a Nadia del hoyo donde había caído.

—Es muy arriesgado y con suerte puedo hacerlo; pero ¿cómo podrán descender estas chicas, que no tienen experiencia de montañismo? —preguntó Alexander.

—Posiblemente se nos ocurrirá la manera de bajarlas… —respondió el lama y enseguida pidió silencio para orar, porque llevaba muchas horas sin hacerlo.

Mientras Tensing meditaba sentado en una roca de cara al cielo infinito, Alexander medía su cuerda, contaba sus picos, probaba el arnés, calculaba sus posibilidades y discutía con el príncipe la mejor forma de efectuar esa arriesgada maniobra.

—¡Si al menos tuviéramos un volantín! —suspiró Dil Bahadur.

Les contó a sus amigos extranjeros que en el Reino del Dragón de Oro existía el antiguo arte de fabricar volantines de seda en forma de pájaro con alas dobles. Algunos eran tan grandes y firmes, que podían sostener a un hombre de pie entre las alas. Tensing era experto en ese deporte y se lo había enseñado a su discípulo. El príncipe recordaba su primer vuelo, un par de años atrás, cuando al visitar un monasterio cruzó de una montaña a otra, utilizando las corrientes de aire, que le permitían dirigir su frágil vehículo, mientras seis monjes sujetaban la larga cuerda del volantín.

—Muchos se deben haber matado así... —sugirió Nadia.

—No es tan difícil como parece —aseguró el príncipe.

—Debe de ser como los planeadores —comentó Alexander.

—Un avión con alas de seda... No creo que me gustara probarlo —dijo Nadia, agradecida de que no hubiera volantines a mano.

Tensing rezaba para que no soplara viento, lo cual les impediría intentar el descenso. También rezaba para que el muchacho americano tuviera la experiencia y la determinación necesarias y para que a los demás no les faltara el valor.

—Es difícil calcular la altura desde aquí, maestro Tensing, pero si mis cuerdas alcanzan hasta esa delgada terraza que se ve allí abajo puedo hacerlo —le aseguró Alexander.

—¿Y las niñas?

—Las bajaré una por una.

—Menos a mí —interrumpió Nadia con firmeza.

—Nadia y yo queremos ir con usted y Dil Bahadur al monasterio —dijo Alexander.

—¿Quién conducirá a las muchachas hasta el valle? —inquirió el lama.

—Tal vez el honorable maestro me permita hacerlo... —dijo Pema.

—¿Cinco niñas solas? —interrumpió Dil Bahadur.

—¿Por qué no?

—La decisión es tuya, de nadie más, Pema —dijo Tensing, mientras observaba, complacido, el aura dorada de la joven.

—Posiblemente cualquiera de ustedes pueda hacerlo mejor que yo, pero, si el maestro me autoriza y me apoya con sus oraciones, tal vez yo pueda cumplir mi parte con honor —se ofreció la joven.

Dil Bahadur estaba pálido. Había decidido, con la certeza ciega del primer amor, que Pema era la única mujer para él en este mundo. El hecho de que no conociera otras y su experiencia fuera equivalente a cero, no entraba en sus cálculos. Temía que ella se estrellara al fondo del acantilado o, en el caso de llegar abajo sana y salva, se perdiera o enfrentara otros riesgos. En esa región había tigres y no podía olvidar a la Secta del Escorpión.

—Es muy peligroso —dijo.

—¿Tal vez mi discípulo ha decidido acompañar a las jóvenes? —preguntó Tensing.

—No, maestro, debo ayudarlo a usted a rescatar al rey —murmuró el príncipe, bajando la vista, avergonzado.

El lama lo llevó aparte, donde los demás no pudieran oírlos.

—Debes confiar en ella. Tiene el corazón tan valiente como el tuyo, Dil Bahadur. Si vuestro karma es que os juntéis, sucederá de todos modos. Si no lo es, nada que hagas cambiará el curso de la vida.

—¡No he dicho que quiera juntarme con ella, maestro!

—Tal vez no es necesario que lo digas —sonrió Tensing.

Alexander decidió emplear las horas de luz que quedaban preparando el camino para el día siguiente. Antes que nada debía asegurarse de que, con sus dos cuerdas de cincuenta metros cada una, podría hacerlo. Pasó media hora explicando a los demás los principios básicos del rapel, desde la colocación del arnés, sobre el cual se descendía sentado, hasta los movimientos para aflojar y tensar la cuerda. La segunda cuerda se empleaba como seguridad. Él no la necesitaba, pero era indispensable para que las muchachas pudieran bajar.

—Ahora voy a descender hasta la terraza y allí mediré la altura hasta el fondo del acantilado —anunció, una vez que había fijado su cuerda y se había colocado el arnés.

Todos observaron con gran interés sus maniobras, menos Nadia, quien no se atrevía a asomarse al abismo. A Tensing, quien había pasado la vida escalando como una cabra por las montañas del Himalaya, la técnica de Alexander le resultaba fascinante. Estudió con asombro la cuerda resistente y liviana, los ganchos metálicos, las cinchas de seguridad, el ingenioso arnés. Maravillado, lo vio hacer un gesto de despedida con la mano y lanzarse al vacío sentado en el arnés. Con los pies se separaba de la pared vertical de roca y con las manos iba soltando la cuerda, de modo que se deslizaba en caídas de tres a cinco metros, sin esfuerzo aparente. En menos de cinco minutos llegó a la pestaña del acantilado. Desde arriba se veía diminuto. Estuvo allí una media hora, midiendo la altura hasta abajo con la segunda cuerda, que llevaba enrollada a la cintura. Luego trepó con mucho más esfuerzo del empleado al bajar, pero sin grandes dificultades. Arriba lo recibieron con aplausos y gritos de alegría.

—Se puede hacer, maestro Tensing, la terraza es amplia y firme, cabemos las cinco muchachas y yo. La cuerda alcanza hasta abajo y creo que puedo enseñarles a usar el arnés. Pero hay un problema —dijo Alexander.

—¿Cuál?

—En la terraza necesitaré las dos cuerdas, porque ellas no pueden hacerlo sin una cuerda de seguridad. Una se usa para colgar el arnés y la segunda se fija en las rocas con un aparato especial, que ya dejé colocado, y que me permite ayudar a bajar a las chicas de a poco. Es una indispensable medida de seguridad, por si pierden el control de la primera cuerda o si por cualquier razón falla el sistema. Como no tienen experiencia, es imposible que lo hagan sin esa segunda cuerda.

—Entiendo, pero tenemos dos cuerdas. ¿Cuál es el problema?

—Las usaremos para llegar a la terraza. Luego ustedes las soltarán para que yo las fije allí y descienda a las muchachas hasta el pie del acantilado. ¿Cómo voy a subir yo cuando las dos cuerdas estén en la terraza? No puedo escalar la pared vertical sin ayuda. Un escalador experto demoraría muchas horas, yo no me creo capaz de hacerlo. Es decir, necesitamos una tercera cuerda —explicó Alexander.

—O bien un cordel que nos permita izar una de las cuerdas desde la terraza hasta aquí —dijo Dil Bahadur.

—Exacto.

No disponían de cincuenta metros de cordel. La primera idea fue, por supuesto, cortar tiras finas de la ropa que llevaban, pero comprendieron que no podían quedar semidesnudos en ese clima, morirían de frío. Ninguna de las niñas llevaba algo más que un delgado sarong de seda y una chaquetilla. Tensing pensó en los rollos de cordel de pelo de yak que guardaban en su ermita, muy lejos de allí, pero no había tiempo de ir a buscarlos.

Para entonces se había puesto el sol y el cielo empezaba a volverse color índigo.

—Es muy tarde. Tal vez ha llegado la hora de prepararnos para pasar la noche más o menos confortables. Mañana veremos qué solución se nos ocurre —dijo el lama.

—Ese cordel que necesitamos no tiene que ser muy firme, ¿verdad? —preguntó Pema.

—No, pero debe ser largo. Lo usaremos sólo para izar una de las cuerdas —replicó Alexander.

—Tal vez nosotras podamos hacerlo... —sugirió ella.

—¿Cómo? ¿Con qué?

—Todas tenemos el cabello largo. Podemos cortarlo y trenzarlo.

Una expresión de absoluto asombro se fijó en todos los rostros. Las muchachas se llevaron las manos a la cabeza y acariciaron sus largas melenas, que colgaban hasta la cintura. Nunca un par de tijeras tocaba la cabellera de una mujer del Reino Prohibido, porque se consideraba el mayor atributo de belleza y feminidad. Las solteras lo usaban suelto y se lo perfumaban con almizcle y jazmín; las casadas lo untaban con aceite de almendras y lo trenzaban, formando elaborados peinados que decoraban con palillos de plata, turquesas, ámbar y corales. Sólo las monjas renunciaban a sus cabelleras y pasaban sus vidas con la cabeza rapada.

—Tal vez podemos sacar unas veinte trenzas delgadas de cada una. Multiplicado por cinco, son cien trenzas. Digamos que cada una mida cincuenta centímetros, tenemos cincuenta metros de pelo. Posiblemente yo puedo obtener unas veinticuatro de mi cabeza, así es que nos sobraría —explicó Pema.

—Yo también tengo pelo —ofreció Nadia.

—Es muy corto, no creo que sirva —observó Pema.

Una de las muchachas se echó a llorar desconsoladamente. Cortarse el cabello era un sacrificio demasiado grande, no podían pedirle eso, dijo. Pema se sentó junto a ella y procedió a convencerla suavemente de que el cabello era menos importante que las vidas de todos ellos y la seguridad del rey; de todos modos volvería a crecerle.

—Y mientras me crece, ¿cómo voy a mostrarme en público? —sollozó la chica.

—Con inmenso orgullo, porque habrás contribuido a salvar a nuestro país de la Secta del Escorpión —replicó Pema.

Mientras el príncipe y Alexander buscaban raíces y bosta seca de animales para encender una pequeña fogata que los mantuviera tibios durante la noche, Tensing procedió a examinar a Nadia y ajustar sus vendas. Se mostró muy satisfecho: el hombro estaba todavía algo machucado, pero sano, y Nadia no sentía dolor.

Pema usó el cortaplumas suizo de Alexander para cortarse el cabello. Dil Bahadur no pudo mirar, estaba perturbado; le parecía un acto demasiado íntimo, casi doloroso. A medida que caían los sedosos cabellos y aparecía el cuello largo y la nuca frágil de la joven, su belleza se transformaba y Pema quedó parecida a un mozalbete.

—Ahora puedo mendigar como una monja —se rió, señalando la túnica del príncipe, que llevaba puesta, y su cabeza, donde se levantaban algunos mechones entre las peladuras.

Las demás muchachas tomaron el cortaplumas y procedieron a raparse unas a otras. Luego se sentaron en círculo a trenzar una fina cuerda negra y brillante, con olor a almizcle y jazmín.

Descansaron lo mejor que las circunstancias permitían en el estrecho refugio de las rocas. En el Reino del Dragón de Oro no se usaba el contacto físico entre personas de diferente sexo, excepto en el caso de los niños, pero esa noche tuvieron que hacerlo, porque hacía mucho frío y no contaban con más abrigo que la ropa sobre sus cuerpos y dos pieles de yak. Tensing y Dil Bahadur habían vivido en las cumbres y resistían el clima mucho mejor que los demás. También estaban acostumbrados a pasar privaciones, así es que cedieron las pieles y las porciones mayores de alimento a las muchachas. Alexander los imitó, aunque le sonaban las tripas de hambre, porque no quiso ser menos que los otros dos hombres. También repartió en minúsculos trocitos una barra de chocolate que encontró aplastada al fondo de su mochila.

Como disponían de muy poco combustible, debían mantener el fuego muy bajo, pero esas débiles llamas les ofrecían cierta seguridad. Al menos alejarían a los tigres y los leopardos de nieve que habitaban esos montes. En una escudilla calentaron agua y prepararon té con manteca y sal, lo que los ayudó a soportar los rigores de la noche.

Durmieron apelotonados como cachorros, dándose calor unos a otros, protegidos del viento por la grieta donde se hallaban. Dil Bahadur no se atrevió a colocarse cerca de Pema, como deseaba, porque temió la mirada burlona de su maestro. Se dio cuenta de que había evitado informarla de que el rey era su padre y que él no era un monje común y corriente. Le pareció que no era el momento de hacerlo, pero por otra parte sentía que esa omisión era tan grave como engañarla. Alexander, Nadia y Borobá se acomodaron en estrecho abrazo y durmieron profundamente hasta que el primer rayo del alba se insinuó en el horizonte.

Tensing dirigió la primera oración de la mañana y recitaron en coro *Om mani padme hum* varias veces. No adoraban una deidad, puesto que Buda era sólo un ser humano que había alcanzado la «iluminación» o suprema comprensión; enviaban sus oraciones como rayos de energía positiva al espacio infinito y al espíritu que reina en todo lo que existe. A Alexander, quien había crecido en una familia de agnósticos, donde no se practicaba ninguna religión, le maravillaba que en el Reino Prohibido hasta los actos más cotidianos estaban impregnados de un sentido divino. La religión en ese país era una forma de vida; cada persona cuidaba al Buda que llevaba dentro. Se sorprendió recitando el mantra sagrado con verdadero entusiasmo.

El lama bendijo los alimentos y los repartió, mientras Nadia circulaba las dos escudillas con té caliente.

—Posiblemente éste será un hermoso día, soleado y sin viento —anunció Tensing, escrutando el cielo.

—Tal vez si el honorable maestro lo ordenase, podríamos empezar lo antes posible, porque el camino hasta el valle será largo —sugirió Pema.

—Creo que, con un poco de suerte, en menos de una hora ustedes estarán abajo —dijo Alexander alistando su equipo.

Poco después comenzó el descenso. Alexander se colocó el equipo y bajó como un insecto en pocos minutos hasta la terraza que asomaba en medio de la pared vertical del abismo. Pema manifestó que deseaba ser la primera en seguirlo. Dil Bahadur recogió la cuerda y le puso el arnés a Pema, explicándole una vez más el mecanismo de los ganchos.

—Debes ir soltándote de a poco. Si hay un problema, no te asustes, porque yo te sujetaré con la segunda cuerda hasta que recuperes el ritmo, ¿entendido? —dijo.

—Tal vez sería conveniente que no mirases hacia abajo. Te sostendremos con nuestro pensamiento —añadió Tensing, retirándose un par de pasos para concentrarse en enviar energía mental a Pema.

Dil Bahadur pasó por su cintura la cuerda, que estaba fija a una grieta en la roca con un aparato metálico, y le hizo señas a Pema de que estaba listo. Ella se aproximó al abismo y sonrió para disimular el pánico que la asaltaba.

—Espero que nos volvamos a ver —susurró Dil Bahadur, sin atreverse a decir más por miedo a descubrir el secreto de amor que lo ahogaba desde que la vio por vez primera.

—Así lo espero yo también. Elevaré mis oraciones y haré ofrendas para que puedan salvar al rey... Cuídate —replicó ella, conmovida.

Pema cerró brevemente los ojos, encomendó su alma al cielo y se lanzó al vacío. Cayó como una piedra durante varios metros, hasta que logró controlar el gancho que tensaba la cuerda. Una vez que aprendió el mecanismo y adquirió ritmo, pudo continuar el descenso cada vez con más seguridad. Con las piernas se separaba de las rocas y se daba impulso. Su túnica flotaba en el aire y desde arriba parecía un murciélago. Antes de lo que esperaba, sintió la voz de Alexander indicándole que faltaba muy poco.

—¡Perfecto! —exclamó el muchacho cuando la recibió en los brazos.

—¿Eso es todo? Terminó justo cuando empezaba a gustarme —replicó ella.

La terraza era tan angosta y expuesta, que un ventarrón los habría desequilibrado, pero, tal como había anunciado Tensing, el clima ayudaba. Desde arriba izaron el arnés y se lo pusieron a otra de las muchachas. Estaba aterrada y no tenía el carácter de Pema, pero el lama le clavó sus ojos hipnóticos y logró tranquilizarla. Una a una descendieron las cuatro jóvenes sin mayores problemas, porque cada vez que se atascaban o se soltaban Dil Bahadur las sostenía con la cuerda de seguridad. Cuando todas estuvieron en el delgado borde de la montaña resultaba difícil moverse, porque el peligro de rodar al abismo era enorme. Alexander había previsto esa dificultad y el día anterior había colocado varios ganchos para que pudieran sujetarse. Estaban listos para iniciar la segunda parte del descenso.

Dil Bahadur soltó las dos cuerdas, que Alexander utilizó para repetir la misma operación desde la terraza hasta el pie del precipicio. Esta vez Pema no tenía quien la recibiera abajo, pero había adquirido confianza y se lanzó sin vacilar. Poco después la siguieron sus compañeras.

Alexander les hizo una seña de adiós, deseando con todo su corazón que esas cuatro muchachas de aspecto tan frágil, ataviadas de fiesta y con sandalias doradas, guiadas por otra vestida de monja, pudieran encontrar el camino hasta la primera aldea. Las vio alejarse cerro abajo hacia el valle hasta que se convirtieron en puntos diminutos y luego desaparecieron. El Reino del Dragón de Oro contaba con muy pocas rutas para vehículos y muchas de ellas eran intransitables durante las lluvias intensas o las tormentas de nieve, pero en esa época no había problema. Si las muchachas lograban llegar a un camino, seguramente alguien las recogería.

Alexander hizo una seña y Dil Bahadur soltó la larga trenza de cabello negro con una piedra atada en el extremo. Después de maniobrar un poco desde arriba para dirigirla, cayó en la terraza, donde la recogió Alexander. Enrolló una cuerda y se la colgó en la cintura, luego ató la segunda a la trenza e indicó con señas que la izaran. Dil Bahadur tiró de la trenza cuidadosamente, hasta que recibió el extremo de la cuerda en la cima del acantilado, la ató a un gancho y Alexander inició el ascenso.

16

LOS GUERREROS YETIS

Una vez que se aseguraron de que Pema y las demás muchachas iban en dirección al valle, el lama, el príncipe, Alexander, Nadia y Borobá emprendieron la marcha montaña arriba. A medida que subían sentían más el frío. En un par de ocasiones debieron utilizar los largos bastones de los monjes para atravesar angostos precipicios. Esos improvisados puentes resultaron más seguros y firmes de lo que parecían a primera vista. Alexander, acostumbrado a balancearse a gran altura cuando hacía montañismo con su padre, no tenía dificultad en dar un paso sobre los bastones y saltar al otro lado, donde lo esperaba la mano firme de Tensing, quien iba adelante, pero Nadia no se hubiera atrevido a hacerlo en plena salud y mucho menos con un hombro dislocado. Dil Bahadur y Alexander sujetaban una cuerda tensa, uno a cada lado de la grieta, mientras Tensing realizaba la proeza con Nadia bajo el brazo, como un paquete. La idea era que la cuerda podía darle algo de seguridad en caso de un resbalón, pero era tanta su experiencia, que los jóvenes no sentían un tirón cuando pasaba: la mano del monje rozaba apenas la cuerda. Tensing se balanceaba sobre los bastones sólo un instante, como si flotara y, antes que Nadia sucumbiera al pánico, ya estaba al otro lado.

—Tal vez estoy en un error, honorable maestro, pero me parece que ésta no es la dirección de Chenthan Dzong —insinuó el príncipe unas horas más tarde, cuando se sentaron brevemente a descansar y preparar té.

—Posiblemente por la ruta habitual demoraríamos varios días y los bandidos nos llevan ventaja. No sería mala idea tomar un atajo... —replicó Tensing.

—¡El túnel de los yetis! —exclamó Dil Bahadur.

—Creo que necesitaremos un poco de ayuda para enfrentar a la Secta del Escorpión.

—¿Mi honorable maestro piensa pedírsela a los yetis?

—Tal vez...

—Con todo respeto, maestro, creo que los yetis tienen tanto cerebro como este mono —replicó el príncipe.

—En ese caso estamos bien, porque Borobá tiene tanto cerebro como tú —interrumpió Nadia, ofendida.

Alexander procuraba seguir la conversación y captar las imágenes que se formaban telepáticamente en su mente, pero no sabía con certeza de qué hablaban.

—¿He entendido bien? ¿Se refieren al yeti? ¿Al abominable hombre de las nieves? —preguntó.

Tensing asintió.

—El profesor Ludovic Leblanc lo buscó durante años en el Himalaya y concluyó que no existe, que es sólo una leyenda —dijo Alexander.

—¿Quién es ese profesor? —quiso saber Dil Bahadur.

—Un enemigo de mi abuela Kate.

—Tal vez no buscó donde debiera... —insinuó Tensing.

La perspectiva de ver a un yeti les pareció a Nadia y Alexander tan fascinante como su extraordinario encuentro con las Bestias en la prodigiosa ciudad dorada del Amazonas. Esos prehistóricos animales habían sido comparados con el abominable hombre de las nieves, por las huellas enormes que dejaban y por su sigiloso comportamiento. De aquellas Bestias también se decía que eran sólo una leyenda, pero ellos habían comprobado su existencia.

—A mi abuela le dará un infarto cuando sepa que vimos a un yeti y no le tomamos fotografías —suspiró Alexander, pensando que había puesto de todo en su mochila, menos una cámara.

Continuaron la marcha en silencio, porque cada palabra les cortaba la respiración. Nadia y Alexander sufrían más con la falta de oxígeno, porque no estaban acostumbrados a esa altura. Les dolía la cabeza, estaban mareados y al atardecer ambos se encontraban en el límite de sus fuerzas. De pronto Nadia empezó a sangrar por la nariz, se dobló en dos y vomitó. Tensing buscó un lugar protegido y decidió que allí descansarían. Mientras Dil Bahadur preparaba *tsampa* y hervía agua para hacer un té medicinal, el lama alivió el malestar de altura de Nadia y Alexander con sus agujas de acupuntura.

—Creo que Pema y las otras muchachas están a salvo. Eso significa que tal vez muy pronto el general Myar Kunglung sabrá que el rey está en el monasterio... —dijo Tensing.

—¿Cómo lo sabe, honorable maestro? —preguntó Alexander.

—La mente de Pema ya no transmite tanta ansiedad. Su energía es diferente.

—Había oído de la telepatía, maestro, pero nunca imaginé que funcionara como un celular.

El lama sonrió amablemente. No sabía lo que era un celular.

Los jóvenes se acomodaron lo más abrigadamente posible entre las piedras, mientras Tensing descansaba la mente y el cuerpo, pero vigilaba con un sexto sentido, porque esas cumbres eran el territorio de los grandes tigres blancos. La noche se les hizo muy larga y muy fría.

Los viajeros llegaron a la entrada del largo túnel natural que conducía al secreto Valle de los Yetis. Para entonces Nadia y Alexander se sentían exhaustos, su piel estaba quemada por la reverberación del sol en la nieve, y tenían costras en los labios secos y partidos. El túnel era tan estrecho y el olor a azufre tan intenso, que Nadia creyó que iban a morir sofocados, pero para Alexander, que había penetrado a las entrañas de la tierra en la Ciudad de las Bestias, resultó un paseo. Tensing, en cambio, que medía dos metros, apenas podía pasar en algunas partes, pero como había recorrido ese camino antes avanzaba confiado.

La sorpresa de Nadia y Alexander cuando por fin desembocaron en el Valle de los Yetis fue enorme. No estaban preparados para encontrar enclavado en las heladas cumbres del Himalaya un lugar bañado de vapor caliente, donde crecía vegetación inexistente en el resto del mundo. En pocos minutos les volvió al cuerpo el calor que no habían sentido en días y pudieron quitarse las chaquetas. Borobá, que había viajado entumido debajo de la ropa de Nadia, pegado a su cuerpo, asomó la cabeza y al sentir el aire tibio recuperó su buen humor habitual: se hallaba en su ambiente.

Si no estaban preparados para las altas columnas de vapor, los charcos de aguas sulfurosas y la niebla caliente del valle, las carnosas flores moradas y los rebaños de *chegnos*, que vagaban devorando el duro pasto seco del valle, menos lo estaban para los yetis que un poco más tarde les salieron al encuentro.

Una horda de machos armados de garrotes los enfrentó gritando y dando saltos de energúmeno. Dil Bahadur alistó su arco, porque comprendió que, vestido como estaba con las ropas del bandido, los yetis no podían reconocerlo. Instintivamente Nadia y Alexander, quienes nunca imaginaron que los yetis tuvieran ese aspecto tan horrendo, se colocaron detrás de Tensing. Éste, en cambio, avanzó confiado y, juntando las manos ante la cara, se inclinó y los saludó con energía mental y con las pocas palabras que conocía en su idioma.

Pasaron dos o tres eternos minutos antes que los primitivos cerebros de los yetis recordaran la visita del lama, varios meses antes. No se mostraron amables al reconocerlos, pero al menos dejaron de esgrimir los garrotes a pocos centímetros de los cráneos de los viajeros.

—¿Dónde está Grr-ympr? —inquirió Tensing.

Sin dejar de gruñir y vigilarlos de cerca, los condujeron a la aldea. Complacido, el lama comprobó que, a diferencia de antes, los guerreros estaban llenos de energía y en la aldea había hembras y críos de aspecto sano. Notó que ninguno tenía la lengua morada y que el pelo blancuzco, que los cubría enteramente de la nuca a los pies, ya no era un impenetrable amasijo de mugre. Algunas hembras no sólo estaban más o menos limpias, sino que además parecía que se habían alisado el pelaje, lo cual lo intrigó sobremanera, porque él nada sabía de coquetería femenina.

La aldea no había cambiado, seguía siendo un montón de cubiles y cuevas subterráneas bajo la costra de lava petrificada que formaba la mayor parte del terreno. Sobre esa costra había una delgada capa de tierra, que gracias al calor y la humedad del valle, era más o menos fértil y proveía alimento para los yetis y sus únicos animales domésticos, los *chegnos*. Lo condujeron directamente a la presencia de Grr-ympr.

La hechicera había envejecido mucho. Cuando la conocieron ya estaba bastante anciana, pero ahora parecía milenaria. Si los demás se veían más sanos y limpios que antes, ella en cambio estaba convertida en un atado de huesos torcidos cubiertos por un pellejo pringoso; por su horrendo rostro chorreaban secreciones de la nariz, los ojos y las orejas. El olor a suciedad y descomposición que despedía era tan repugnante, que ni siquiera Tensing, con su largo entrenamiento médico, podía aguantarlo. Se comunicaron telepáticamente y usando los pocos vocablos que compartían.

—Veo que tu pueblo está sano, honorable Grr-ympr.

—El agua color lavanda: prohibida. Al que la bebe: palos —replicó ella someramente.

—El remedio parece peor que la enfermedad —sonrió Tensing.

—Enfermedad: no hay —afirmó la anciana, impermeable a la ironía del monje.

—Me alegro mucho. ¿Han nacido niños?

Ella indicó con los dedos que tenían dos y agregó en su idioma que estaban sanos. Tensing entendió sin dificultad las imágenes que se formaban en su mente.

—Tus compañeros ¿quiénes son? —gruñó ella.

—A éste lo conoces, es Dil Bahadur, el monje que descubrió el veneno en el agua color lavanda de la fuente. Los otros también son amigos y vienen de muy lejos, de otro mundo.

—¿Para qué?

—Venimos a solicitar, con todo respeto, tu ayuda, honorable Grr-ympr. Necesitamos a tus guerreros para rescatar a un rey, que ha sido secuestrado por unos bandidos. Somos sólo tres hombres y una niña, pero con tus guerreros tal vez podamos vencerlos.

De esta perorata la vieja entendió menos de la mitad, pero adivinó que el monje venía a cobrar el favor que le había hecho antes. Pretendía usar a sus guerreros. Habría una batalla. No le gustó la idea, principalmente porque llevaba décadas tratando de mantener bajo control la tremenda agresividad de los yetis.

—Guerreros pelean: guerreros mueren. Aldea sin guerreros: aldea muere también —resumió.

—Cierto, lo que te pido es un favor muy grande, honorable Grr-ympr. Posiblemente habrá una lucha peligrosa. No puedo garantizar la seguridad de tus guerreros.

—Grr-ympr, muriendo —mascullo la anciana, golpeándose el pecho.

—Ya lo sé, Grr-ympr —dijo Tensing.

—Grr-ympr muerta: muchos problemas. Tú curar Grr-ympr: tú llevar guerreros —ofreció ella.

—No puedo curarte de la vejez, honorable Grr-ympr. Tu tiempo en este mundo se ha cumplido, tu cuerpo está cansado y tu espíritu desea irse. No hay nada malo en eso —explicó el monje.

—Entonces, no guerreros —decidió ella.

—¿Por qué temes morir, honorable anciana?

—Grr-ympr: necesaria. Grr-ympr manda: yetis obedecen. Grr-ympr muerta: yetis pelean. Yetis matan, yetis mueren: fin —concluyó ella.

—Entiendo, no puedes irte de este mundo porque temes que tu pueblo sufra. ¿No hay quién pueda reemplazarte?

Ella negó tristemente. Tensing comprendió que la hechicera temía que a su muerte los yetis, que ahora estaban sanos y enérgicos, volvieran a matarse entre sí, como habían hecho antes, hasta desaparecer por completo de la faz de la tierra. Aquellas criaturas semihumanas habían dependido de la fortaleza y sabiduría de la hechicera por varias generaciones: ella era una madre severa, justa y sabia. La obedecían ciegamente, porque la creían dotada de poderes sobrenaturales; sin ella la tribu quedaría a la deriva. El lama cerró los ojos y durante varios minutos los dos permanecieron con la mente en blanco. Cuando volvió a abrirlos, Tensing anunció su plan en voz alta, para que también Nadia y Alexander comprendieran.

—Si me prestas algunos guerreros, prometo que regresaré al Valle de los Yetis y me quedaré aquí durante seis años. Con humildad, ofrezco reemplazarte, honorable Grr-ympr, así puedes irte al mundo de los espíritus en paz. Cuidaré de tu pueblo, le enseñaré a vivir lo mejor posible, a no matarse unos a otros, a utilizar los recursos del valle. Entrenaré al yeti más capaz para que al cabo de seis años sea el jefe o la jefa de la tribu. Esto es lo que ofrezco...

Al oír aquello Dil Bahadur se puso de pie de un salto y enfrentó a su maestro, pálido de horror, pero el lama lo detuvo con un gesto: no podía perder la comunicación mental con la anciana. Grr-ympr necesitó varios minutos para asimilar lo que decía el monje.

—Sí —aceptó con un hondo suspiro de alivio, porque al fin estaba libre para morir.

Apenas tuvieron un momento de privacidad, Dil Bahadur, con los ojos llenos de lágrimas, pidió una explicación a su amado maestro. ¿Cómo podía haber ofrecido algo así a la hechicera? El Reino del Dragón de Oro lo necesitaba mucho más que los yetis; él no había terminado su educación, el maestro no podía abandonarlo de esa manera, clamó.

—Posiblemente serás rey antes de lo planeado, Dil Bahadur. Seis años pasan rápido. En ese tiempo tal vez podré ayudar un poco a los yetis.

—¿Y yo? —exclamó el joven, incapaz de imaginar su vida sin su mentor.

—Tal vez eres más fuerte y estás mejor preparado de lo que crees... Dentro de seis años pienso dejar el Valle de los Yetis para educar a tu hijo, el futuro monarca del Reino del Dragón de Oro.

—¿Qué hijo, maestro? No tengo ninguno.

—El que tendrás con Pema —replicó Tensing tranquilamente, mientras el príncipe se sonrojaba hasta las orejas.

Nadia y Alexander seguían la discusión con dificultad, pero captaron el sentido y ninguno de los dos manifestó asombro ante la profecía de Tensing respecto a Pema y Dil Bahadur o su plan de convertirse en mentor de los yetis. Alexander pensó que un año antes habría calificado todo eso como demencia, pero ahora sabía cuán misterioso es el mundo.

Valiéndose de la telepatía, las pocas palabras que él había aprendido en el idioma del Reino Prohibido, las que Dil Bahadur había captado en inglés y la increíble capacidad para las lenguas de Nadia, Alexander logró comunicar a sus amigos que su abuela había hecho un reportaje para el *International Geographic* sobre un tipo de puma que existía en Florida y que había estado a punto de desaparecer. Estaba confinado a una región pequeña e inaccesible, no se había mezclado y, al reproducirse siempre dentro de la misma familia, se había debilitado y embrutecido. El seguro de vida de cualquier especie es la diversidad. Explicó que si hubiera, por ejemplo, una sola clase de maíz, muy pronto las pestes y las alteraciones del clima acabarían con ella, pero como existen centenares de variedades, si una perece, otra crece. La diversidad garantiza la sobrevivencia.

—¿Qué pasó con el puma? —preguntó Nadia.

—Llevaron a Florida a unos expertos que introdujeron en la zona otros felinos similares al puma. Se mezclaron y en menos de diez años la raza se había regenerado.

—¿Crees que eso ocurre también con los yetis? —preguntó Dil Bahadur.

—Sí. Han vivido demasiado tiempo aislados, son muy pocos, se mezclan sólo entre ellos, por eso son tan débiles.

Tensing se quedó pensando en lo que había dicho el muchacho extranjero. En todo caso, aunque los yetis salieran del misterioso valle, no tendrían con quien mezclarse, porque seguramente no había otros de su especie en el mundo y ningún ser humano estaría dispuesto a formar una familia con ellos. Pero tarde o temprano deberían integrarse al mundo, era inevitable. Habría que hacerlo con prudencia, porque el contacto con la gente podría ser fatal para ellos. Sólo en el ambiente protegido del Reino del Dragón de Oro eso era posible.

En las horas siguientes los amigos comieron y descansaron brevemente para reponer sus agotados cuerpos. Al saber que había pelea por delante, todos los yetis querían ir, pero Grr-ympr no lo permitió, porque no podía quedar la aldea sin varones. Tensing les advirtió que podrían morir, porque enfrentarían a unos malvados seres humanos llamados «hombres azules», que eran muy fuertes y tenían puñales y armas de fuego. Los yetis no sabían lo que eran esas cosas, y Tensing se lo explicó lo más exagerado que pudo, describiendo el tipo de herida que producían, los chorros de sangre y otros detalles para entusiasmar a los yetis. Eso renovó la frustración de los que debían quedarse en el valle: ninguno quería perder la ocasión de divertirse peleando contra los humanos. Desfilaron uno a uno delante del lama dando saltos y gritos espeluznantes y mostrando sus dientes y su musculatura para impresionarlo. Así

Tensing pudo seleccionar a los diez que tenían el peor carácter y el aura más roja.

El lama revisó personalmente las corazas de cuero de los yetis, que podían mitigar el efecto de una puñalada, pero eran inefectivas contra una bala. Esas diez criaturas, apenas un poco más inteligentes que un chimpancé, no podrían vencer a los hombres del Escorpión, por feroces que fueran, pero el lama calculaba el elemento de sorpresa. Los hombres azules eran supersticiosos y si bien habían oído hablar del «abominable hombre de las nieves» nunca habían visto uno.

Por orden de Grr-ympr, esa tarde habían matado un par de *chegnos* para dar la bienvenida a los visitantes. Con gran repugnancia, porque no concebían el sacrificio de ningún ser vivo, Dil Bahadur y Tensing recogieron sangre de los animales y pintaron el pelaje hirsuto de los guerreros seleccionados. Utilizando tiras de piel, los cachos y los huesos más largos, fabricaron unos aterradores cascos ensangrentados, que los yetis se colocaron con chillidos de gusto, mientras las hembras y los críos saltaban de admiración. El maestro y su discípulo concluyeron complacidos que el aspecto de los yetis era como para asustar al más bravo.

Los hombres pretendían que Nadia permaneciera en la aldea, pero fue inútil convencerla y por fin debieron aceptar que fuera con ellos. Alexander no quería exponerla a los peligros que los aguardaban.

—Es posible que ninguno salgamos con vida, Águila... —argumentó.

—En ese caso yo tendría que pasar el resto de mi existencia en este valle sin más compañía que los yetis. No, gracias. Iré con ustedes, Jaguar —replicó ella.

—Al menos aquí estarías relativamente a salvo. No sé

lo que vamos a encontrar en ese monasterio abandonado, pero seguro no será nada agradable.

—No me trates como a una niña. Sé cuidarme sola, lo he hecho por trece años, y creo que puedo ser útil.

—Está bien, pero harás exactamente lo que yo diga —decidió Alex.

—Ni lo sueñes. Haré lo que me parezca adecuado. Tú no eres un experto, sabes tan poco de pelear como yo —replicó Nadia, y él debió admitir que no le faltaba razón.

—Tal vez lo mejor sea partir de noche, así llegaremos al otro lado del túnel al amanecer y aprovecharemos la mañana para llegar hasta Chenthan Dzong —propuso Dil Bahadur y Tensing estuvo de acuerdo.

Después de llenarse las barrigas con una suculenta cena, los yetis se echaron por tierra a roncar, sin quitarse los nuevos yelmos, que habían adoptado como símbolo de valor. Nadia y Alexander estaban tan hambrientos, que devoraron su porción de carne asada de *chegno*, a pesar de su sabor amargo y de los pelos chamuscados que tenía adheridos. Tensing y Dil Bahadur prepararon su *tsampa* y su té; luego se sentaron a meditar de cara a la inmensidad del firmamento, cuyas estrellas no podían ver. Por la noche, cuando descendía la temperatura en las montañas, el vapor de las fumarolas se convertía en una neblina espesa que cubría el valle como un manto algodonoso. Los yetis nunca habían visto las estrellas y para ellos la luna era una inexplicable aureola de luz azul que a veces aparecía entre la niebla.

17

EL MONASTERIO FORTIFICADO

Tex Armadillo prefería el plan inicial para la retirada de Tunkhala con el rey y el Dragón de Oro, que consistía en un helicóptero provisto de una ametralladora que en el momento preciso descendería en los jardines del palacio. Nadie habría podido detenerlos. La fuerza aérea de ese país se componía de cuatro anticuados aviones, adquiridos en Alemania hacía más de veinte años, y que sólo volaban para el Año Nuevo, lanzando pájaros de papel sobre la capital, para deleite de los niños. Ponerlos en acción para darles caza habría tomado varias horas y el helicóptero habría tenido tiempo sobrado de llegar a terreno seguro. El Especialista, sin embargo, cambió el plan a última hora, sin dar mayores explicaciones. Se limitó a decir que no convenía llamar la atención, y mucho menos convenía ametrallar a los pacíficos habitantes del Reino Prohibido, porque eso provocaría un escándalo internacional. Su cliente, el Coleccionista, exigía discreción.

De modo que Armadillo tuvo que aceptar el segundo plan, en su opinión mucho menos expedito y seguro que el primero. Apenas le echó el guante al rey en el Recinto Sagrado, le cerró la boca con cinta adhesiva y le colocó una inyección en el brazo que en cinco segundos lo dejó anestesiado. Las instrucciones eran no hacerle daño; el monarca debía llegar al monasterio vivo y sano, porque debían extraerle la información necesaria para descifrar los mensajes de la estatua.

—Cuidado, el rey sabe artes marciales, puede defenderse. Pero les advierto que si lo lastiman, lo pagarán muy caro —había dicho el Especialista.

Tex Armadillo empezaba a perder la paciencia con su jefe, pero no había tiempo de rumiar su descontento.

Los cuatro bandidos estaban asustados e impacientes, pero eso no impidió que robaran algunos candelabros y perfumeros de oro. Estaban listos para arrancar el precioso metal de los muros con sus puñales, cuando el americano les ladró sus órdenes.

Dos de ellos tomaron el cuerpo inerte del rey por los hombros y los tobillos, mientras los demás retiraban la pesada estatua de oro del pedestal de piedra negra, donde había permanecido durante dieciocho siglos. Todavía se sentía en la sala la reverberación del cántico y los extraños sonidos del dragón. Tex Armadillo no podía detenerse a examinarlo, pero supuso que era como un instrumento musical. No creía que pudiera predecir el futuro, ésa era una patraña para ignorantes, pero en realidad no le importaba: el valor intrínseco de ese objeto era incalculable. ¿Cuánto ganaría el Especialista con esa misión? Muchos millones de dólares, seguramente. ¿Y cuánto le tocaba a él? Apenas una propina en comparación, pensaba.

Dos de los hombres azules pasaron unas cinchas de caballo bajo la estatua y así la levantaron con esfuerzo. Entonces Armadillo comprendió por qué el Especialista había exigido que llevara a seis bandidos. Ahora le hacían falta los dos que habían perecido en las trampas del palacio.

El retorno no fue más fácil, a pesar de que ya conocían

el camino y pudieron evitar varios de los obstáculos, porque llevaban al rey y la estatua, que entorpecían sus movimientos. Pronto se dio cuenta, sin embargo, de que al hacer el camino inverso las trampas no se activaban. Eso lo tranquilizó, pero no se apuró ni bajó la guardia, porque temía que ese palacio albergara muchas sorpresas desagradables. Sin embargo, llegaron a la Última Puerta sin tropiezos. Al cruzar el umbral vieron en el suelo los cuerpos de los guardias reales apuñalados, tal como los habían dejado. Ninguno se dio cuenta de que uno de los jóvenes soldados aún respiraba.

Valiéndose del GPS, los forajidos recorrieron el laberinto de habitaciones con varias puertas y asomaron por fin al jardín en sombras del palacio, donde los aguardaba el resto de la banda. Tenían prisionera a Judit Kinski. De acuerdo con las órdenes, a ella no debían dormirla con una inyección, como al rey, y tampoco podían maltratarla. Los bandidos, que nunca habían visto antes a la mujer, no entendían cuál era el propósito de llevarla con ellos y Tex Armadillo no dio explicaciones.

Habían robado una camioneta del palacio, que aguardaba en la calle, junto a las cabalgaduras de los bandidos. Tex Armadillo evitó mirar de frente a Judit Kinski, quien se mantenía bastante tranquila, dadas las circunstancias, y señaló a sus hombres que la echaran en el vehículo junto al rey y la estatua, cubiertos por una lona. Se puso al volante, porque nadie más sabía manejar, acompañado por el jefe de los guerreros azules y uno de los bandidos. Mientras la camioneta se dirigía hacia el angosto camino de las montañas, los demás se dispersaron. Se reunirían más tarde en un lugar del Bosque de los Tigres, como había ordenado el Especialista, y desde allí emprenderían la marcha hacia Chenthan Dzong.

Tal como estaba previsto, la camioneta debió detenerse a la salida de Tunkhala, donde el general Myar Kunglung había apostado a una patrulla para controlar el camino. Fue un juego de niños para Tex Armadillo y los bandidos dejar fuera de combate a los tres hombres que montaban guardia y colocarse sus uniformes. La camioneta estaba pintada con los emblemas de la casa real, de modo que pudieron pasar el resto de los controles sin ser molestados y llegar al Bosque de los Tigres.

El inmenso bosque había sido originalmente el coto de caza de los reyes, pero desde hacía varios siglos nadie se dedicaba a ese cruel deporte. El inmenso parque se había convertido en una reserva natural, donde proliferaban las especies de plantas y animales más raras del Reino Prohibido. En primavera iban allí las tigresas a tener sus crías. El clima único de ese país, que según las estaciones oscilaba entre la humedad templada del trópico y el frío invernal de las alturas montañosas, daba origen a una flora y una fauna extraordinarias, un verdadero paraíso para los ecologistas. La belleza del lugar, con sus árboles milenarios, sus arroyos cristalinos, sus orquídeas, rododendros y aves multicolores, no tuvo el menor efecto en Tex Armadillo o en los bandidos: lo único que les importaba era no atraer a los tigres y partir de allí lo antes posible.

El americano desató a Judit Kinski.

—¡Qué hace! —exclamó el jefe de los bandidos, amenazante.

—No puede escapar, ¿adónde iría? —dijo el otro a modo de explicación.

En silencio, la mujer se frotó las muñecas y los tobillos, donde las ligaduras habían dejado marcas rojas. Sus ojos estudiaban el lugar, seguían cada movimiento de sus raptores y volvían siempre a Tex Armadillo, quien persistía en apartar la vista, como si no resistiera la mirada de ella. Sin pedir permiso, Judit se acercó al rey y con delicadeza, para no romperle los labios, fue quitándole de a poco la cinta adhesiva que le amordazaba. Se inclinó sobre él y puso el oído sobre su pecho.

—Pronto pasará el efecto de la inyección —comentó Armadillo.

—No le pongan más, puede fallarle el corazón —dijo ella en un tono que no parecía súplica, sino una orden, clavando sus pupilas castañas en Tex Armadillo.

—No será necesario. Además tendrá que montar a caballo, así es que más le vale despercudirse —replicó él, dándole la espalda.

Al filtrarse en la espesura los primeros rayos de sol, la luz irrumpió dorada, como espesa miel, despertando a los monos y los pájaros en un coro alborotado. Del suelo se evaporaba el rocío de la noche, envolviendo el paisaje en una bruma amarilla, que esfumaba los contornos de los gigantescos árboles. Una pareja de osos panda se balanceaba de unas ramas sobre sus cabezas. Amanecía cuando finalmente se reunió la banda del Escorpión. Apenas hubo luz suficiente, Armadillo se dedicó a tomar fotografías de la estatua con una máquina Polaroid, luego dio orden de envolverla en la misma lona que habían usado en la camioneta y amarrarla con cuerdas.

Debían abandonar el vehículo y continuar montaña arriba a lomo de caballo por senderos casi intransitables, que nadie usaba desde que el terremoto cambió la topografía del lugar y Chenthan Dzong, así como otros monasterios de la región, fue abandonado. Los guerreros azules, que pasaban la vida sobre sus caballos y estaban acostumbrados a toda clase de terrenos, eran seguramente los únicos capaces de llegar hasta allá. Conocían las montañas bien y sabían que, una vez obtenida su recompensa en dinero y armas, podrían llegar al norte de India en tres o cuatro días. Por su parte Tex Armadillo contaba con el helicóptero, que debía recogerlo en el monasterio con el botín.

El rey había despertado, pero el efecto de la droga persistía; estaba confundido y mareado, sin saber qué había sucedido. Judit Kinski lo ayudó a sentarse y le explicó que habían sido raptados y que los bandidos habían robado el Dragón de Oro. Sacó una pequeña cantimplora de su bolso, que milagrosamente no se había perdido en la aventura, y le dio a beber un sorbo de whisky. El licor lo reanimó y pudo incorporarse.

—¡Qué significa esto! —exclamó el rey en un tono de autoridad que nadie había escuchado jamás en él.

Al ver que estaban acomodando la estatua en una plataforma metálica con ruedas, que sería tirada por los caballos, comprendió la magnitud de la desgracia.

—Esto es un sacrilegio. El Dragón de Oro es el símbolo de nuestro país. Existe una maldición muy antigua contra quien profane la estatua —les advirtió el rey.

El jefe de los bandidos levantó el brazo para golpearlo, pero el americano le apartó de un empujón.

—Cállese y obedezca, si no quiere más problemas —ordenó al monarca.

—Suelten a la señorita Kinski, ella es una extranjera, no tiene nada que ver en este asunto —replicó con firmeza el soberano.

—Ya me oyó, cállese o ella pagará las consecuencias, ¿entendido? —le advirtió Armadillo.

Judit Kinski tomó al rey de un brazo y le susurró que por favor se quedara tranquilo; nada podían hacer por el momento, más valía esperar que se presentara la ocasión para actuar.

—Vamos, no perdamos más tiempo —ordenó el jefe de los bandidos.

—El rey no puede montar todavía —dijo Judit Kinski al verlo vacilar como un ebrio.

—Montará con uno de mis hombres hasta que se reponga —decidió el americano.

Armadillo condujo la camioneta hasta una hondonada, donde quedó medio enterrada; luego la taparon con ramas y poco después emprendieron la marcha en fila india hacia la montaña. El día estaba claro, pero las cumbres del Himalaya se perdían entre manchones de nubes. Debían trepar continuamente, pasando por una región de bosque semitropical donde crecían bananos, rododendros, magnolias, hibiscus y muchas otras especies. En la altura el paisaje cambiaba abruptamente, el bosque desaparecía y empezaban los peligrosos desfiladeros de montaña, cortados a menudo por peñascos que rodaban de las cimas o caídas de agua, que convertían el suelo en un resbaloso lodazal. El ascenso era arriesgado, pero el americano confiaba en la pericia de los hombres azules y la fuerza extraordinaria de sus corceles. Una vez en las montañas, no podrían darles alcance, porque nadie sospechaba dónde se encontraban y, en todo caso, llevaban mucha ventaja.

Tex Armadillo no sospechaba que mientras él llevaba a cabo el robo de la estatua en el palacio, la cueva de los bandidos había sido desmantelada y sus ocupantes estaban atados de dos en dos, padeciendo hambre y sed, aterrados de que apareciera un tigre y los despachara para su cena. Los prisioneros tuvieron suerte, porque antes que llegaran las fieras, tan abundantes en esa región, apareció un destacamento de soldados reales. Pema les había indicado la ubicación del campamento de la Secta del Escorpión.

La joven había logrado llegar con sus compañeras hasta un camino rural, donde finalmente las encontró, extenuadas, un campesino que llevaba sus vegetales al mercado en una carreta tirada por caballos. Primero creyó que eran monjas, por las cabezas rapadas, pero le llamó la atención que todas, menos una, iban vestidas de fiesta. El hombre no tenía acceso al periódico ni a la televisión, pero se había enterado por la radio, como todos los demás habitantes del país, de que seis jóvenes habían sido secuestradas. Como no había visto sus fotos, no pudo reconocerlas, pero le bastó una mirada para darse cuenta de que esas niñas estaban en apuros. Pema se plantó de brazos abiertos en la mitad del camino, obligándolo a detenerse, y le contó en pocas palabras su situación.

—El rey está en peligro, debo conseguir ayuda de inmediato —dijo.

El campesino dio media vuelta y las llevó al trote al caserío de donde procedía. Allí consiguieron un teléfono y mientras Pema procuraba comunicarse con las autoridades, sus compañeras recibían los cuidados de las mujeres de la aldea. Las muchachas, que habían dado muestras de mucho valor durante esos días terribles, se quebraron al verse a salvo y lloraban, pidiendo que las devolvieran a sus familias lo antes posible. Pero Pema no pensaba en eso, sino en Dil Bahadur y el rey.

El general Myar Kunglung se puso al teléfono apenas le avisaron de lo ocurrido y habló directamente con Pema. Ella repitió lo que sabía pero se abstuvo de mencionar el Dragón de Oro, primero porque no estaba segura de que los bandidos lo hubieran robado, y segundo porque comprendió instintivamente que, de ser así, no convenía que el pueblo lo supiera. La estatua encarnaba el alma de la nación. No le correspondía a ella propagar una noticia que podía ser falsa, decidió.

Myar Kunglung dio instrucciones al puesto de guardias más cercano para que fueran a buscar a las niñas a la aldea y las condujeran a la capital. A medio camino él mismo les salió al encuentro, llevando consigo a Wandgi y Kate Cold. Al ver a su padre, Pema saltó del jeep donde viajaba y corrió a abrazarlo. El pobre hombre sollozaba como un crío.

—¿Qué te hicieron? —preguntaba Wandgi examinando a su hija por todos lados.

—Nada, papá, no me hicieron nada, te prometo; pero eso no importa ahora, tenemos que rescatar al rey, que corre mortal peligro.

—Eso le corresponde al ejército, no a ti. ¡Tú volverás conmigo a casa!

—No puedo, papá. ¡Mi deber es ir a Chenthan Dzong!

—¿Por qué?

—Porque se lo prometí a Dil Bahadur —replicó ella sonrojándose.

Myar Kunglung traspasó a la joven con su mirada de zorro y algo debió haber interpretado por el color arrebolado de sus mejillas y el temblor de sus labios, porque se inclinó profundamente ante el guía, con las manos en la cara.

—Tal vez el honorable Wandgi permita a su valiente hija acompañar a este humilde general. Creo que será bien cuidada por mis soldados —pidió.

El guía comprendió que, a pesar de la reverencia y del tono, el general no aceptaría un no por respuesta. Debió permitir que Pema partiera, rogando al cielo que retornara sana y salva.

La buena nueva de que las jóvenes habían escapado de

las garras de sus raptores sacudió al país. En el Reino Prohibido las noticias circulaban de boca en boca con tal rapidez, que cuando cuatro de las chicas aparecieron en televisión contando sus peripecias, con las cabezas cubiertas por chales de seda, ya todo el mundo lo sabía. La gente salió a la calle a celebrarlo, llevó flores de magnolia a las familias de las niñas y se aglomeró en los templos para hacer ofrendas de agradecimiento. Las ruedas y las banderas de oración elevaban al aire la alegría incontenible de aquella nación.

La única que no tuvo nada que celebrar fue Kate Cold, quien estaba al borde de un colapso nervioso, porque Nadia y Alexander aún andaban perdidos. A esa hora iba cabalgando hacia Chenthan Dzong junto a Pema y Myar Kunglung, a la cabeza de un destacamento de soldados, por un camino que serpenteaba hacia las alturas. Pema les había contado a ambos lo que escuchó de boca de los bandidos sobre el Dragón de Oro. El general confirmó sus sospechas.

—Uno de los guardias que cuidaban la Última Puerta sobrevivió a la puñalada y vio cómo se llevaban a nuestro amado rey y al dragón. Esto debe permanecer en secreto, Pema. Hiciste bien en no mencionarlo por teléfono. La estatua vale una fortuna, pero no me explico por qué se llevaron al rey... —dijo.

—El maestro Tensing, su discípulo y dos jóvenes extranjeros fueron al monasterio. Nos llevan muchas horas de ventaja. Posiblemente llegarán antes que nosotros —le informó Pema.

—Ésa puede ser una grave imprudencia, Pema. Si algo le sucede al príncipe Dil Bahadur, ¿quién ocupará el trono...? —suspiró el general.

—¿Príncipe? ¿Qué príncipe? —interrumpió Pema.

—Dil Bahadur es el príncipe heredero, ¿no lo sabías, niña?

—Nadie me lo dijo. En todo caso, nada le pasará al príncipe —afirmó ella, pero enseguida se dio cuenta de que había cometido una descortesía y se corrigió—: Es decir, posiblemente el karma del honorable príncipe sea rescatar a nuestro amado soberano y sobrevivir ileso...

—Tal vez... —asintió el general, preocupado.

—¿No puede enviar aviones al monasterio? —sugirió Kate, impaciente ante esa guerra que se llevaba a cabo a lomo de caballo, como si hubieran retrocedido varios siglos en el tiempo.

—No hay dónde aterrizar. Tal vez un helicóptero pueda hacerlo, pero se requiere un piloto muy experto, porque tendría que descender en un embudo de corrientes de aire —le notificó el general.

—Posiblemente el honorable general esté de acuerdo conmigo en que hay que intentarlo... —rogó Pema, con los ojos brillantes de lágrimas.

—Hay sólo un piloto capaz de hacerlo y vive en Nepal. Es un héroe, el mismo que subió hace unos años en helicóptero al Everest, para salvar a unos escaladores.

—Recuerdo el caso, el hombre es muy famoso, lo entrevistamos para el *International Geographic* —comentó Kate.

—Tal vez logremos comunicarnos con él y traerlo en las próximas horas —dijo el general.

Myar Kunglung no sospechaba que ese piloto había sido contratado con mucha anterioridad por el Especialista y ese mismo día volaba desde Nepal hacia las cumbres del Reino Prohibido.

La columna compuesta por Tensing, Dil Bahadur, Alexander, Nadia con Borobá en el hombro y los diez guerreros yetis se aproximó al acantilado donde se alzaban las antiguas ruinas de piedra de Chenthan Dzong. Los yetis, muy excitados, gruñían, repartían empujones y se daban mordiscos amistosos entre ellos, preparándose con gusto para el placer de una batalla. Hacía muchos años que esperaban una ocasión de divertirse en serio como la que ahora se les presentaba. Tensing debía detenerse de vez en cuando para calmarlos.

—Maestro, creo que por fin me acuerdo dónde he escuchado antes el idioma de los yetis: en los cuatro monasterios donde me enseñaron el código del Dragón de Oro —susurró Dil Bahadur a Tensing.

—Tal vez mi discípulo recuerde también que en nuestra visita al Valle de los Yetis le dije que había una razón importante por la cual estábamos allí —replicó el lama en el mismo tono.

—¿Tiene que ver con la lengua de los yetis?

—Posiblemente... —sonrió Tensing.

El espectáculo era sobrecogedor. Se encontraban rodeados de impresionante belleza: cumbres nevadas, enormes rocas, cascadas de agua, precipicios cortados a pique en los montes, corredores de hielo. Al ver aquel paisaje Alexander Cold comprendió por qué los habitantes del Reino Prohibido creían que la cima más alta de su país, a siete mil metros de altura, era el mundo de los dioses. El joven americano sintió que se llenaba por dentro de luz y de aire limpio, que algo se abría en su mente, que minuto a minuto cambiaba, maduraba, crecía. Pensó que sería muy triste dejar ese país y regresar a la mal llamada civilización.

Tensing interrumpió sus cavilaciones para explicarle que los *dzongs*, o monasterios fortificados, que sólo existían en Bután y en el Reino del Dragón de Oro, eran una mezcla de convento de monjes y caserna de soldados. Se alzaban en la confluencia de los ríos y en los valles, para proteger a los pueblos de los alrededores. Se construían sin planos ni clavos, siempre de acuerdo con el mismo diseño. El palacio real en Tunkhala fue originalmente uno de estos *dzongs*, hasta que las necesidades del gobierno obligaron a ampliarlo y modernizarlo, convirtiéndolo en un laberinto de mil habitaciones.

Chenthan Dzong era una excepción. Se levantaba sobre una terraza natural tan escarpada, que era difícil imaginar cómo llevaron los materiales y construyeron el edificio, que resistió tormentas invernales y avalanchas durante siglos, hasta que fue destruido por el terremoto. Existía un angosto sendero escalonado en la roca, pero se usaba muy poco, porque los monjes tenían escaso contacto con el resto del mundo. Ese camino, prácticamente tallado en la montaña, contaba con frágiles puentes de madera y cuerdas, que colgaban sobre los precipicios. La ruta no se usaba desde el terremoto y los puentes estaban en muy mal estado, con las maderas medio podridas y la mitad de las cuerdas cortadas, pero Tensing y su grupo no podían detenerse a considerar el peligro, puesto que no existía alternativa. Además, los yetis los cruzaban con la mayor confianza, porque habían pasado por allí en sus breves excursiones fuera de su valle en busca de alimento. Al ver los restos de un hombre al fondo de una quebrada adivinaron que Tex Armadillo y sus secuaces se les habían adelantado.

—El puente es inseguro, ese hombre se cayó —dijo Alexander, señalándolo.

—Hay huellas de caballo. Aquí debieron desmontar y soltar a los animales. Siguieron a pie, llevando el dragón en andas —observó Dil Bahadur.

—No imagino cómo los caballos llegaron hasta aquí. Deben ser como cabras —dijo Alexander.

—Posiblemente son corceles tibetanos, entrenados para trepar, resistentes y ágiles, y por lo tanto muy valiosos. Sus dueños deben tener muy buenas razones para abandonarlos —aventuró Dil Bahadur.

—Hay que cruzar —los interrumpió Nadia.

—Si los bandidos lo hicieron arrastrando el peso del Dragón de Oro, también podemos hacerlo nosotros —apuntó Dil Bahadur.

—Eso puede haber debilitado el puente aún más. Tal vez no sería mala idea probarlo antes de subirnos encima —determinó Tensing.

El abismo no era muy ancho, pero tampoco era suficientemente angosto como para usar las pértigas o bastones de madera de Tensing y el príncipe. Nadia sugirió amarrar a Borobá con una cuerda y mandarlo a probar el puente, pero el mono era muy liviano, de modo que no había garantía de que si él pasaba, también los demás pudieran hacerlo. Dil Bahadur examinó el terreno y vio que por fortuna al otro lado había una gruesa raíz. Alexander ató un extremo de su cuerda a una flecha y el príncipe la disparó con su precisión habitual, clavándola firmemente en la raíz. Alexander se ató la otra cuerda a la cintura y, sostenido por Tensing, se aventuró lentamente sobre el puente, probando cada trozo de madera con cuidado antes de poner su peso encima.

Si el puente cedía, la primera cuerda podría sostenerlo brevemente. No sabían si la flecha soportaría el peso, pero si no era así, la segunda cuerda podría impedir que cayera al vacío. En ese caso, lo más importante era no estrellarse como un insecto contra las paredes laterales de roca. Esperaba que su experiencia como escalador lo ayudaría.

Paso a paso Alexander atravesó el puente. Iba por la mitad cuando dos tablones se partieron y él resbaló. Un grito de Nadia resonó entre las cumbres, devuelto por el eco. Durante un par de minutos eternos nadie se movió, hasta que cesó el balanceo del puente y el joven pudo recuperar el equilibrio. Con mucha lentitud extrajo la pierna que quedó colgando del hueco entre los tablones rotos, luego se echó hacia atrás, sujeto de la primera cuerda, hasta que logró ponerse nuevamente de pie. Estaba calculando si continuar o retroceder, cuando oyeron un extraño ruido, como si la tierra roncara. La primera sospecha fue que se trataba de un temblor, como tantos que había en esas regiones, pero enseguida vieron que rodaban piedras y nieve desde la cima de la montaña. El grito de Nadia había provocado un alud.

Impotentes, los amigos y los yetis vieron el mortal río de peñascos precipitarse sobre Alexander y el delicado puente. No había nada que hacer, era imposible retroceder o avanzar.

Tensing y Dil Bahadur se concentraron automáticamente en enviar energía al muchacho. En otras circunstancias Tensing habría intentado la máxima prueba de un *tulku* como él, reencarnación de un gran lama: alterar la voluntad de la naturaleza. En momentos de verdadera necesidad, ciertos *tulkus* podían detener el viento, desviar tormentas, evitar inundaciones en tiempos de lluvia e impedir heladas, pero Tensing nunca había tenido que hacerlo. No era algo que se pudiera practicar, como los viajes astrales. En esta ocasión era tarde para tratar de cambiar el rumbo del alud y salvar al muchacho americano. Tensing utilizó sus poderes mentales para traspasarle la inmensa fuerza de su propio cuerpo.

Alexander sintió el rugido de la avalancha de piedras y

percibió la nube de nieve que se levantó, cegándolo. Supo que iba a morir y la descarga de adrenalina fue como un tremendo golpe de electricidad, borrando todo pensamiento de su mente y dejándolo a merced sólo del instinto. Una energía sobrenatural lo embargó y en una milésima parte de tiempo, su cuerpo se transformó en el jaguar negro del Amazonas. Con un rugido terrible y un formidable salto llegó al otro lado del precipicio, aterrizando en sus cuatro patas de felino, mientras a sus espaldas caían estrepitosamente las piedras.

Sus amigos no supieron que se había salvado milagrosamente, porque se lo impidió la nieve y tierra pulverizadas por los peñascos. Ninguno vio al muchacho hasta que se asentó el derrumbe, salvo Nadia. En el momento de la muerte, cuando creyó que Alexander estaba perdido, ella tuvo la misma reacción que él, la misma descarga de energía poderosa, la misma fantástica transformación. Borobá quedó tirado en el suelo mientras ella se elevaba, convertida en el águila blanca. Y desde la altura de su elegante vuelo, pudo ver al jaguar negro aferrado con sus garras al terreno firme.

Apenas pasó el peligro inminente, Alexander recuperó su aspecto usual. La única huella de su mágica experiencia fueron sus dedos ensangrentados y la expresión de su rostro, con la boca fruncida y los dientes expuestos en una mueca feroz. También sintió el fuerte olor del jaguar pegado a su piel, un olor de fiera carnívora.

El derrumbe botó un pedazo del estrecho camino y destruyó la mayor parte de las maderas del puente, pero las antiguas cuerdas y las de Alexander quedaron intactas. El joven las fijó firmemente a un lado, mientras Tensing lo hacía al otro y así pudieron atravesar. Los yetis tenían la agilidad de los primates y estaban acostumbrados a esa clase de terreno, de modo que no tuvieron dificultad en pasar colgando de una cuerda. Dil Bahadur pensó que si antes se valía de una pértiga, bien podría usar ahora una cuerda floja, como lo hizo con tanta gracia su maestro. Tensing no necesitó cargar a Nadia, sólo a Borobá, ya que el águila seguía volando sobre sus cabezas. Alexander le preguntó por qué Nadia no pudo convertirse en su animal totémico cuando se partió el hombro y debió enviar una proyección mental para pedir socorro. El lama le explicó que el dolor y el agotamiento la habían retenido en su forma física.

Fue el gran pájaro blanco el que les advirtió que pocos metros más adelante, a la vuelta de un recodo de la montaña, se alzaba Chenthan Dzong. Los caballos atados afuera indicaban la presencia de los forajidos, pero no se veía a nadie custodiando; era evidente que no esperaban visitas.

Tensing recibió el mensaje telepático del águila y reunió a los suyos para determinar la mejor forma de actuar. Los yetis nada entendían de estrategia, su manera de pelear era simplemente lanzarse de frente enarbolando sus garrotes y gritando como demonios, lo cual también podía ser muy efectivo, siempre que no fueran recibidos por una salva de balas. Primero debían averiguar exactamente cuántos hombres había en el monasterio y cómo estaban distribuidos, con qué armas contaban, dónde tenían al rey y al Dragón de Oro.

De pronto apareció Nadia entre ellos con tal naturalidad, que fue como si nunca hubiera estado volando en forma de ave. Ninguno hizo comentarios.

—Si mi honorable maestro lo permite, yo iré adelante —pidió Dil Bahadur.

—Tal vez ése no sea el mejor plan. Tú eres el futuro rey. Si algo le sucede a tu padre, la nación sólo cuenta contigo —replicó el lama.

—Si el honorable maestro lo permite, iré yo —dijo Alexander.

—Si el honorable maestro lo permite, creo que es mejor que vaya yo, porque tengo el poder de la invisibilidad —interrumpió Nadia.

—¡De ninguna manera! —exclamó Alexander.

—¿Por qué? ¿No confías en mí, Jaguar?

—Es muy peligroso.

—Es igualmente peligroso para mí que para ti. No hay diferencia.

—Tal vez la niña-águila tenga razón. Cada uno ofrece lo que tiene. En este caso es muy conveniente ser invisible. Tú, Alexander, corazón de gato negro, deberás pelear junto a Dil Bahadur. Los yetis irán conmigo. Me temo que soy el único aquí que puede comunicarse con ellos y controlarlos. Apenas se den cuenta de que están cerca de los enemigos, se volverán como locos —replicó Tensing.

—Ahora es cuando necesitamos tecnología moderna. Un *walkie-talkie* no nos vendría nada mal. ¿Cómo nos advertirá Águila que podemos avanzar? —preguntó Alexander.

—Posiblemente del mismo modo en que estamos comunicándonos ahora... —sugirió Tensing y Alex se echó a reír, porque acababa de darse cuenta de que llevaban un buen rato intercambiando ideas sin palabras.

—Procura no asustarte, Nadia, porque eso confunde las ideas. No dudes del método, porque eso también impide la recepción. Concéntrate en una sola imagen a la vez —le aconsejó el príncipe.

—No te preocupes, la telepatía es como hablar con el corazón —lo tranquilizó ella.

—Tal vez nuestra única ventaja sea la sorpresa —advirtió el lama.

—Si el honorable maestro me permite una sugerencia, creo que sería más conveniente que cuando se dirija a los yetis sea más directo —dijo irónicamente Alexander, imitando la forma educada de hablar en el Reino Prohibido.

—Tal vez el joven extranjero debería tener un poco más de confianza en mi maestro —interrumpió Dil Bahadur mientras probaba la tensión de su arco y contaba sus flechas.

—Buena suerte —se despidió Nadia, plantando un beso breve en la mejilla de Alexander.

Se desprendió de Borobá, que corrió a montarse en la nuca de Alexander, bien aferrado a sus orejas, como hacía en ausencia de su ama.

En ese momento un ruido parecido al del alud anterior lo paralizó en su sitio. Sólo los yetis comprendieron de inmediato que se trataba de algo diferente, algo aterrador que nunca habían escuchado antes. Se tiraron al suelo, escondiendo la cabeza entre los brazos, temblando, los garrotes olvidados y toda su fiereza reemplazada por un gimoteo de cachorros asustados.

—Parece que es un helicóptero —dijo Alexander, haciendo señas de que se parapetaran entre las grietas y sombras de la montaña, para no ser vistos desde el aire.

—¿Qué es eso? —preguntó el príncipe.

—Algo parecido a un avión. Y un avión es como un volantín con motor —contestó el americano, sin poder creer que en pleno siglo XXI hubiera gente viviendo como en el Medioevo.

—Sé lo que es un avión, los veo pasar todas las semanas rumbo a Tunkhala —dijo Dil Bahadur, sin molestarse por el tono de su nuevo amigo.

Al otro lado del edificio asomaba en el cielo un aparato metálico. Tensing procuró tranquilizar a los yetis, pero en los cerebros de esos seres no cabía la idea de una máquina voladora.

—Es un ave que obedece órdenes. No debemos temerla, nosotros somos más feroces —les informó por último el lama, calculando que eso lo podrían comprender.

—Esto significa que hay un lugar donde el aparato puede aterrizar. Ahora me explico por qué se dieron el trabajo de llegar hasta aquí y cómo pretenden escapar con la estatua fuera del país —concluyó Alexander.

—Ataquemos antes que huyan, si le parece bien a mi honorable maestro —propuso el príncipe.

Tensing hizo una señal de que debían esperar. Pasó casi una hora, mientras aterrizaba el aparato. No podían ver la maniobra desde donde se encontraban, pero imaginaron que debía ser muy complicada, porque lo intentó varias veces, volviendo a elevarse, dando vueltas y bajando de nuevo, hasta que por fin se apagó el ruido del motor. En el silencio prístino de aquellas cumbres oyeron voces humanas cercanas y supusieron que debían ser los bandidos. Cuando también las voces callaron, Tensing decidió que había llegado el momento de acercarse.

Nadia se concentró en volverse transparente como el aire y se encaminó hacia el monasterio. Alexander quedó temblando por ella; tan fuertes eran los golpes de tambor en su corazón, que temía que trescientos metros más adelante sus enemigos pudieran oírlos.

18

LA BATALLA

En el monasterio de Chenthan Dzong se llevaba a cabo la última parte del plan del Especialista. Cuando el helicóptero se posó en el pequeño plano cubierto de nieve, formado en otros tiempos por una avalancha, fue recibido con entusiasmo, porque se trataba de una verdadera proeza. Tex Armadillo había marcado el lugar de aterrizaje con una cruz roja, trazada con un polvo de fresa para hacer refrescos, tal como le había indicado su jefe. Desde el aire la cruz se veía como una moneda de veinticinco centavos, pero al acercarse era una señal perfectamente clara. Además del tamaño reducido de la cancha, lo que obligaba a maniobrar con destreza para que la hélice no se estrellara contra la montaña, el piloto debía navegar entre las corrientes de aire. En ese lugar las cumbres formaban un embudo donde el viento circulaba como un remolino.

El piloto era un héroe de la Fuerza Aérea de Nepal, un hombre de probado valor e integridad, a quien habían ofrecido una pequeña fortuna por recoger «un paquete» y dos personas en ese lugar. No sabía en qué consistía la carga y no sentía particular curiosidad por averiguarlo, le bastaba saber que no se trataba de drogas ni armas. El agente que lo había contactado se había presentado como miembro de un equipo internacional de científicos, que estudiaban muestras de rocas en la región. Las dos personas y el «paquete» debían ser trasladados de Chenthan Dzong a un destino desconocido en el norte de India, donde el piloto recibiría la otra mitad de su pago.

El aspecto de los hombres que lo ayudaron a descender del helicóptero no le gustó. No eran los científicos extranjeros que esperaba, sino unos nómades con la piel azul y expresión patibularia, con media docena de puñales de diferentes formas y tamaños en el cinturón. Detrás llegó un americano con ojos celestes, fríos como un glaciar, quien le dio la bienvenida y lo invitó a tomar una taza de café en el monasterio, mientras los otros echaban el «paquete» al helicóptero. Era un pesado bulto de extraña forma envuelto en lona y amarrado firmemente con cuerdas, que debieron izar entre varios hombres. El piloto supuso que se trataba de las muestras de rocas.

El americano lo condujo a través de varias salas en completa ruina. Los techos apenas se sostenían, la mayor parte de las paredes se había derrumbado, el piso estaba levantado por efecto del terremoto y por raíces que habían surgido en los años de abandono. Un pasto seco y duro surgía entre las grietas. Por todas partes había excrementos de animales, posiblemente tigres y cabras de alta montaña. El americano le explicó al piloto que, en la prisa por escapar del desastre, los monjes guerreros que habitaban el monasterio habían dejado atrás armas, utensilios y algunos objetos de arte. El viento y otros temblores de tierra habían tumbado las estatuas religiosas, que yacían en pedazos por el suelo. Costaba avanzar entre los escombros y cuando el piloto intentó desviarse, el americano lo cogió de un brazo y amable, pero firme, lo llevó al sitio donde habían improvisado una cocinilla, con café instantáneo, leche condensada y galletas.

El héroe de Nepal vio grupos de hombres con la piel teñida de un negro azuloso, pero no vio a una muchacha delgada, toda color de miel, que pasó muy cerca, deslizándose como un espíritu entre las ruinas del antiguo monasterio. Se preguntó quiénes eran esos tipos de mala catadura, con turbantes y túnicas, y qué relación tenían con los supuestos científicos que lo habían contratado. No le gustaba el cariz que había tomado ese trabajo; sospechaba que el asunto tal vez no era tan legal y limpio como se lo habían planteado.

—Debemos partir pronto, porque después de las cuatro de la tarde aumenta el viento —advirtió el piloto.

—No tardaremos mucho. Por favor no se mueva de aquí. El edificio está a punto de caerse, esto es peligroso —replicó Tex Armadillo y lo dejó con una taza en la mano, vigilado de cerca por los hombres de los puñales.

Al otro extremo del monasterio, pasando por innumerables salas cubiertas de escombros, estaban el rey y Judit Kinski solos, sin ataduras ni mordazas, porque, tal como dijo Tex Armadillo, escapar era imposible; el aislamiento del monasterio no lo permitía y la Secta del Escorpión vigilaba. Nadia fue contando a los bandidos a medida que avanzaba. Vio que los muros externos de piedra estaban tan destrozados como las paredes internas; la nieve se apilaba por los rincones y había huellas recientes de animales salvajes, que tenían allí sus guaridas, y seguramente habían huido ante la presencia humana. «Hablando con el corazón» transmitió a Tensing sus observaciones. Cuando se asomó al lugar donde estaban el rey y Judit Kinski, avisó al lama que estaban vivos; entonces éste consideró que había llegado el momento de actuar.

Tex Armadillo le había dado al rey otra droga para bajar sus defensas y anular su voluntad, pero, gracias al control sobre su cuerpo y su mente, el monarca logró mantenerse en taimado silencio durante el interrogatorio. Armadillo estaba furioso. No podía dar por concluida su misión sin averiguar el código del Dragón de Oro, ése era el acuerdo con el cliente. Sabía que la estatua «cantaba», pero de nada le servirían al Coleccionista esos sonidos sin la fórmula para interpretarlos. En vista de los escasos resultados con la droga, las amenazas y los golpes, el americano informó a su prisionero que torturaría a Judit Kinski hasta que él revelara el secreto o hasta matarla si fuera necesario, en cuyo caso su muerte pesaría en la conciencia y el karma del rey. Sin embargo, cuando se aprestaba a hacerlo, llegó el helicóptero.

—Lamento profundamente que por mi culpa usted se encuentre en esta situación, Judit —murmuró el rey, debilitado por las drogas.

—No es su culpa —lo tranquilizó ella, pero a él le pareció que estaba realmente asustada.

—No puedo permitir que le hagan daño, pero tampoco confío en estos desalmados. Creo que aunque les entregue el código, igual nos matarán a ambos.

—En verdad no temo la muerte, Majestad, sino a la tortura.

—Mi nombre es Dorji. Nadie me ha llamado por mi nombre desde que murió mi esposa, hace muchos años —susurró él.

—Dorji... ¿qué quiere decir?

—Significa rayo o luz verdadera. El rayo simboliza la mente iluminada, pero yo estoy muy lejos de haber alcanzado ese estado.

—Creo que usted merece ese nombre, Dorji. No he conocido a nadie como usted. Carece por completo de vanidad, a pesar de que es el hombre más poderoso de este país —dijo ella.

—Tal vez ésta sea mi única oportunidad de decirle, Judit, que antes de estos desgraciados acontecimientos contemplaba la posibilidad de que usted me acompañara en la misión de cuidar a mi pueblo...

—¿Qué significa eso exactamente?

—Pensaba pedirle que fuera la reina de este modesto país.

—En otras palabras, que me casara con usted...

—Comprendo que resulta absurdo hablar de eso ahora, cuando estamos a punto de morir, pero ésa era mi intención. He meditado mucho sobre esto. Siento que usted y yo estamos destinados a hacer algo juntos. No sé qué, pero siento que es nuestro karma. No podremos hacerlo en esta vida, pero posiblemente será en otra reencarnación —dijo el rey, sin atreverse a tocarla.

—¿Otra vida? ¿Cuándo?

—Cien años, mil años, no importa, de todos modos la vida del espíritu es una sola. La vida del cuerpo, en cambio, transcurre como un sueño efímero, es pura ilusión —respondió el rey.

Judit le dio la espalda y fijó la vista en la pared, de modo que el rey ya no podía ver su rostro. El monarca supuso que estaba turbada, como también lo estaba él.

—Usted no me conoce, no sabe cómo soy —murmuró al fin la mujer.

—No puedo leer su aura ni su mente, como desearía, Judit, pero puedo apreciar su clara inteligencia, su gran cultura, su respeto por la naturaleza...

—¡Pero no puede ver dentro de mí!

—Dentro de usted sólo puede haber belleza y lealtad —le aseguró el monarca.

—La inscripción de su medallón sugiere que el cambio es posible. ¿Usted realmente cree eso, Dorji? ¿Podemos transformarnos por completo? —preguntó Judit, volviéndose para mirarlo a los ojos.

—Lo único cierto es que en este mundo todo cambia constantemente, Judit. El cambio es inevitable, ya que todo es temporal. Sin embargo, a los seres humanos nos cuesta mucho modificar nuestra esencia y evolucionar a un estado superior de conciencia. Los budistas creemos que podemos cambiar por nuestra propia voluntad, si estamos convencidos de una verdad, pero nadie puede obligarnos a hacerlo. Eso es lo que ocurrió con Sidarta Gautama: era un príncipe mimado, pero al ver la miseria del mundo se transformó en Buda —replicó el rey.

—Yo creo que es muy difícil cambiar... ¿Por qué confía en mí?

—Tanto confío en usted, Judit, que estoy dispuesto a decirle cuál es el código del Dragón de Oro. No puedo soportar la idea de que usted sufra y mucho menos por mi culpa. No debo ser yo quien decida cuánto sufrimiento puede soportar usted, ésa es su decisión. Por eso el secreto de los reyes de mi país debe estar en sus manos. Entréguelo a estos malhechores a cambio de su vida, pero por favor, hágalo después de mi muerte —pidió el soberano.

—¡No se atreverán a matarlo! —exclamó ella.

—Eso no ocurrirá, Judit. Yo mismo pondré fin a mi vida, porque no deseo que mi muerte pese sobre la conciencia de otros. Mi tiempo aquí ha terminado. No se preocupe, será sin violencia, sólo dejaré de respirar —le explicó el rey.

—Escuche atentamente, Judit, le daré el código y usted debe memorizarlo —dijo el rey—. Cuando la interroguen, explique que el Dragón de Oro emite siete sonidos. Cada combinación de cuatro sonidos representa uno de los ochocientos cuarenta ideogramas de un lenguaje perdido, el lenguaje de los yetis.

—¿Se refiere a los abominables hombres de las nieves? ¿Realmente existen esos seres? —preguntó ella, incrédula.

—Quedan muy pocos y han degenerado, ahora son como animales y se comunican con muy pocas palabras; sin embargo, hace tres mil años tuvieron un lenguaje y una cierta forma de civilización.

—¿Ese lenguaje está escrito en alguna parte?

—Se preserva en la memoria de cuatro lamas en cuatro diferentes monasterios. Nadie, salvo mi hijo Dil Bahadur y yo, conoce el código completo. Estaba escrito en un pergamino, pero lo robaron los chinos cuando invadieron Tíbet.

—De modo que la persona que tenga el pergamino puede descifrar las profecías... —dijo ella.

—El pergamino está escrito en sánscrito, pero si se moja con leche de yak aparece en otro color un diccionario donde cada ideograma está traducido en la combinación de los cuatro sonidos que lo representan. ¿Comprende, Judit?

—¡Perfectamente! —irrumpió Tex Armadillo, con una expresión de triunfo y una pistola en la mano—. Todo el mundo tiene su talón de Aquiles, Majestad. Ya ve cómo obtuvimos el código después de todo. Admito que me tenía un poco preocupado, pensé que se llevaría el secreto a la tumba, pero mi jefa resultó mucho más astuta que usted —agregó.

—¿Qué significa esto? —murmuró el monarca, confundido.

—¿Nunca sospechó de ella, hombre, por Dios? ¿Nunca se preguntó cómo y por qué Judit Kinski entró en su vida justamente ahora? No me explico cómo no averiguó el pasado de la paisajista experta en tulipanes antes de traerla a su palacio. ¡Qué ingenuo es usted! Mírela. La mujer por la cual pensaba morir es mi jefa, el Especialista. Ella es el cerebro detrás de toda esta operación —anunció el americano.

—¿Es cierto lo que dice este hombre, Judit? —preguntó el rey, incrédulo.

—¿Cómo cree que robamos su Dragón de Oro? Ella descubrió cómo entrar al Recinto Sagrado: colocó una cámara en su medallón. Y para hacerlo tuvo que ganar su confianza —dijo Tex Armadillo.

—Usted se valió de mis sentimientos… —murmuró el monarca, pálido como la ceniza, con los ojos fijos en Judit Kinski, quien no fue capaz de sostener su mirada.

—¡No me diga que hasta se enamoró de ella! ¡Qué cosa más ridícula! —exclamó el americano, soltando una risotada seca.

—¡Basta, Armadillo! —le ordenó Judit.

—Ella estaba segura de que no podríamos arrancarle el secreto por la fuerza, por eso se le ocurrió la amenaza de que la torturáramos a ella. Es tan profesional, que pensaba cumplirla, nada más que para asustarlo a usted y obligarlo a confesar —explicó Tex Armadillo.

—Está bien, Armadillo, esto ha concluido. No es necesario hacerle daño al rey, ya podemos partir —le ordenó Judit Kinski.

—No tan rápido, jefa. Ahora me toca a mí. No pensará que voy a entregarle la estatua, ¿verdad? ¿Por qué haría eso? Vale mucho más que su peso en oro y pienso negociar directamente con el cliente.

—¿Se ha vuelto loco, Armadillo? —ladró la mujer, pero

no pudo seguir, porque él la interrumpió, poniéndole la pistola frente a la cara.

—Deme la grabadora o le vuelo los sesos, señora —la amenazó Armadillo.

Por un segundo las pupilas siempre alertas de Judit Kinski se dirigieron a su bolso, que estaba en el suelo. Fue apenas un parpadeo, pero eso dio la clave a Armadillo. El hombre se inclinó para recoger el bolso, sin dejar de apuntarla, y vació el contenido en el suelo. Apareció una combinación de artículos femeninos, una pistola, unas fotografías y algunos aparatos electrónicos, que el rey nunca había visto. Varias cintas de grabación, en un formato minúsculo, cayeron también. El americano las pateó lejos, porque no eran ésas las que buscaba. Sólo le interesaba aquella que aún estaba en el aparato.

—¿Dónde está la grabadora? —gritó furioso.

Mientras con una mano apretaba la pistola contra el pecho de Judit Kinski, con la otra la cacheaba de arriba abajo. Por último le ordenó desprenderse del cinturón y las botas, pero no encontró nada. De súbito se fijó en el ancho brazalete de hueso tallado que adornaba su brazo.

—¡Quíteselo! —le ordenó en un tono que no admitía demoras.

A regañadientes la mujer se desprendió del adorno y se lo pasó. El americano retrocedió varios pasos para examinarlo a la luz; enseguida dio un grito de triunfo: allí se ocultaba una diminuta grabadora que habría hecho las delicias del más sofisticado espía. En materia de tecnología, el Especialista iba a la vanguardia.

—Se arrepentirá de esto, Armadillo, se lo juro. Nadie juega conmigo —masculló Judit, desfigurada de ira.

—¡Ni usted ni este viejo patético vivirán para vengarse! Me cansé de obedecer órdenes. Usted ya pasó a la historia, jefa. Tengo la estatua, el código y el helicóptero, no necesito nada más. El Coleccionista estará muy satisfecho —replicó él.

Un instante antes que Tex Armadillo apretara el gatillo, el rey empujó violentamente a Judit Kinski, protegiéndola con su cuerpo. La bala destinada a ella le dio a él en medio del pecho. La segunda bala sacó chispas en el muro de piedra, porque Nadia Santos había corrido como un bólido y se había estrellado con todas sus fuerzas contra el americano, lanzándolo al suelo.

Armadillo se puso de pie de un salto, con la agilidad que le daban muchos años de entrenamiento en artes marciales. Apartó a Nadia de un puñetazo y dio un salto de felino, para caer junto a la pistola, que había rodado a cierta distancia. Judit Kinski también corría hacia ella, pero el hombre fue más rápido y se le adelantó.

Tensing irrumpió con los yetis en el otro extremo del monasterio, donde aguardaba la mayoría de los hombres azules, mientras Alexander seguía a Dil Bahadur en busca del rey, orientándose por las imágenes que Nadia había enviado mentalmente. Aunque Dil Bahadur había estado allí antes, no recordaba bien el plano del edificio y además le costaba ubicarse entre los montones de escombros y otros obstáculos diseminados por todas partes. Iba adelante con su arco preparado, mientras Alexander lo seguía, armado precariamente con el bastón de madera que él le había prestado.

Los jóvenes trataron de evitar a los bandidos, pero de pronto se encontraron frente a una pareja de ellos, que al verlos se paralizó de sorpresa por un breve instante. Esa vacilación fue suficiente para dar tiempo al príncipe de lanzar una flecha dirigida a la pierna de uno de sus contrincantes. De acuerdo a sus principios, no podía tirar a matar, pero debía inmovilizarlo. El hombre cayó al suelo con un grito visceral, pero el otro ya tenía en las manos dos cuchillos, que salieron disparados contra Dil Bahadur.

La acción fue tan rápida, que Alexander no se dio cuenta de cómo habían sucedido las cosas. Él jamás habría podido esquivar las dagas, pero el príncipe se movió levemente, como si ejecutara un discreto paso de danza, y las afiladas hojas de acero pasaron rozándolo, sin herirlo. Su enemigo no alcanzó a empuñar otro cuchillo, porque una flecha se le clavó con prodigiosa precisión en el pecho, a pocos centímetros del corazón, bajo la clavícula, sin tocar ningún órgano vital.

Alexander aprovechó ese momento para descargar un bastonazo sobre el primer bandido, quien desde el suelo y sangrando de la pierna, ya se preparaba para usar otros de sus numerosos puñales. Lo hizo sin pensar, movido por la desesperación y la urgencia, pero en el instante en que el grueso palo hizo contacto con el cráneo del otro, Alexander oyó el sonido de una nuez al ser partida. Eso le hizo recuperar la razón y se dio cuenta de la brutalidad de su acto. Una oleada de náusea lo invadió. Se cubrió de sudor frío, se le llenó la boca de saliva y creyó que iba a vomitar, pero ya Dil Bahadur iba corriendo adelante y tuvo que vencer su debilidad y seguirlo.

El príncipe no temía las armas de los bandidos, porque se creía protegido por el mágico amuleto que le había dado Tensing y que llevaba colgado al cuello: el excremento petrificado de dragón. Mucho más tarde, cuando Alexander se lo contó a su abuela Kate, ésta comentó que eso no había salvado a Dil Bahadur de los puñales, sino su entrenamiento en tao-shu, que le permitió esquivarlos.

—No importa lo que fuera, lo cierto es que funciona —replicó su nieto.

Dil Bahadur y Alexander irrumpieron en la sala donde estaba el rey en el mismo instante en que la mano de Tex Armadillo se cerraba sobre la pistola, ganándole por una milésima de segundo a Judit Kinski. En lo que el americano se demoró en colocar el dedo en el gatillo, el príncipe lanzó su tercera flecha, atravesándole el antebrazo. Un terrible alarido escapó del pecho de Armadillo, pero no soltó el arma. La pistola quedó entre sus dedos, aunque era de suponer que le faltarían fuerzas para apuntar o disparar.

—¡No se mueva! —gritó Alexander, casi histérico, sin calcular cómo podía evitarlo, puesto que su palo nada podía contra las balas del americano.

Lejos de obedecerle, Tex Armadillo tomó a Nadia con su brazo sano y la levantó como una muñeca, protegiéndose con el cuerpo de ella. Borobá, que había seguido a Dil Bahadur y Alexander, corrió a colgarse de la pierna de su ama, chillando desesperado, pero una patada del americano lo lanzó lejos. Aunque todavía estaba medio aturdida por el golpe, la chica intentó débilmente defenderse, pero el brazo de hierro de Armadillo no le permitió hacer ni el menor movimiento.

El príncipe calculó sus posibilidades. Confiaba ciegamente en su puntería, pero el riesgo de que el hombre disparara a Nadia era muy alto. Impotente, vio a Tex Armadillo retroceder hacia la salida, arrastrando a la muchacha inerte, en dirección a la pequeña cancha donde aguardaba el helicóptero sobre una delgada capa de nieve.

Judit Kinski aprovechó la confusión para escapar corriendo en la dirección contraria, perdiéndose entre los vericuetos del monasterio.

Mientras todo esto sucedía en un extremo del edificio, en el otro también se desarrollaba una escena violenta. La mayoría de los hombres azules se había concentrado en los alrededores de la improvisada cocina, donde tomaban licor de sus cantimploras, masticaban betel y discutían en voz baja la posibilidad de traicionar a Tex Armadillo. Ignoraban, por supuesto, que Judit Kinski era realmente quien daba las órdenes; creían que era un rehén, como el rey. El americano les había pagado lo acordado en dinero contante y sonante, y sabían que en India les esperaban las armas y caballos que completaban el trato, pero después de ver la estatua de oro cubierta de piedras preciosas, consideraban que se les debía mucho más. No les gustaba la idea de que el tesoro estuviera fuera de su alcance, instalado en el helicóptero, aunque comprendían que era la única forma de sacarlo del país.

—Hay que raptar al piloto —propuso el jefe entre dientes, echando miradas de reojo al héroe nepalés, quien bebía su taza de café con leche condensada en un rincón.

—¿Quién irá con él? —preguntó uno de los bandidos.

—Yo iré —decidió el jefe.

—¿Y quién nos asegura que tú no te vas a quedar con el botín? —lo emplazó otro de sus hombres.

El jefe, indignado, llevó la mano a uno de sus puñales, pero no pudo completar el gesto, porque Tensing, seguido por los yetis, entró como un tornado por el ala sur de Chenthan Dzong. El pequeño destacamento era verdaderamente aterrador. Adelante iba el monje, armado con dos palos unidos por una cadena, que halló entre las ruinas de lo que en su tiempo fuera la sala de armas de los célebres monjes guerreros que habitaban el monasterio fortificado.

Por la forma en que enarbolaba los palos y movía su cuerpo, cualquiera podía adivinar que era un experto en artes marciales. Detrás iban los diez yetis, que normalmente eran de aspecto bastante temible y que en esas circunstancias eran como monstruos escapados de la peor pesadilla. Parecían haberse multiplicado al doble, provocando el alboroto de una horda. Armados de garrotes y peñascos, con sus corazas de cuero y sus horrendos sombreros de cuernos ensangrentados, nada tenían de humanos. Gritaban y saltaban como orangutanes enloquecidos, felices de la oportunidad que se les brindaba de repartir garrotazos y, por qué no, de recibirlos también, ya que era parte de la diversión. Tensing les ordenó atacar, resignado al hecho de que no podría controlarlos. Antes de irrumpir en el monasterio elevó una breve oración pidiendo al cielo que no hubiera muertos en el enfrentamiento, porque caerían sobre su conciencia. Los yetis no eran responsables de sus actos; una vez que despertaba su agresividad, perdían el poco uso de razón que tenían.

Los supersticiosos hombres azules creyeron que eran víctimas del maleficio del Dragón de Oro y que un ejército de demonios acudía a vengarse por el sacrilegio cometido. Podían enfrentar a los peores enemigos, pero la idea de encontrarse ante fuerzas del infierno los aterrorizó. Echaron a correr como gamos, seguidos de cerca por los yetis, ante el espanto del piloto, quien se había aplastado contra el muro para dejarlos pasar, todavía con la taza en la mano, sin saber qué sucedía a su alrededor. Supuestamente había ido a buscar a unos científicos, y en vez de ello se halló al centro de una horda de bárbaros pintados de azul, de simios extraterrestres y un gigantesco monje armado como en las películas chinas de kung-fu.

Pasada la estampida de bandidos y yetis, el lama y el piloto se encontraron súbitamente solos.

—*Namasté* —saludó el piloto, cuando recuperó la voz, porque no se le ocurrió nada más.

—*Tachu kachi* —saludó en su lengua Tensing, inclinándose brevemente, como si fuera una reunión social.

—¿Qué diablos pasa aquí? —preguntó el primero.

—Tal vez sea un poco difícil de explicar. Los que llevan cascos con cuernos son mis amigos, los yetis. Los otros robaron el Dragón de Oro y secuestraron al rey —le informó Tensing.

—¿Se refiere al legendario Dragón de Oro? ¡Entonces eso es lo que pusieron en mi helicóptero! —gritó el héroe de Nepal y salió disparado rumbo a la cancha de aterrizaje.

Tensing lo siguió. La situación le parecía ligeramente cómica, porque aún no sabía que el rey estaba herido. Por un hueco del muro vio correr montaña abajo a los aterrorizados miembros de la Secta del Escorpión, perseguidos por los yetis. En vano procuró llamar a los segundos con fuerza mental: los guerreros de Grr-ympr estaban divirtiéndose demasiado como para hacerle el menor caso. Sus espeluznantes alaridos de batalla se habían transformado en chillidos de anticipado placer, como si fueran niños jugando. Tensing oró una vez más para que no dieran alcance a ninguno de los bandidos: no deseaba seguir echándole manchas indelebles a su karma con más actos de violencia.

El buen humor de Tensing cambió apenas salió del monasterio y vio la escena que se desarrollaba ante sus ojos. Un extranjero, a quien identificó como el americano al mando de los hombres azules, de acuerdo con lo que le había dicho Nadia, estaba junto al helicóptero. Tenía un brazo atravesado de lado a lado por una flecha, pero eso no le impedía blandir una pistola. Con el otro brazo sostenía prácticamente en el aire a Nadia, apretada contra su cuerpo, de modo que la muchacha le servía de escudo.

A unos treinta metros se encontraba Dil Bahadur con el arco tenso y la flecha lista, acompañado por Alexander, quien a nada atinaba, paralizado en su sitio.

—¡Suelte el arco! ¡Retírense o mato a la chica! —amenazó Tex Armadillo y a ninguno le cupo duda de que lo haría.

El príncipe soltó su arma y los dos jóvenes retrocedieron hacia las ruinas del edificio, mientras Tex Armadillo se las arreglaba para subir al helicóptero arrastrando a Nadia, a quien lanzó adentro con su fuerza brutal.

—¡Espere! ¡No podrá salir de aquí sin mí! —gritó en ese momento el piloto, adelantándose, pero ya el otro había puesto el motor en marcha y la hélice comenzaba a girar.

Para Tensing era la oportunidad de ejercitar sus supernaturales poderes psíquicos. La prueba máxima de un *tulku* consistía en alterar la conducta de la naturaleza. Debía concentrarse e invocar al viento para que impidiera al americano huir con el tesoro sagrado de su nación. Sin embargo, si un remolino de aire cogía al helicóptero en pleno vuelo, Nadia perecería también. La mente del lama calculó rápidamente sus posibilidades y decidió que no podía arriesgarse: una vida humana es más importante que todo el oro del mundo.

Dil Bahadur volvió a tomar su arco, pero era inútil atacar esa máquina metálica con flechas. Alexander comprendió que aquel desalmado se llevaba a Nadia y comenzó a gritar el nombre de su amiga. La joven no podía oírle, pero el rugido del motor y la ventolera de la hélice lograron despercudirla de su aturdimiento. Había caído como un saco de arroz sobre el asiento, empujada por su captor. En el momento en que el aparato comenzaba a elevarse, Nadia aprovechó que Tex Armadillo estaba ocupado con los controles, que debía manejar con una sola mano, mientras el brazo herido colgaba inerte, y se deslizó hacia la portezuela, la abrió y, sin mirar hacia abajo y sin pensarlo dos veces, saltó al vacío.

Alexander corrió hacia ella, sin cuidarse del helicóptero, que se balanceaba sobre su cabeza. Nadia había caído de más de dos metros de altura, pero la nieve amortiguó el golpe, de otro modo se podría haber matado.

—¡Águila! ¿Estás bien? —gritó Alexander, aterrado.

Ella lo vio acercarse y le hizo un gesto, más sorprendida de su proeza que asustada. El rugido del helicóptero en el aire ahogó las voces.

Tensing se aproximó también, pero a Dil Bahadur le bastó saber que ella estaba viva y se volvió corriendo a la sala donde había dejado a su padre atravesado por la bala de Tex Armadillo. Cuando Tensing se inclinó sobre ella, Nadia le gritó que el rey estaba herido de gravedad y le hizo señas de que fuera donde él. El monje se precipitó al monasterio, siguiendo al príncipe, mientras Alexander procuraba acomodar un poco a su amiga, colocándole su chaqueta bajo la cabeza, en medio de la ventolera y el polvillo de nieve suelta que había levantado el helicóptero. Nadia estaba bastante magullada por la caída, pero el hombro que antes se le había dislocado se encontraba en su lugar.

—Parece que no me voy a morir tan joven —comentó Nadia, haciendo acopio de valor para incorporarse. Tenía la boca y la nariz llenas de sangre del puñetazo que le había propinado Armadillo.

—No te muevas hasta que vuelva Tensing —le ordenó Alexander, quien no estaba para bromas.

Desde su posición, de espaldas en el suelo, Nadia vio al

helicóptero ascender como un gran insecto de plata contra el azul profundo del cielo. Pasó rozando la pared de la montaña y subió bamboleándose por el embudo que formaban en ese sitio las cimas del Himalaya. Durante largos minutos pareció que se achicaba en el firmamento, alejándose más y más. Nadia empujó a Alexander, quien insistía en retenerla acostada sobre la nieve, y se puso de pie con gran esfuerzo. Se echó un puñado de nieve a la boca y enseguida lo escupió, rosado de sangre. La cara comenzaba a hinchársele.

—¡Miren! —gritó de súbito el piloto, quien no había despegado los ojos del aparato.

La máquina oscilaba en el aire, como una mosca detenida en pleno vuelo. El héroe de Nepal sabía exactamente lo que estaba sucediendo: un remolino de viento lo había envuelto y las aspas de la hélice vibraban peligrosamente. Comenzó a gesticular desesperado, gritando instrucciones que, por supuesto, Armadillo no podía oír. La única posibilidad de salir del remolino era volar con él en espiral ascendente. Alexander pensó que debía ser como el deporte de surfing: había que tomar la ola en el momento exacto y aprovechar el impulso, de otro modo la fuerza del mar lo revolcaba a uno.

Tex Armadillo tenía muchas horas de vuelo, era un requisito indispensable en su línea de trabajo, y había manejado toda clase de aviones, avionetas, planeadores, helicópteros y hasta un globo dirigible; así cruzaba fronteras sin ser visto con tráfico de armas, drogas y objetos robados. Se consideraba un experto, pero nada lo había preparado para lo que ocurrió.

Justo cuando la máquina emergía del embudo y él lanzaba gritos de entusiasmo, como cuando domaba potros en su lejano rancho del oeste americano, sintió la tremenda vibración que sacudía la máquina. Comprendió que no podía controlarla y ésta empezaba a dar vueltas más y más de prisa, como si estuviera batiéndose en una licuadora. Al ruido atronador del motor y la hélice se sumó el rugido del viento. Trató de razonar, poniendo a su servicio sus nervios de acero y la experiencia acumulada, pero nada de lo que intentó dio resultados. El helicóptero siguió girando enloquecido, atrapado por el remolino. De pronto un sonido estrepitoso y un golpe violento advirtieron a Armadillo que la hélice se había roto. Siguió en el aire varios minutos más, sostenido por la fuerza del viento, hasta que de repente éste cambió de curso. Por un instante hubo silencio y Tex Armadillo tuvo la fugaz esperanza de que aún podía maniobrar, pero enseguida comenzó la caída vertical.

Más tarde Alexander se preguntó si el hombre se había dado cuenta de lo que sucedía o si la muerte le alcanzó como un rayo, sin darle tiempo de sentirla llegar. Desde donde se encontraba, el muchacho no vio dónde caía el helicóptero, pero todos oyeron la violenta explosión, seguida por una negra y espesa columna de humo que ascendió al cielo.

Tensing encontró al rey inerte en el suelo, con la cabeza sobre las rodillas de su hijo Dil Bahadur, quien le acariciaba el cabello. El príncipe no había visto a su padre desde que era un niño de seis años, cuando lo arrancaron de su cama una noche para depositarlo en brazos de Tensing, pero pudo reconocerlo, porque durante esos años había guardado su imagen en la memoria.

—Padre, padre... —murmuraba, impotente ante ese hombre que se desangraba ante sus ojos.

—Majestad, soy yo, Tensing —dijo el lama, inclinándose a su vez sobre el soberano.

El rey levantó los ojos, velados por la agonía. Al enfocar la vista vio a un joven apuesto que se parecía notablemente a su fallecida esposa. Le indicó con un gesto que se acercara más.

—Escúchame, hijo, debo decirte algo... —murmuró.

Tensing se hizo a un lado, para darles un instante de privacidad.

—Anda de inmediato a la sala del Dragón de Oro en el palacio —ordenó con dificultad el monarca.

—Padre, han robado la estatua —respondió el príncipe.

—Anda de todos modos.

—¿Cómo puedo hacerlo si no va usted conmigo?

Desde tiempos muy antiguos eran siempre los reyes quienes acompañaban al heredero la primera vez, para enseñarle a evitar las trampas mortales que protegían el Recinto Sagrado. Esa primera visita del padre y el hijo al Dragón de Oro era un rito de iniciación y marcaba el fin de un reinado y el comienzo de otro.

—Deberás hacerlo solo —le ordenó el rey y cerró los ojos.

Tensing se acercó a su discípulo y le puso una mano en el hombro.

—Tal vez debas obedecer a tu padre, Dil Bahadur —dijo el lama.

En ese momento entraron a la sala Alexander, sosteniendo a Nadia por un brazo, porque le flaqueaban las rodillas, y el piloto de Nepal, quien todavía no se reponía de la pérdida de su helicóptero y del cúmulo de sorpresas experimentadas en esa misión. Nadia y el piloto se quedaron a prudente distancia, sin atreverse a interferir en el drama que sucedía ante sus ojos entre el rey y su hijo, mientras Alexander se agachaba para examinar el contenido del bolso de Judit Kinski, que aún estaba en el suelo.

—Debes ir al Recinto del Dragón de Oro, hijo —repitió el rey.

—¿Puede mi honorable maestro Tensing venir conmigo? Mi entrenamiento es sólo teórico. No conozco el palacio ni las trampas. Detrás de la Última Puerta me espera la muerte —alegó el príncipe.

—Es inútil que vaya contigo, porque yo tampoco conozco el camino, Dil Bahadur. Ahora mi lugar está junto al rey —replicó tristemente el lama.

—¿Podrá salvar a mi padre, honorable maestro? —suplicó Dil Bahadur.

—Haré todo lo posible.

Alexander se acercó al príncipe y le entregó un pequeño artefacto, cuyo uso éste no podía imaginar.

—Esto puede ayudarte a encontrar el camino dentro del Recinto Sagrado. Es un GPS —dijo.

—¿Un qué? —preguntó el príncipe, desconcertado.

—Digamos que es un mapa electrónico para ubicarse dentro del palacio. Así puedes llegar hasta la sala del Dragón de Oro, como hicieron Tex Armadillo y sus hombres para robar la estatua —le explicó su amigo.

—¿Cómo puede ser eso? —preguntó Dil Bahadur.

—Me imagino que alguien filmó el recorrido —sugirió Alexander.

—Eso es imposible, nadie excepto mi padre tiene acceso a esa parte del palacio. Nadie más puede abrir la Última Puerta ni eludir las trampas.

—Armadillo lo hizo, tiene que haber usado este aparato. Judit Kinski y él eran cómplices. Tal vez tu padre le mostró a ella el camino... —insistió Alexander.

—¡El medallón! ¡Armadillo dijo algo sobre una cámara oculta en el medallón del rey! —exclamó Nadia, quien había presenciado la escena entre el Especialista y Tex Armadillo, antes que sus amigos irrumpieran en la sala.

Nadia se disculpó por lo que iba a hacer y, con el mayor cuidado, procedió a cachear la figura postrada del monarca, hasta que dio con el medallón real, que se había deslizado entre el cuello y la chaqueta del rey. Le pidió al príncipe que lo ayudara a quitárselo y éste vaciló, porque ese gesto tenía un profundo significado: el medallón representaba el poder real y en ningún caso se atrevería a arrebatárselo a su padre. Pero la urgencia en la voz de su amiga Nadia lo obligó a actuar.

Alexander llevó la joya hacia la luz y la examinó brevemente. Descubrió de inmediato la cámara en miniatura disimulada entre los adornos de coral. Se la mostró a Dil Bahadur y a los demás.

—Seguramente Judit Kinski la puso aquí. Este aparato del tamaño de una arveja filmó la trayectoria del rey dentro del Recinto Sagrado. Así es como Tex Armadillo y los guerreros azules pudieron seguirlo, todos sus pasos están grabados en el GPS.

—¿Por qué esa mujer hizo eso? —preguntó el príncipe, horrorizado, ya que en su mente no cabía el concepto de la traición o de la codicia.

—Supongo que por la estatua, que es muy valiosa —aventuró Alexander.

—¿Oyeron la explosión? El helicóptero se estrelló y la estatua fue destruida —dijo el piloto.

—Tal vez sea mejor así... —suspiró el rey, sin abrir los ojos.

—Con la mayor humildad, me permito insinuar que los dos jóvenes extranjeros acompañen al príncipe al palacio. Alexander-Jaguar y Nadia-Águila son de corazón puro, como el príncipe Dil Bahadur, y posiblemente puedan ayudarlo en su misión, Majestad. El joven Alexander sabe usar ese aparato moderno y la niña Nadia sabe ver y escuchar con el corazón —sugirió Tensing.

—Sólo el rey y su heredero pueden entrar allí —murmuró el monarca.

—Con todo respeto, Majestad, me atrevo a contradecirlo. Tal vez haya momentos en que se deba romper la tradición... —insistió el lama.

Un largo silencio siguió a las palabras de Tensing. Parecía que las fuerzas del herido habían llegado a su límite, pero de pronto se oyó de nuevo su voz.

—Bien, que vayan los tres —aceptó por fin el soberano.

—Tal vez no sería del todo inútil, Majestad, que yo diera una mirada a su herida —sugirió Tensing.

—¿Para qué, Tensing? Ya tenemos otro rey, mi tiempo ha concluido.

—Posiblemente no tendremos otro rey hasta que el príncipe pruebe que puede serlo —replicó el lama, levantando al herido en sus poderosos brazos.

El héroe de Nepal encontró un saco de dormir que Tex Armadillo había dejado en un rincón para improvisar una cama, donde Tensing colocó al rey. El lama abrió la ensangrentada chaqueta del herido y procedió a lavar el pecho para examinarlo. La bala lo había atravesado, dejando una perforación brutal con salida por la espalda. Por el aspecto y ubicación de la herida y por el color de la sangre, Tensing comprendió que los pulmones estaban comprometidos; no había nada que él pudiera hacer; toda su capacidad de sanar y sus poderes mentales de poco servían en un caso como ése. El moribundo también lo sabía, pero necesitaba un poco más de tiempo para tomar sus últimas medidas. El lama atajó la hemorragia, vendó firmemente el torso y dio orden al piloto de traer agua hirviendo de la improvisada cocina para hacer un té medicinal. Una hora más tarde el monarca había recuperado el conocimiento y la lucidez, aunque estaba muy débil.

—Hijo, deberás ser mejor rey que yo —dijo a Dil Bahadur, indicándole que se colgara el medallón real al cuello.

—Padre, eso es imposible.

—Escúchame, porque no hay mucho tiempo. Éstas son mis instrucciones. Primero: cásate pronto con una mujer tan fuerte como tú. Ella debe ser la madre de nuestro pueblo y tú el padre. Segundo: preserva la naturaleza y las tradiciones de nuestro reino; desconfía de lo que viene de afuera. Tercero: no castigues a Judit Kinski, la mujer europea. No deseo que pase el resto de su vida en prisión. Ella ha cometido faltas muy graves, pero no nos corresponde a nosotros limpiar su karma. Tendrá que volver en otra reencarnación para aprender lo que no ha aprendido en ésta.

Recién entonces se acordaron de la mujer responsable de la tragedia ocurrida. Supusieron que no podría llegar muy lejos, porque no conocía la región, iba desarmada, sin provisiones, sin ropa abrigada y aparentemente descalza, ya que Armadillo la había obligado a quitarse las botas. Pero Alexander pensó que si había sido capaz de robar el dragón en esa forma tan espectacular, también era capaz de escapar del mismo infierno.

—No me siento preparado para gobernar, padre —gimió el príncipe, con la cabeza gacha.

—No tienes elección, hijo. Has sido bien entrenado, eres valiente y de corazón puro. Pide consejo al Dragón de Oro.

—¡Ha sido destruido!

—Acércate, debo decirte un secreto.

Los demás dieron varios pasos atrás, para dejarlos solos, mientras Dil Bahadur ponía el oído junto a los labios del rey. El príncipe escuchó atentamente el secreto mejor guardado del reino, el secreto que desde hacía dieciocho siglos sólo los monarcas coronados conocían.

—Tal vez sea hora de que te despidas, Dil Bahadur —sugirió Tensing.

—¿Puedo quedarme con mi padre hasta el final…?

—No, hijo, debes partir ahora mismo… —murmuró el soberano.

Dil Bahadur besó a su padre en la frente y retrocedió. Tensing estrechó a su discípulo en un fuerte abrazo. Se despedían por mucho tiempo, tal vez para siempre. El príncipe debía enfrentar su prueba de iniciación y podía ser que no regresara vivo; por su parte el lama debía cumplir la promesa hecha a Grr-ympr y partir a reemplazarla por seis años en el Valle de los Yetis. Por primera vez en su vida Tensing se sintió derrotado por la emoción: amaba a ese muchacho como a un hijo, más que a sí mismo; separarse de él le dolía como una quemadura. El lama procuró tomar distancia y calmar la ansiedad de su corazón. Observó el proceso de su propia mente, respiró hondo, tomando nota de sus desbocados sentimientos y del hecho de que aún le faltaba un largo camino para alcanzar el absoluto desprendimiento de los asuntos terrenales, incluso de los afectos. Sabía que en el plano espiritual no existe la separación. Recordó que él mismo le había enseñado al príncipe que cada ser forma parte de una sola unidad, todo está conectado. Dil Bahadur y él mismo estarían eternamente entrelazados, en esta y otras reencarnaciones. ¿Por qué, entonces, sentía esa angustia?

—¿Seré capaz de llegar hasta el Recinto Sagrado, honorable maestro? —preguntó el joven, interrumpiendo sus pensamientos.

—Acuérdate que debes ser como el tigre del Himalaya: escucha la voz de la intuición y del instinto. Confía en las virtudes de tu corazón —replicó el monje.

El príncipe, Nadia y Alexander iniciaron el viaje de regreso a la capital. Como ya conocían la ruta, iban preparados para los obstáculos. Usaron el atajo por el Valle de los Yetis, de modo que no se cruzaron con el destacamento de soldados del general Myar Kunglung, que en ese mismo momento ascendía por el escarpado sendero de la montaña, acompañados por Kate Cold y Pema.

Los hombres azules, en cambio, no pudieron evitar a Kunglung. Habían corrido monte abajo, a la mayor velocidad que el abrupto terreno permitía, escapando de los horripilantes demonios que los perseguían. Los yetis no lograron darles alcance, porque no se atrevieron a descender más allá de sus límites habituales. Esas criaturas tenían grabada en la memoria genética su ley fundamental: mantenerse aislados. Muy rara vez abandonaban su valle secreto y, si lo hacían, era sólo para buscar alimento en las cumbres más inaccesibles, lejos de los seres humanos. Eso salvó a la Secta del Escorpión, porque el instinto de preservación de los yetis fue más fuerte que el deseo de atrapar a sus enemigos; llegó un momento en que se detuvieron en seco. No lo hicieron de buena gana, porque renunciar a una sabrosa pelea, tal vez la única que se les presentaría en muchos años, resultó un sacrificio enorme. Se quedaron por un largo rato aullando de frustración, se dieron unos cuantos garrotazos entre ellos, para consolarse, y luego emprendieron cabizbajos el regreso a sus parajes.

Los guerreros del Escorpión no supieron por qué los diablos de cascos ensangrentados abandonaban la persecución, pero dieron gracias a la diosa Kali de que así fuera. Estaban tan asustados, que la idea de regresar para apoderarse de la estatua, como habían planeado, no se les pasó por la mente. Siguieron bajando por el único sendero posible e inevitablemente se encontraron frente a los soldados del Reino Prohibido.

—¡Son ellos, los hombres azules! —gritó Pema apenas los vislumbró de lejos.

El general Myar Kunglung no tuvo dificultad en apresarlos, porque los otros no tenían cómo escapar. Se entregaron sin oponer la menor resistencia. Un oficial se encargó de conducirlos hacia la capital, vigilados por la mayoría de los soldados, mientras Pema, Kate, el general y varios de sus mejores hombres continuaban hacia Chenthan Dzong.

—¿Qué les harán a esos bandidos? —preguntó Kate al general.

—Tal vez su caso sea estudiado por los lamas, consultado por los jueces y luego el rey decidirá su castigo. Al menos así se ha hecho en otros casos, pero en realidad no tenemos mucha práctica en castigar criminales.

—En Estados Unidos seguramente pasarían el resto de sus vidas en prisión.

—¿Y allí alcanzarían la sabiduría? —preguntó el general.

Fueron tales las carcajadas de Kate, que estuvo a punto de caerse del caballo.

—Lo dudo, general —replicó secándose las lágrimas, cuando al fin recuperó el equilibrio.

Myar Kunglung no supo qué le producía tanta hilaridad a la vieja escritora. Concluyó que los extranjeros son personas algo raras, con modales incomprensibles, y que más vale no perder energía tratando de analizarlos; es suficiente con aceptarlos.

Para entonces empezaba a caer la noche y fue necesario detenerse y armar un pequeño campamento, aprovechando una de las terrazas cortadas en la montaña. Estaban impacientes por llegar al monasterio, pero comprendían que escalar sin más luz que las linternas era una acción descabellada.

Kate estaba extenuada. Al esfuerzo del viaje se sumaban la altura, a la cual no estaba habituada, y la tos, que no la dejaba en paz. Sólo la sostenía su voluntad de hierro y la esperanza de que arriba encontraría a Alexander y a Nadia.

—Tal vez no debiera preocuparse, abuelita. Su nieto y Nadia están seguros, porque con el príncipe y Tensing nada malo puede pasarles —la tranquilizó Pema.

—Algo muy malo debe haber ocurrido allá arriba para que esos bandidos huyeran de esa manera —replicó Kate.

—Esos hombres mencionaron algo sobre el maleficio del Dragón de Oro y la persecución de unos diablos. ¿Usted cree que en estas montañas hay demonios, abuelita? —preguntó la joven.

—No creo ninguna de esas tonterías, niña —replicó Kate, quien se había resignado a ser llamada abuelita por todo el mundo en ese país.

La noche se hizo muy larga y nadie pudo dormir demasiado. Los soldados prepararon un simple desayuno de té salado con manteca, arroz y unos vegetales secos con aspecto y sabor de suela de zapatos; luego continuaron la marcha. Kate no se quedaba atrás, a pesar de sus sesenta y cinco años y sus pulmones debilitados por el humo del tabaco. El general Myar Kunglung nada decía y no le dirigía la mirada, por temor de cruzarse con los penetrantes ojos azules de ella, pero en su corazón de guerrero empezaba a surgir una inevitable admiración. Al principio la detestaba y no veía las horas de librarse de ella, pero con el correr de los días dejó de considerarla una vieja imposible y le tomó respeto.

El resto del ascenso resultó sin sorpresas. Cuando por fin pudieron asomarse al monasterio fortificado, creyeron que allí no había nadie. Un silencio absoluto imperaba en las antiguas ruinas. Alertas, con las armas en la mano, el general y los soldados avanzaron adelante, seguidos de cerca por las dos mujeres. Así recorrieron una a una las vastas salas, hasta que llegaron a la última, en cuyo umbral fueron interceptados por un monje gigantesco provisto de dos palos unidos por una cadena. Con un complicado paso de danza éste enarboló su arma y, antes de que el grupo alcanzara a reaccionar, enrolló la cadena en torno al cuello del general. Los soldados se inmovilizaron, desconcertados, mientras su jefe pataleaba en el aire entre los brazos monumentales del monje.

—¡Honorable maestro Tensing! —exclamó Pema, encantada al verlo.

—¿Pema? —preguntó él.

—¡Soy yo, honorable maestro! —dijo ella, y agregó, señalando al humillado militar—: Tal vez sería prudente que soltase al honorable general Myar Kunglung...

Tensing lo depositó en el suelo con delicadeza, le quitó la cadena del cuello y se inclinó respetuosamente ante él con las manos juntas a la altura de su frente.

—*Tampo kachi*, honorable general —saludó.

—*Tampo kachi*. ¿Dónde está el rey? —replicó el general, procurando disimular su indignación y acomodándose la chaqueta del uniforme.

Tensing les cedió el paso y el grupo entró a la vasta habitación. Medio techo se había desmoronado hacía años y el resto se sostenía a duras penas, había un gran hueco en uno de los muros exteriores, por donde entraba la luz difusa del día. Una nube, atrapada en la cima de la montaña, creaba un ambiente brumoso, en el cual todo aparecía desdibujado, como imágenes en un sueño. Un tapiz en hilachas colgaba entre las ruinas y una elegante estatua del Buda reclinado, milagrosamente intacta, estaba en el suelo, como sorprendida en pleno descanso.

Sobre una improvisada mesa yacía el cuerpo del rey, rodeado de media docena de velas de manteca encendidas. Una ráfaga de aire frío como cristal hacía vacilar las llamas de las velas en la niebla dorada. El heroico piloto de Nepal, que velaba junto al cadáver, no se movió con la irrupción de los militares.

A Kate Cold le pareció que presenciaba la filmación de una película. La escena era irreal: la sala en ruinas, envuelta en una neblina algodonosa; los restos de estatuas centenarias y columnas partidas en el suelo; parches de nieve y escarcha en las irregularidades del piso. Los personajes eran tan teatrales como el escenario: el descomunal monje con cuerpo de guerrero mongol y rostro de santo, sobre cuyo hombro se balanceaba el monito Borobá; el severo general Myar Kunglung, varios soldados y el piloto, todos en uniforme, como caídos allí por error; y finalmente el rey, quien aun en la muerte se imponía con su presencia serena y digna.

—¿Dónde están Alexander y Nadia? —preguntó la abuela, vencida por la fatiga.

19

EL PRÍNCIPE

Alexander iba adelante siguiendo las instrucciones del video y el GPS, porque el príncipe no entendió cómo funcionaban y no era el momento de darle una lección. Alexander no era un experto en esos aparatos, y además aquél era un modelo ultramoderno que sólo usaba el ejército americano, pero estaba acostumbrado a usar tecnología y no le resultó difícil descubrir cómo manejarlo.

Dil Bahadur había pasado doce años de su vida preparándose para el momento de recorrer el laberinto de puertas del piso inferior del palacio, cruzar la Última Puerta y vencer uno a uno los obstáculos sembrados en el Recinto Sagrado. Había aprendido las instrucciones confiado en que, si le fallaba la memoria, su padre estaría a su lado hasta que pudiera hacerlo solo. Ahora debía enfrentar la prueba con los consejos de su maestro Tensing y la presencia de sus nuevos amigos, Nadia y Alexander, como única ayuda. Al principio miraba con desconfianza la pequeña pantalla que Alexander llevaba en la mano, hasta que se dio cuenta de que los guiaba directo a la puerta adecuada. Ni una vez tuvieron que retroceder y nunca abrieron una puerta equivocada, así se encontraron ante la sala de las lámparas de oro. Esta vez nadie cuidaba la Última Puerta. El guardia herido por los hombres azules, así como el cadáver de su compañero, habían sido retirados, sin que otros los reemplazaran, y la sangre del suelo había sido lavada sin dejar rastro.

—¡Uau! —exclamaron Nadia y Alexander al unísono al ver la magnífica puerta.

—Tenemos que girar los jades precisos; si nos equivocamos, el sistema se atranca y no podremos entrar —advirtió el príncipe.

—Todo es cuestión de fijarnos bien en lo que hizo el rey. Está grabado en el video —explicó Alexander.

Vieron la filmación dos veces, hasta estar completamente seguros, y luego Dil Bahadur movió cuatro jades tallados en forma de flor de loto. Nada ocurrió. Los tres jóvenes aguardaron sin respirar, contando los segundos. De pronto las dos hojas de la puerta comenzaron lentamente a moverse.

Se encontraron en la habitación circular con nueve puertas idénticas y, tal como hiciera Tex Armadillo días antes, Alexander se colocó sobre el ojo pintado en el suelo, abrió los brazos y giró en un ángulo de cuarenta y cinco grados. Su mano derecha apuntó a la puerta que debían abrir.

Oyeron un coro espeluznante de lamentos y les dio en las narices un olor fétido a tumba y descomposición. Nada se veía, sólo una insondable negrura.

—Yo iré primero, porque se supone que mi animal totémico, el jaguar, puede ver en la oscuridad —se ofreció Alexander, cruzando el umbral, seguido por sus amigos.

—¿Ves algo? —le preguntó Nadia.

—Nada —confesó Alexander.

—En una ocasión como ésta convendría tener un animal totémico más humilde que el jaguar. Como una cucaracha, por ejemplo —se rió Nadia, nerviosa.

—Posiblemente no sería del todo una mala idea usar tu linterna... —sugirió el príncipe.

Alexander se sintió como un tonto: había olvidado por completo que llevaba la linterna y el cortaplumas en los bolsillos de la parka. Al encender la linterna se hallaron en un corredor, que recorrieron vacilantes, hasta llegar a la puerta que había al final. La abrieron con grandes precauciones. Allí la fetidez era mucho más insoportable, pero había una débil claridad que permitía ver. Estaban rodeados de esqueletos humanos que colgaban del techo, meciéndose en el aire con un macabro tintinear de huesos, mientras a sus pies hervía un asqueroso colchón vivo de serpientes. Alexander dio un alarido y trató de retroceder, pero Dil Bahadur lo sujetó por un brazo.

—Son huesos muy antiguos, fueron puestos aquí hace siglos para desanimar a los intrusos —dijo.

—¿Y las culebras?

—Los hombres del Escorpión pasaron por aquí, Jaguar, eso quiere decir que nosotros también podemos hacerlo —lo alentó Nadia.

—Pema dijo que esos tipos son inmunes al veneno de insectos y reptiles —le recordó Alexander.

—Tal vez estas culebras no sean venenosas. Según me enseñó mi honorable maestro Tensing, la forma de la cabeza de las víboras peligrosas es más triangular. Sigamos —ordenó el príncipe.

—Estos reptiles no aparecen en el video —anotó Nadia.

—El rey llevaba la cámara en el medallón, de modo que sólo filmaba lo que tenía al frente, no a los pies —explicó Alexander.

—Eso significa que debemos tener mucho cuidado con lo que hay más abajo y más arriba del pecho del rey —concluyó ella.

A manotazos, el príncipe y sus amigos apartaron los esqueletos y, pisando las víboras, avanzaron hasta la puerta siguiente, que daba acceso a una habitación en penumbra y vacía.

—¡Espera! —lo detuvo Alexander—. Aquí tu padre movió algo que hay en el umbral.

—Lo recuerdo, es una piña tallada en la madera —dijo Dil Bahadur tanteando la pared.

Encontró la palanca que buscaba y la empujó. La piña se hundió y de inmediato oyeron una terrible sonajera y vieron caer del techo un bosque de lanzas, que levantó una nube de polvo. Aguardaron a que la última lanza se clavara en el suelo.

—Ahora es cuando más falta nos hace Borobá. Él podría probar el camino... En fin, yo pasaré antes, porque soy la más delgada y liviana —decidió Nadia.

—Se me ocurre que posiblemente esta trampa no sea tan simple como parece —les advirtió Dil Bahadur.

Deslizándose como una anguila, Nadia pasó entre las primeras barras metálicas. Había recorrido un par de metros cuando rozó con el codo una de ellas y de súbito se abrió un hueco bajo sus pies. Instintivamente se aferró a las lanzas que tenía más cerca y quedó prácticamente colgando sobre el vacío. Sus manos resbalaban por el metal mientras ella buscaba con los pies algún punto de apoyo. Para entonces Alexander la había alcanzado, sin cuidarse de dónde pisaba en la prisa por ayudarla. La cogió con un brazo por la cintura y la atrajo, sosteniéndola apretadamente contra su cuerpo. La sala entera pareció vacilar, como si hubiera un terremoto, y varias lanzas más cayeron del techo, pero ninguna cerca de ellos. Durante varios minutos los dos amigos permanecieron inmóviles, abrazados, esperando. Luego empezaron a desprenderse con inmensa lentitud.

—No toques nada —susurró Nadia, temiendo que hasta el aire que exhalaba provocara una tragedia.

Llegaron al otro lado y le hicieron señas a Dil Bahadur de que pasara, aunque éste ya había iniciado el trayecto, porque no temía a las lanzas: estaba protegido por su amuleto.

—Podríamos haber muerto clavados como insectos —comentó Alexander, limpiándose los lentes, que estaban empañados.

—Pero eso no ocurrió, ¿verdad? —le recordó Nadia, a pesar de que estaba tan asustada como su amigo.

—Si aspiran profundo tres veces, dejan que el aire llegue hasta el vientre y luego lo sueltan lentamente, tal vez se tranquilicen... —les aconsejó el príncipe.

—No hay tiempo para hacer yoga. Sigamos —lo interrumpió Alexander.

El GPS indicó la puerta que debían abrir y, apenas lo hicieron, las lanzas se levantaron simultáneamente y el cuarto volvió a verse vacío. Después encontraron dos habitaciones, cada una con varias puertas, pero sin trampas. Se relajaron un poco y empezaron a respirar con normalidad, pero no se descuidaron.

De pronto se encontraron en un espacio completamente oscuro.

—En el video no se ve nada, la pantalla está negra —dijo Alexander.

—¿Qué habrá aquí? —inquirió Nadia.

El príncipe tomó la linterna y alumbró el piso, donde vieron un árbol frondoso y lleno de frutas y pájaros, pintado con tal maestría que parecía plantado en tierra firme, erguido al centro de la habitación. Era tan hermoso y de aspecto tan inofensivo, que invitaba a acercarse y tocarlo.

—¡No den un solo paso! Es el Árbol de la Vida. He

oído historias sobre los peligros de pisarlo —exclamó Dil Bahadur, olvidando por una vez sus buenos modales.

El príncipe tomó la pequeña escudilla en la cual preparaba su comida, que siempre llevaba entre los pliegues de su túnica, y la tiró al suelo. El Árbol de la Vida estaba pintado en una delgada seda tendida sobre un pozo profundo. Un paso al frente los habría precipitado al vacío. No sabían que allí había perecido uno de los secuaces de Tex Armadillo en ese mismo recorrido. El bandido yacía al fondo de un pozo donde en ese mismo momento las ratas terminaban de pelar sus huesos.

—¿Cómo podemos pasar? —preguntó Nadia.

—Tal vez sería mejor que esperen aquí —indicó el príncipe.

Con grandes precauciones, Dil Bahadur buscó con el pie hasta que encontró una delgada pestaña a lo largo de la pared. No se veía porque estaba pintada de negro y se fundía contra el color del piso. Con la espalda pegada contra el muro fue avanzando. Movía la pierna derecha unos centímetros, buscaba el equilibrio y luego movía la izquierda. Así llegó hasta el otro lado.

Alexander comprendió que para Nadia ésa sería una de las pruebas más difíciles, por su temor a la altura.

—Ahora debes recurrir al espíritu del águila. Dame la mano, cierra los ojos y pon toda tu atención en los pies —le dijo.

—¿Por qué no espero aquí, mejor? —sugirió ella.

—No. Vamos a pasar juntos —la conminó su amigo.

No sospechaban qué profundidad tenía el hueco y no pensaban averiguarlo. El bandido de Tex Armadillo que cayó al pozo había resbalado sin que nadie pudiera impedirlo. Por un instante pareció flotar en el aire, sostenido por la copa del Árbol de la Vida, abierto de piernas y brazos, envuelto en sus negras vestiduras, como un gran murciélago. La ilusión duró una pestañada. Con un alarido de absoluto terror, el hombre cayó a la negra boca del pozo. Sus compañeros oyeron el golpe del cuerpo al tocar fondo y luego reinó un silencio escalofriante. Por suerte Nadia nada sabía de esto. Se aferró a la mano de Alexander y paso a paso le siguió hasta el otro lado.

Al abrir otra de las puertas, los tres amigos se encontraron rodeados de espejos. No sólo los había en las paredes, sino también en el techo y el suelo, multiplicando sus imágenes hasta el infinito. Además la habitación estaba inclinada, como un cubo sostenido en una de sus esquinas. No podían avanzar de pie, debían hacerlo gateando, sujetándose unos a otros, completamente desorientados. Las puertas no se veían, porque eran también de espejo. En pocos segundos estaban con náuseas, sentían que les estallaba la cabeza y perdían la razón.

—No miren hacia los lados, claven la vista en el que va adelante. Síganme en fila, sin separarse. La dirección está indicada en mi pantalla —ordenó Alexander.

—No sé cómo vamos a encontrar la salida —dijo Nadia, totalmente confundida.

—Si abrimos la puerta equivocada, posiblemente se active un seguro y quedemos atrapados aquí para siempre —les advirtió el príncipe con su habitual calma.

—Para eso contamos con la tecnología más moderna —lo tranquilizó Alexander, aunque él mismo apenas podía controlar sus nervios.

Las puertas eran todas iguales, pero mediante el GPS Alexander se dio cuenta de la dirección que debían tomar. El rey se había detenido en varios lugares antes de abrir la puerta correcta. Echó atrás el video para observar los detalles y se fijó que el espejo reflejaba una imagen deformada del rey.

—Uno de los espejos es cóncavo. Ésa es la puerta —concluyó.

Cuando Dil Bahadur se vio gordo y paticorto en el espejo, empujó; éste cedió y pudieron salir. Se encontraron en un angosto y largo corredor que se enroscaba en sí mismo como una espiral. Se diferenciaba de los demás recintos del palacio en que no había puertas visibles, pero no dudaron que encontrarían una al final, porque así indicaba el video. No había dónde perderse, era simplemente cuestión de avanzar. El aire estaba enrarecido y flotaba un polvillo fino, que parecía dorado en la luz de las pequeñas lámparas colgadas del techo. En el video vieron que el rey había pasado rápido y sin vacilar, pero eso no significaba que fuera seguro, podía haber riesgos que el video no registraba.

Entraron al corredor, observando el entorno, sin saber por dónde vendría la amenaza, pero conscientes de que no podían descuidarse ni un segundo. Habían dado varios pasos cuando comprendieron que pisaban algo blando. Tenían la sensación de caminar sobre una lona estirada, que cedía con el peso de los cuerpos.

Dil Bahadur se tapó la boca y la nariz con la túnica e hizo gestos desesperados a sus amigos de seguir sin detenerse. Acababa de darse cuenta de que en realidad avanzaban sobre un sistema de fuelles. Con cada paso salía de unos agujeros en el suelo el polvo que habían notado al entrar. En pocos segundos el aire estaba tan saturado que no se veía a treinta centímetros de distancia. Las ganas de toser eran insoportables, pero se controlaron como pudieron, porque al hacerlo aspiraban el polvo a bocanadas. La única solución era tratar de llegar a la salida lo antes posible. Echaron a correr, procurando no respirar, lo cual era imposible, dada la longitud del pasillo. Temieron que fuera un veneno mortal, pero pensaron que, si el rey cruzaba ese corredor a menudo, no podía tratarse de eso.

Nadia era buena nadadora, porque se había criado en el Amazonas, donde la vida transcurre sobre el agua, y podía permanecer sumergida más de un minuto. Eso le permitió sujetar la respiración mejor que sus amigos, pero aun así tuvo que inhalar un par de veces. Calculó que Alexander y Dil Bahadur tenían bastante más de ese extraño polvo en el organismo que ella. De cuatro zancadas llegó al final del pasillo, abrió la única puerta que había y tiró a los otros hacia el umbral.

Sin pensar en los riesgos que la habitación próxima podía contener, los tres amigos se precipitaron fuera del corredor, cayendo unos encima de otros, ahogados, respirando a todo pulmón y tratando de sacudirse el polvo adherido a la ropa. En el video nada amenazante aparecía: el rey había pasado por ese cuarto con la misma seguridad con que lo hizo por el corredor. Nadia, quien se hallaba en mejores condiciones que los muchachos, les señaló que no se movieran mientras ella revisaba el lugar.

La sala estaba bien iluminada y el aire parecía normal. Había varias puertas, pero la pantalla indicaba claramente cuál debían usar. Se adelantó un par de pasos y se dio cuenta de que le costaba fijar la vista: millares de puntos, líneas y figuras geométricas en brillantes colores bailaban ante sus ojos. Estiró los brazos, tratando de mantener el equilibrio. Volvió atrás y comprobó que Alexander y Dil Bahadur también se tambaleaban.

—Me siento muy mal —murmuró Alexander, dejándose caer sentado en el piso.

—¡Jaguar, abre los ojos! —lo sacudió Nadia—. El efecto de ese polvo se parece a la poción que nos dieron los indios en el Amazonas. ¿Te acuerdas que vimos visiones?

—¿Un alucinógeno? ¿Crees que estamos drogados?

—¿Qué es un alucinógeno? —preguntó el príncipe, quien sólo se sostenía de pie gracias al control que siempre ejercía sobre su cuerpo.

—Sí, eso creo. Seguramente cada uno de nosotros verá algo diferente. No es real —explicó Nadia, sosteniendo a sus amigos para ayudarlos a seguir, sin imaginar que en pocos segundos ella misma caería en el infierno de aquella droga.

A pesar de la advertencia de Nadia, ninguno de los tres sospechaba el terrible poder de aquel polvo dorado. El primer síntoma fue que se hundían en un laberinto psicodélico de colores y figuras iridiscentes que se movían a velocidad vertiginosa. Mediante un supremo esfuerzo lograron mantener los ojos abiertos y avanzar trastabillando, preguntándose cómo lo hacía el rey para sobreponerse a la droga. Sentían que se desprendían del mundo y de la realidad, como si fueran a morir; no podían contener los gemidos de angustia. Para entonces habían llegado a la sala siguiente, que resultó ser mucho más amplia que las anteriores. Al ver lo que allí había, lanzaron una exclamación de espanto, a pesar de que una parte de sus cerebros repetía que esas imágenes eran fruto únicamente de la imaginación.

Se encontraron en el infierno, rodeados de monstruos y demonios que los amenazaban como una jauría de fieras. Por todos lados vieron cuerpos destrozados, tortura, sangre y muerte. Un horripilante coro de alaridos los ensordecía; voces cavernosas llamaban sus nombres, como hambrientos fantasmas.

Alexander vio claramente a su madre en las garras de una poderosa ave de rapiña, negra y amenazante. Estiró las manos para tratar de rescatarla y en ese instante el pájaro de la muerte devoró la cabeza de Lisa Cold. Un grito se le escapó de lo más profundo del pecho.

Nadia se encontró de pie, en precario equilibrio, sobre una angosta viga en el último piso de uno de los rascacielos que había visitado con Kate en Nueva York. A sus pies, centenares de metros más abajo, veía todo cubierto de lava ardiente. El vértigo de la muerte se apoderó de su mente, anulando su capacidad de razonar, mientras la viga se inclinaba más y más. Oyó el llamado del abismo como una fatal tentación.

Por su parte, Dil Bahadur sintió que su espíritu se desprendía, cruzaba el firmamento como un rayo y llegaba a las ruinas del monasterio fortificado en el preciso instante en que su padre moría en los brazos de Tensing. Enseguida vio a un ejército de seres sanguinarios que atacaba al desvalido Reino del Dragón de Oro. Y lo único que había entre ambos era él mismo, desnudo y vulnerable.

Las visiones eran distintas para cada uno y todas eran atroces; representaban lo que más temían, sus peores recuerdos, pesadillas y debilidades. Ése era un viaje personal a las cámaras prohibidas de sus propias conciencias. Sin embargo, para ellos fue un viaje mucho menos arduo que para Tex Armadillo y los guerreros del Escorpión, porque los tres jóvenes eran almas buenas, no cargaban el peso de los crímenes abominables de los otros individuos.

El primero en reaccionar fue el príncipe, quien tenía muchos años de practicar control sobre su mente y su cuerpo. Se desprendió con brutal esfuerzo de las figuras maléficas que lo atacaban y dio unos pasos en la habitación.

—Todo lo que vemos es ilusión —dijo y, tomando a sus amigos de la mano, los condujo a la fuerza hacia la salida.

Alexander no podía enfocar bien la vista para seguir las instrucciones de la pantalla, pero le alcanzó la cordura para darse cuenta de que en el video no se veía nada más que un cuarto vacío, prueba de que Dil Bahadur tenía razón y esas escenas diabólicas eran sólo producto de su imaginación. Allí se sentaron, apoyándose unos en otros, para descansar, por un rato, hasta que se calmaron y lograron manejar las horrendas visiones del alucinógeno, aunque éstas no desaparecieron. Dándose ánimo entre ellos, los tres jóvenes pudieron ponerse de pie. El rey se había dirigido a la puerta precisa, aparentemente sin sufrir nada de lo que ahora los afectaba a ellos; pensó que seguramente había aprendido a no inhalar el polvo, o bien disponía de un antídoto contra la droga. En todo caso, en el video el monarca parecía a salvo del suplicio psicológico que sufrían ellos.

En la última habitación del laberinto que protegía al Dragón de Oro, la más amplia de todas, los demonios y las escenas de horror desaparecieron súbitamente y fueron reemplazados por un paisaje maravilloso. El malestar producido por la droga había dado paso a una inexplicable euforia. Se sentían livianos, poderosos, invencibles. En la luz cálida de centenares de lamparitas de aceite vieron un jardín envuelto en una suave bruma rosada, que se desprendía del suelo y se elevaba hasta las copas de los árboles. Hasta sus oídos llegaba un coro de voces angélicas, y notaron que había una fragancia penetrante de flores silvestres y frutas tropicales. El techo había desaparecido y en su lugar vieron un cielo a la hora de la puesta del sol, cruzado de pájaros de vivos plumajes. Se restregaron los ojos, incrédulos.

—Esto tampoco es real. Seguro que estamos todavía drogados —murmuró Nadia.

—¿Vemos todos lo mismo? Yo veo un parque —agregó Alexander.

—Yo también —dijo Nadia.

—Y yo. Si los tres vemos lo mismo, no se trata de visiones. Esto es una trampa, tal vez la más peligrosa de todas. Sugiero que no toquemos nada y pasemos rápidamente… —advirtió Dil Bahadur.

—¿De modo que no estamos soñando? Esto se parece al Jardín del Edén —comentó Alexander, todavía un poco ebrio por los polvos dorados de la sala anterior.

—¿Qué jardín es ése? —preguntó Dil Bahadur.

—El Jardín del Edén aparece en la Biblia; allí colocó el Creador a la primera pareja de seres humanos. Creo que casi todas las religiones tienen un jardín similar. El Paraíso, un lugar de eterna belleza y felicidad —explicó su amigo.

Alexander pensó que lo que presenciaban podían ser imágenes virtuales o proyecciones de cine, pero enseguida comprendió la imposibilidad de que fuera una tecnología tan moderna. El palacio había sido construido hacía muchos siglos.

Entre las brumas, donde volaban delicadas mariposas, surgieron tres figuras humanas, dos muchachas y un joven de radiante hermosura, con los cabellos como hilos de seda que la brisa levantaba, vestidos de livianas sedas bordadas, con grandes alas de plumas áureas. Se movían con extraordinaria gracia, llamándolos con gestos, tendiéndoles los brazos. La tentación de acercarse a aquellos seres translúcidos y abandonarse al placer de volar con ellos llevados por esas alas poderosas era casi irresistible. Alexander dio un paso adelante, hipnotizado por una de las doncellas, y Nadia le sonrió al joven desconocido, pero Dil Bahadur tuvo suficiente presencia de ánimo para sujetar a sus amigos por los brazos.

—No los toquen, son fatales. Éste es el jardín de las tentaciones —les advirtió.

Pero Nadia y Alexander, perdida la razón, se sacudían, tratando de desprenderse de las manos del príncipe.

—No son reales, están pintadas en los muros o son estatuas. Ignórenlas —repetía éste.

—Se mueven y nos llaman... —murmuró Alexander, embobado.

—Es un truco, una ilusión óptica. ¡Miren allí! —exclamó Dil Bahadur obligándolos a dirigir la vista hacia un rincón del jardín.

Tirado boca abajo en el suelo sobre un macizo de flores pintadas, estaba el cuerpo inerte de uno de los hombres azules. Dil Bahadur condujo a la fuerza a sus amigos hasta él. Se inclinó y lo dio vuelta, entonces vieron la forma horrible en que había perecido.

Los guerreros del Escorpión habían penetrado en ese fantástico jardín como en un sueño, drogados por los polvos dorados, que les hacían creer todo lo que veían. Eran hombres brutales, que pasaban la vida a caballo, dormían sobre el duro suelo, estaban habituados a la crueldad, el sufrimiento y la pobreza. Jamás habían visto nada hermoso o delicado, nada sabían de música, de flores, de fragancias o de mariposas como las de ese jardín. Adoraban serpientes, escorpiones y dioses sanguinarios del panteón hindú. Temían a los demonios y al infierno, pero no habían oído hablar del Paraíso o de seres angélicos como los de aquella última trampa del Recinto Sagrado. Lo más cercano a la intimidad o al amor que conocían era la ruda camaradería entre ellos. Tex Armadillo había tenido que amenazarlos con su pistola para impedir que se detuvieran en aquel jardín embrujado, pero no logró evitar que uno de ellos sucumbiera a la tentación.

El hombre estiró la mano y tocó el brazo extendido de una de las hermosas doncellas aladas. Encontró la frialdad del mármol, pero la textura no era lisa como el mármol, sino áspera como lija o vidrio molido. Retiró la mano sorprendido y vio que su palma estaba arañada. Al instante la piel empezó a resquebrajarse, abrirse, mientras la carne se disolvía como si fuera quemada hasta los huesos. A sus gritos acudieron los demás, pero no había nada que hacer: el mortal veneno ya había penetrado en la corriente sanguínea y rápidamente avanzó por el brazo, como un ácido corrosivo. En menos de un minuto el desdichado estaba muerto.

Ahora Alexander, Nadia y Dil Bahadur se hallaban frente al cadáver, que en esos días se había secado como una momia por efecto del veneno. El cuerpo se había reducido, era un esqueleto con un pellejo negro adherido a los huesos, que desprendía un olor persistente a hongos y musgo.

—Como dije, tal vez sea mejor no tocar nada... —repitió el príncipe, pero su advertencia ya no era necesaria, porque ante ese espectáculo Nadia y Alexander despertaron del trance.

Los tres jóvenes se encontraron por fin en la sala del Dragón de Oro. Aunque nunca la había visto, Dil Bahadur la reconoció al punto por las descripciones que le habían dado los monjes en los cuatro monasterios donde aprendió el código. Allí estaban las paredes cubiertas de láminas de oro, grabadas con escenas en bajorrelieve de la vida de Sidarta Gautama, los candelabros de oro macizo con las velas de cera de abeja, las delicadas lámparas de aceite con sus pantallas de filigrana de oro, los perfumeros de oro donde se quemaban mirra e incienso. Oro, oro por todas partes. Aquel oro que había despertado la codicia de Tex Armadillo y los hombres azules dejaba completamente indiferentes a Dil Bahadur, Alexander y Nadia, para quienes ese metal amarillo resultaba más bien feo.

—Tal vez no fuera mucho pedir que nos dijeras qué estamos haciendo aquí —sugirió Alexander al príncipe, sin poder evitar la ironía en su tono.

—Tal vez ni yo mismo lo sepa —replicó Dil Bahadur.

—¿Por qué tu padre te pidió que vinieras aquí? —quiso saber Nadia.

—Posiblemente para consultar al Dragón de Oro.

—¡Pero si se lo robaron! Aquí no hay nada más que esa piedra negra con un trocito de cuarzo, que debe ser la base donde antes estaba la estatua —dijo Alexander.

—Ése es el Dragón de Oro —les informó el príncipe.

—¿Cuál?

—La base de piedra. Se llevaron una estatua muy bonita, pero en realidad el oráculo sale de la piedra. Ése es el secreto de los reyes, que ni los monjes de los monasterios saben. Ése es el secreto que me entregó mi padre y que ustedes jamás podrán repetir.

—¿Cómo funciona?

—Primero tengo que salmodiar la pregunta en el idioma de los yetis, entonces el cuarzo en la piedra comienza a vibrar y emite un sonido, que luego debo interpretar.

—¿Me estás tomando el pelo? —preguntó Alexander.

Dil Bahadur no entendió qué quería decir. No tenía la menor intención de coger a nadie por el pelo.

—Veamos cómo se hace. ¿Qué piensas preguntarle? —dijo Nadia, siempre práctica.

—Tal vez lo más importante es saber cuál es mi karma, para cumplir mi destino sin desviarme —decidió Dil Bahadur.

—¿Hemos desafiado a la muerte para llegar aquí a consultar sobre tu karma? —se burló Alexander.

—Eso te lo puedo decir yo: eres un buen príncipe y serás un buen rey —agregó Nadia.

Dil Bahadur les pidió a sus amigos que se sentaran en silencio al fondo de la sala y luego se aproximó a la plataforma donde antes se apoyaban las patas de la magnífica estatua. Encendió los perfumeros de incienso y las velas, luego se sentó con las piernas cruzadas por un tiempo que a los otros les pareció muy largo. El príncipe meditó en silencio hasta calmar su ansiedad y limpiar su mente de todo pensamiento, de deseos y temores, también de curiosidad. Se abrió por dentro como la flor del loto, tal como le había enseñado su maestro, para recibir la energía del universo.

Las primeras notas fueron casi un murmullo, pero rápidamente el cántico del príncipe se convirtió en un rugido poderoso que brotaba de la tierra misma, un sonido gutural que los otros dos jóvenes nunca habían escuchado. Costaba imaginar que fuera un sonido humano, parecía provenir de un gran tambor al centro de una enorme caverna. Las roncas notas rodaban, ascendían, bajaban, adquirían ritmo, volumen y velocidad; luego se calmaban para volver a comenzar, como el oleaje del mar. Cada nota se estrellaba contra las láminas de oro de las paredes y volvía multiplicada. Fascinados, Nadia y Alexander sentían la vibración dentro de sus propios vientres, como si fueran ellos quienes la emitían. Pronto se dieron cuenta de que al canto del príncipe se había sumado una segunda voz, muy diferente: era la respuesta del pequeño trozo de cuarzo amarillento incrustado en la piedra negra. Dil Bahadur se calló para escuchar el mensaje de la piedra, que continuaba en el aire como el eco de grandes campanas de bronce repicando al unísono. Su concentración era total, ni un músculo se movía en su cuerpo, mientras su mente retenía las notas de cuatro en cuatro y simultáneamente las traducía a los ideogramas del lenguaje perdido de los yetis, que durante doce años había memorizado.

El cántico de Dil Bahadur se prolongó por más de una hora, que a Nadia y Alexander les pareció apenas unos pocos minutos, porque esa extraordinaria música los había transportado a un estado superior de la conciencia. Sabían que durante dieciocho siglos esa sala había sido visitada solamente por los reyes del Reino Prohibido y que nadie antes que ellos había presenciado un oráculo. Mudos, con los ojos redondos de asombro, los dos jóvenes seguían el ondulante sonido de la piedra, sin comprender con exactitud lo que hacía Dil Bahadur, pero seguros de que era algo prodigioso y con profundo sentido espiritual.

Por fin reinó el silencio en el Recinto Sagrado. El trozo de cuarzo, que durante el cántico parecía brillar con una luz interna, se tornó opaco, como al principio. El príncipe, agotado, permaneció en la misma posición durante un buen rato, sin que sus amigos se atrevieran a interrumpirlo.

—Mi padre ha muerto —dijo finalmente Dil Bahadur, poniéndose de pie.

—¿Eso dijo la piedra? —preguntó Alexander.

—Sí. Mi padre esperó a que yo llegara hasta aquí y luego pudo abandonarse a la muerte.

—¿Cómo supo que habías llegado?

—Se lo comunicó mi maestro Tensing —dijo el joven príncipe, tristemente.

—¿Qué más dijo la piedra? —preguntó Nadia.

—Mi karma es ser el penúltimo monarca del Reino del Dragón de Oro. Tendré un hijo, que será el último rey. Después de él el mundo y este reino cambiarán y ya nada volverá a ser como antes. Para gobernar con justicia y sabiduría contaré con la ayuda de mi padre, quien me guiará en sueños. También tendré la ayuda de Pema, con quien voy a casarme, de Tensing y del Dragón de Oro.

—Es decir, de esta piedra, porque la estatua se convirtió en ceniza —anotó Alexander.

—Tal vez entendí mal, pero me parece que la recuperaremos —comentó el príncipe, indicándoles con una seña que había llegado el momento de regresar.

Timothy Bruce y Joel González, los fotógrafos del *International Geographic*, habían cumplido al pie de la letra las órdenes de Kate Cold. Pasaron ese tiempo recorriendo los sitios más inaccesibles del reino, guiados por un *sherpa* de corta estatura, quien cargaba el pesado equipo y las carpas en la espalda, sin perder su plácida sonrisa ni el ritmo regular de sus pasos. Los extranjeros, en cambio, desfallecían con el esfuerzo de seguirlo y con la altura, que los ahogaba. Los fotógrafos, que no se habían enterado de las peripecias de sus compañeros, llegaron muy entusiasmados a contar sus aventuras con raras orquídeas y ositos panda, pero Kate Cold no demostró el menor interés. La escritora los apabulló con la noticia de que su nieto y Nadia habían contribuido a derrotar a una organización criminal, rescatar a varias niñas cautivas, apresar a una secta de bandidos patibularios y colocar al príncipe Dil Bahadur en el trono, todo esto con la ayuda de una banda de yetis y un misterioso monje con poderes mentales. Timothy Bruce y

Joel González cerraron la boca y no dijeron una palabra más hasta la hora de subir al avión para regresar a su país.

—En todo caso, no vuelvo a viajar con Alexander y Nadia, porque atraen el peligro, como la miel a las moscas. Ya estoy muy vieja para pasar tanto susto —comentó la escritora, quien todavía no se había repuesto de los sobresaltos pasados.

Alexander y Nadia intercambiaron una mirada de complicidad, porque ambos habían decidido que de todos modos iban a acompañarla en su próximo reportaje. No podían perder la oportunidad de vivir otra aventura con Kate Cold.

Los chicos no le habían confiado a la abuela los detalles del Recinto Sagrado, ni la forma en que operaba el prodigioso pedazo de cuarzo, porque se habían comprometido a guardar el secreto. Se limitaron a decirle que en aquel lugar Dil Bahadur, como todos los monarcas del Reino Prohibido, contaba con los medios para predecir el futuro.

—En la antigua Grecia existía un templo en Delfos al que acudía la gente a oír las profecías de una pitonisa que caía en trance —les contó Kate—. Sus palabras eran siempre enigmáticas, pero los clientes les encontraban sentido. Ahora se sabe que en ese lugar se desprendía un gas de la tierra, seguramente éter. La sacerdotisa se mareaba con el gas y hablaba en clave, el resto lo imaginaban sus ingenuos clientes.

—La situación no es comparable. Lo que vimos no se explica con un gas —replicó su nieto.

La vieja escritora lanzó una risotada seca.

—Se han invertido los papeles, Kate: antes era yo el escéptico que nada creía sin pruebas y tú la que me repetías que el mundo es un lugar muy misterioso y que no todo tiene una explicación racional —sonrió Alexander.

La mujer no pudo contestar, porque la risa se le había convertido en un ataque de tos y estaba a punto de ahogarse. Su nieto le dio unos golpes en la espalda, con más energía de la necesaria, mientras Nadia iba a buscar un vaso de agua.

—Es una lástima que Tensing haya partido al Valle de los Yetis, de otro modo te habría curado la tos con sus agujas mágicas y sus oraciones. Me temo que tendrás que dejar de fumar, abuela —dijo Alexander.

—¡No me llames abuela!

La tarde antes de partir de vuelta a Estados Unidos, los miembros de la expedición del *International Geographic* estaban reunidos en el palacio de mil habitaciones con la familia real y el general Kunglung, después de asistir a los funerales del rey. Éste había sido incinerado, como era la tradición, y sus cenizas se habían repartido en cuatro antiguos recipientes de alabastro, que los mejores soldados llevaron a lomo de caballo hacia los cuatro puntos cardinales del reino, donde fueron lanzadas al viento. Ni su pueblo ni su familia, que tanto lo amaban, lloraron su muerte, porque creían que el llanto obliga al espíritu a quedarse en el mundo para consolar a los vivos. Lo correcto era demostrar alegría, para que el espíritu se fuera contento a cumplir otro ciclo en la rueda de la reencarnación, evolucionando en cada vida hasta alcanzar finalmente la iluminación y el cielo, o Nirvana.

—Tal vez mi padre nos haga el honor de reencarnarse en nuestro primer hijo —dijo el príncipe Dil Bahadur.

A Pema le tembló la taza de té en las manos, delatando su turbación. La joven vestía enteramente de seda y brocado, con botas de piel y adornos de oro en los brazos y las orejas, pero llevaba la cabeza descubierta, porque estaba orgullosa de haber usado su hermosa cabellera en una causa que le parecía justa. Su ejemplo sirvió para que las otras cuatro muchachas rapadas no se acomplejaran. La larga trenza de cincuenta metros que hicieron con sus cabelleras había sido colocada como ofrenda ante el Gran Buda del palacio, donde la gente hacía peregrinaciones para verla. Tanto se había comentado el asunto y tantas veces fueron mostradas en televisión, que se produjo una reacción histérica y centenares de muchachas se afeitaron la cabeza por imitación, hasta que Dil Bahadur en persona tuvo que aparecer en la pantalla para insinuar que el reino no necesitaba esas pruebas de patriotismo tan extremas. Alexander comentó que en Estados Unidos eso de llevar la cabeza rapada estaba de moda, así como hacerse tatuajes y perforarse las narices, las orejas y el ombligo para ponerse adornos metálicos, pero nadie le creyó.

Estaban todos sentados en un círculo sobre cojines en el suelo, bebiendo *chai*, el aromático té dulce de India, y tratando de tragar una pésima torta de chocolate que las monjas cocineras del palacio habían inventado para halagar a los visitantes extranjeros. Tschewang, el leopardo real, se había echado junto a Nadia con las orejas gachas. Desde la muerte del rey, su amo, el hermoso felino andaba deprimido. Durante varios días no quiso comer, hasta que Nadia logró convencerlo, en el idioma de los gatos, de que ahora tenía la responsabilidad de cuidar a Dil Bahadur.

—Al despedirse de nosotros para ir a cumplir su misión en el Valle de los Yetis, mi honorable maestro Tensing me entregó algo para ti —dijo Dil Bahadur a Alexander.

—¿Para mí?

—No exactamente para ti, sino para tu honorable madre —replicó el nuevo rey, pasándole una cajita de madera.

—¿Qué es esto?

—Excremento de dragón.

—¿Qué? —preguntaron Alexander, Nadia y Kate al unísono.

—Tiene la reputación de ser una medicina muy poderosa. Posiblemente si la disuelves en un poco de licor de arroz y se la das a tomar, tu honorable madre se mejore de su enfermedad —dijo Dil Bahadur.

—¡Cómo le voy a dar de comer esto a mi mamá! —exclamó el joven, ofendido.

—Tal vez sería mejor no decirle lo que es. Está petrificado. No es lo mismo que excremento fresco, me parece... En todo caso, Alexander, tiene poderes mágicos. Un trocito de eso me salvó de los puñales de los hombres azules —explicó Dil Bahadur, señalando la piedrecilla que colgaba de una tira de cuero sobre su pecho.

Kate no pudo evitar que se le pusieran los ojos en blanco y una mueca burlona bailara brevemente en sus labios, pero Alexander agradeció conmovido el regalo de su amigo y lo guardó en el bolsillo de su camisa.

—El Dragón de Oro se fundió con la explosión del helicóptero; es una pérdida grave, porque nuestro pueblo cree que la estatua defiende las fronteras y mantiene la prosperidad de la nación —dijo el general Kunglung.

—Tal vez no sea la estatua, sino la sabiduría y prudencia de sus gobernantes las que hayan mantenido a salvo al país —replicó Kate, ofreciéndole con disimulo su torta de chocolate al leopardo, que la olisqueó brevemente, arrugó el hocico en un gesto de repugnancia y enseguida volvió a echarse junto a Nadia.

—¿Cómo podemos hacerle comprender al pueblo que puede confiar en el joven rey Dil Bahadur, aunque no cuente con el dragón sagrado? —preguntó el general.

—Con todo respeto, honorable general, posiblemente el pueblo tenga otra estatua dentro de poco —dijo la escritora, quien por fin había aprendido a hablar de acuerdo a las normas de cortesía en ese país.

—¿Tendría la honorable abuelita deseos de explicar a qué se refiere? —interrumpió Dil Bahadur.

—Posiblemente un amigo mío pueda resolver el problema —dijo Kate y procedió a explicar su plan.

Al cabo de varias horas de lucha con la primitiva compañía de teléfonos del Reino Prohibido, la escritora había logrado comunicarse directamente con Isaac Rosenblat en Nueva York, para preguntarle si podía fabricar un dragón similar al anterior, basándose en cuatro fotografías Polaroid, unas imágenes algo borrosas filmadas en video y una descripción detallada que habían dado los bandidos del Escorpión, esperando congraciarse con las autoridades del país.

—¿Me estás pidiendo que haga una estatua de oro? —preguntó a gritos desde el otro lado del planeta el buen Isaac Rosenblat.

—Sí, más o menos del tamaño de un perro, Isaac. Además hay que incrustarle varios centenares de piedras preciosas, incluyendo diamantes, zafiros, esmeraldas y, por supuesto, un par de rubíes estrella idénticos para los ojos.

—¿Quién va a pagar todo esto, muchacha, por Dios?

—Un cierto coleccionista que tiene su oficina muy cerca de la tuya, Isaac —replicó Kate Cold, muerta de risa.

La escritora estaba muy orgullosa de su plan. Se había hecho enviar desde Estados Unidos una grabadora especial, que no se vende en el comercio, pero que obtuvo gracias a sus contactos con un agente de la CIA, del cual se había hecho amiga durante un reportaje en Bosnia. Con ese aparato pudo escuchar las minúsculas cintas que Judit Kinski escondía en su bolso. Contenían la información necesaria para descubrir la identidad del cliente llamado el Coleccionista. Con eso Kate pensaba presionarlo. Lo dejaría en paz sólo a cambio de que repusiera la estatua perdida, era lo menos que podía hacer para reparar el daño cometido. El Coleccionista había tomado precauciones para que las llamadas telefónicas no fueran interceptadas, pero no sospechaba que cada uno de los agentes enviados por el Especialista para cerrar el trato grabó las negociaciones. Para Judit esas cintas grabadas eran un seguro de vida, que podía usar si el asunto se ponía demasiado feo; por eso las llevaba siempre consigo, hasta que en la lucha con Tex Armadillo perdió el bolso. Kate Cold sabía que el segundo hombre más rico del mundo no permitiría que la historia de sus tratos con una organización criminal, que incluía el secuestro del monarca de una nación pacífica, apareciera en la prensa y tendría que ceder a sus exigencias.

El plan expuesto por Kate sorprendió mucho a la corte del Reino Prohibido.

—Posiblemente fuera conveniente que la honorable abuelita consultara este asunto con los lamas. Su idea es muy bienintencionada, pero tal vez la acción que pretende sea algo ilegal... —sugirió amablemente Dil Bahadur.

—Tal vez no sea muy legal que digamos, pero el Coleccionista no merece un trato mejor. Déjelo todo en mis manos, Majestad. En este caso se justifica plenamente ensuciar mi karma con un pequeño chantaje. Y a propósito, si no es una impertinencia, ¿puedo preguntar a Su Majestad qué trato recibirá Judit Kinski? —preguntó Kate.

La mujer había sido encontrada, sin conocimiento y entumecida, por uno de los destacamentos enviados en su búsqueda por el general Kunglung. Había vagado por las montañas durante días, perdida y hambrienta, hasta que se le congelaron los pies y ya no pudo seguir. El frío la adormeció y fue quitándole rápidamente los deseos de vivir. Judit Kinski se abandonó a su suerte con una especie de alivio secreto. Después de tantos riesgos y tanta codicia, la tentación de la muerte resultaba dulce. En sus breves momentos de lucidez no venían a su mente los triunfos de su pasado, sino el rostro sereno de Dorji, el rey. ¿Qué razón había para esa tenaz presencia en su memoria? En verdad nunca lo había amado. Fingió hacerlo porque necesitaba que él le entregara el código del Dragón de Oro, nada más. Admitía, sin embargo, su admiración por él. Aquel hombre bondadoso le produjo una profunda impresión. Pensaba que en otras circunstancias, o si ella fuera una mujer diferente, se habría enamorado inevitablemente de él; pero no era el caso, de eso estaba segura. Por lo mismo le extrañaba que el espíritu del rey la acompañara en ese lugar gélido donde esperaba su muerte. Los ojos apacibles y atentos del soberano fueron lo último que vio antes de sumirse en la oscuridad.

La patrulla de soldados la encontró justo a tiempo para salvarle la vida. En ese momento estaba en un hospital, donde la mantenían sedada, después de haberle amputado algunos dedos de los pies y las manos, que se habían congelado.

—Antes de morir, mi padre me ordenó que no condenara a Judit Kinski a prisión. Deseo ofrecer a esa señora la ocasión de mejorar su karma y evolucionar espiritualmente. La enviaré a pasar el resto de su vida en un monasterio budista en la frontera con Tíbet. El clima es algo rudo y está un poco aislado, pero las monjas son muy santas. Me han dicho que se levantan antes que salga el sol, pasan el día meditando y se alimentan apenas con unos granos de arroz —dijo Dil Bahadur.

—¿Y usted cree que allí Judit alcanzará la sabiduría? —preguntó Kate, irónica, dándole una mirada de complicidad al general Myar Kunglung.

—Eso depende sólo de ella, honorable abuelita —respondió el príncipe.

—¿Puedo rogar a Su Majestad que por favor me llame Kate? Ése es mi nombre —pidió la escritora.

—Será un privilegio llamarla por su nombre. Tal vez la honorable abuelita Kate, sus valientes fotógrafos y mis amigos Nadia y Alexander deseen regresar a este humilde reino, donde Pema y yo siempre los estaremos esperando... —dijo el joven rey.

—¡Claro que sí! —exclamó Alexander, pero un codazo de Nadia le recordó sus modales y agregó—: Aunque posiblemente no merecemos la generosidad de Su Majestad y su digna novia, tal vez tengamos el atrevimiento de aceptar tan honrosa invitación.

Sin poder evitarlo, todos se echaron a reír, incluso las monjas que servían ceremoniosamente el té y el pequeño Borobá, que daba saltos alegres, lanzando pedazos de pastel de chocolate al aire.

ÍNDICE

1. El Valle de los Yetis 9
2. Tres huevos fabulosos. 37
3. El Coleccionista 53
4. El Águila y el Jaguar 64
5. Las cobras 77
6. La Secta del Escorpión 89
7. En el Reino Prohibido 100
8. Secuestradas 120
9. Borobá 143
10. El águila blanca. 258
11. El jaguar totémico 168
12. La medicina de la mente 185
13. El Dragón de Oro 201
14. La cueva de los bandidos 212
15. El acantilado. 224
16. Los guerreros yetis. 238
17. El monasterio fortificado 250
18. La batalla. 270
19. El príncipe 300

El reino del dragón de oro de Isabel Allende
se terminó de imprimir en junio de 2019
en los talleres de
Litográfica Ingramex S.A. de C.V.,
Centeno 162-1, Col. Granjas Esmeralda, C.P. 09810,
Ciudad de México.